Tom Clancy

Né à Baltimore, dans le Maryland aux États-Unis, le 12 avril 1947, Thomas Lanier Clancy Jr. fut élevé par un père postier et une mère employée dans un supermarché. Il étudie dans une école catholique dirigée par des jésuites puis s'inscrit au Loyola College de Baltimore où il obtient un diplôme d'anglais en 1969. Fasciné dès l'enfance par les machines militaires et la technologie spatiale, il rejoint pendant ses études l'« U.S. Army Officers Training Corp. », mais sa myopie l'empêche de servir pendant la guerre du Vietnam.

À sa sortie de l'université, Tom Clancy épouse Wanda Thomas, dont il aura quatre enfants, et devient agent d'assurance. Il continue de dévorer des revues militaires avec le désir d'écrire. Quatre ans plus tard, il publie *À la poursuite d'Octobre rouge* aux Presses de l'Institut naval. Le bouche à oreille et un commentaire fortuit de Ronald Reagan feront de ce livre un best-seller mondial.

Fort de ce succès, à 37 ans, Tom Clancy abandonne son travail et se consacre à l'écriture. Ses livres, de *Jeux de guerre* à *Danger immédiat*, sont tous des succès internationaux et beaucoup sont adaptés au cinéma où à la télévision. Écrivain, Tom Clancy est aussi propriétaire de l'équipe de base-ball de sa ville natale, les Baltimore Oriolles, et comanager d'une société de développement de jeux, Red Storm Entertainment.

OP-CENTER 7
Diviser pour régner

DES MÊMES AUTEURS
CHEZ POCKET

1. Op-Center
2. Image virtuelle
3. Jeux de pouvoir
4. Actes de guerre
5. Rapport de force
6. État de siège

TOM CLANCY ET STEVE PIECZENIK
présentent

TOM CLANCY
OP-CENTER 7
Diviser pour régner

Traduit de l'américain
par Jean Bonnefoy

ALBIN MICHEL

Titre original :
TOM CLANCY'S OP-CENTER
DIVIDE AND CONQUER
A Berkley Book
publié avec l'accord de Jack Ryan Limited Partnership
et S&R Literary, Inc.

Ceci est une œuvre de fiction. Les personnages et les situations décrits dans ce livre sont purement imaginaires : toute ressemblance avec des personnages ou des événements existant ou ayant existé ne serait que pure coïncidence.

ISBN : 2-266-13178-8

Prologue

Washington, DC,
dimanche, 13:55

Les deux hommes d'âge mûr étaient installés dans des fauteuils de cuir à l'angle de la pièce. La bibliothèque aux murs couverts de boiseries était située dans une belle demeure d'un coin tranquille de Massachusetts Avenue. Les stores étaient tirés pour protéger les œuvres séculaires des rayons du soleil de ce début d'après-midi. Le seul éclairage provenait des braises qui rougeoyaient dans l'âtre. Le feu imprégnait les antiques boiseries d'une vague odeur de fumé.

L'un des hommes était grand, robuste, vêtu simplement. Il avait des cheveux gris clairsemés, un visage mince. Il buvait du café noir dans une tasse souvenir de Camp David tout en étudiant l'unique feuille de papier contenue dans une chemise verte. L'autre personnage, assis en face de lui, dos à la bibliothèque, était un petit rouquin trapu en costume trois-pièces, le cheveu taillé ras. Il tenait un gobelet de cristal vide qui quelques instants plus tôt était plein de whisky. Les jambes croisées, il agitait nerveusement les pieds et son visage portait les marques d'un rasage effectué à la hâte.

Le plus grand des deux referma la chemise et sourit. « Voilà des commentaires superbes. Absolument parfaits.

– Merci, fit le rouquin. Jen est un excellent rédacteur. » Il se trémoussa lentement, décroisa les jambes. Il se pencha un peu, faisant grincer l'assise du siège en cuir. « Avec la réunion de cet après-midi, cela devrait sérieusement accélérer le mouvement. Je ne t'apprends rien.

– Bien sûr », répondit l'autre. Il posa sa tasse sur la table, se leva, s'approcha de la cheminée. Il prit un tisonnier. « Ça te fait peur ?

– Un peu, reconnut le rouquin.

– Pourquoi ? » demanda son interlocuteur en jetant au feu la chemise. Elle s'enflamma aussitôt. « On a couvert nos traces.

– Ce n'est pas ce qui me tracasse. Il faudra bien un jour payer la note, admit le rouquin avec de la tristesse dans la voix.

– On en a déjà discuté, dit l'autre. Wall Street sera ravi. Les gens s'en remettront. Et toutes les puissances étrangères qui s'aviseront de tirer parti de la situation s'en mordront les doigts. » Il tisonna les flammes. « Jack a réalisé les profils psychologiques. Nous avons localisé tous les points de friction potentiels. Le seul à morfler sera celui à l'origine du problème. Et il s'en remettra. Merde, mieux que ça. Il pourra écrire des bouquins, donner des conférences, ramasser des millions. »

Le ton semblait froid, même si le rouquin savait qu'il n'en était rien. Les deux hommes se connaissaient depuis près de trente-cinq ans, depuis leur service au Viêt-nam. Ils avaient combattu côte à côte à

Hué lors de l'offensive du Têt, tenant un dépôt de munitions après l'anéantissement du reste de leur peloton. Tous deux aimaient passionnément leur pays, et leur acte était la preuve de l'intensité et de la profondeur de cet amour.

« Quoi de neuf en Azerbaïdjan ? demanda le plus grand des deux.

– Tous les gars sont en place. » Le rouquin consulta sa montre. « Ils vont aller lorgner la cible de tout près, montrer au type ce qu'il a à faire. On n'attend pas de nouveau rapport avant six ou sept heures. »

L'autre acquiesça, reposa son verre sur la table, se leva.

« Bon, faut que tu sois prêt pour le briefing. Tu veux autre chose ? »

Le plus grand piqua les cendres, les étala. Puis il raccrocha le tisonnier et fit de nouveau face au rouquin.

« Oui. Que tu te détendes. On n'a qu'un truc à redouter. »

Sourire entendu du rouquin. « La peur.

– Non, rectifia l'autre. La panique et le doute. On sait ce qu'on veut, et on sait comment l'obtenir. Si on garde notre calme et notre assurance, on l'aura. »

Le rouquin acquiesça. Puis il ramassa la serviette en cuir posée près de la chaise. « Comment disait déjà Benjamin Franklin ? La révolution est toujours légitime conjuguée à la première personne, comme quand on dit "notre" révolution. Elle n'est contestable qu'à la troisième, comme dans "leur" révolution.

– Jamais entendu, dit l'autre. Mais c'est bien vu. »

Le rouquin sourit. « Je ne cesse de me répéter que notre action est en tous points comparable à celle des

Pères fondateurs. Troquer une mauvaise forme de gouvernement contre une meilleure.

– C'est exact, admit l'autre. À présent, ce qu'il faut, c'est que tu rentres chez toi te relaxer, regarder un match de foot. Cesse de te ronger les sangs. Tout se passera bien.

– J'aimerais avoir ta confiance.

– N'est-ce pas également Franklin qui a dit : "En ce bas monde, nul ne peut être sûr de rien, en dehors de la mort et des impôts ?" On a fait de notre mieux, et on ne peut pas faire plus. On doit en être convaincus. »

Le rouquin acquiesça.

Ils se serrèrent la main et le rouquin sortit.

Une jeune secrétaire travaillait derrière un imposant bureau d'acajou, à la sortie de la bibliothèque. Elle lui sourit alors qu'il empruntait le vaste corridor au sol couvert de moquette menant à la sortie.

Il pensait que ça allait marcher. Il le croyait sincèrement. En revanche, il doutait que les répercussions fussent aussi simples à maîtriser.

Bah, pour l'importance que ça a..., songea-t-il alors qu'un vigile lui ouvrait la porte et qu'il se retrouvait au soleil. Il sortit de sa poche de chemise des lunettes noires et les chaussa.

Il faut le faire. Et maintenant.

En descendant l'allée pavée pour rejoindre sa voiture, le rouquin se raccrochait à l'idée que, pour faire naître ce pays, les Pères fondateurs avaient commis ce que bien des gens d'alors avaient considéré comme des actes de trahison. Il songea également à Jefferson Davis et aux dirigeants sudistes qui avaient formé la Confédération pour lutter contre ce qu'ils estimaient être de la répression. Ce que lui et ses amis s'apprêtaient à faire aujourd'hui n'était donc ni sans précédent ni immoral.

Mais c'était néanmoins risqué. Pas seulement pour eux mais surtout pour le pays. Et cela, plus que toute autre chose, continuerait à leur flanquer une trouille bleue jusqu'au moment où ils auraient enfin réussi à tenir fermement les rênes de la nation.

1.

Bakou, Azerbaïdjan, dimanche, 23:33

David Battat consulta sa montre avec impatience. Ils avaient plus de trois minutes de retard. Ce qui n'avait en soi rien d'inquiétant, se répéta le petit Américain plein d'agilité. Mille choses avaient pu les retenir, mais ils allaient finir par arriver. En canot à rames ou à moteur, sans doute débarqués d'un autre navire, sans doute depuis le mouillage à quatre cents mètres sur sa droite. Mais ils allaient bien finir par arriver.

Ils avaient intérêt, du reste. Il ne pouvait pas se permettre de merder une seconde fois. Même si la première erreur n'avait pas été de sa faute.

À quarante-trois ans, Battat était le directeur du petit bureau new-yorkais de la CIA, situé juste en face du bâtiment des Nations unies. Battat et son équipe réduite étaient responsables des activités de contre-espionnage électronique : pister les soi-disant diplomates qui utilisaient leur consulat comme base pour leurs activités de surveillance et de collecte de renseignements. Battat chapeautait par ailleurs les activités de l'agent stagiaire Annabelle Hampton.

Dix jours plus tôt, il avait débarqué de l'ambassade des États-Unis à Moscou. Le centre de communications de la CIA effectuait des tests sur une liaison montante avec un nouveau satellite à gain acoustique élevé. Si les tests étaient concluants avec le Kremlin, l'agence avait l'intention de l'utiliser à New York pour espionner avec plus d'efficacité les consulats étrangers. Toutefois, durant le séjour de Battat à Moscou, Annabelle en avait profité pour aider un groupe de terroristes à infiltrer les Nations unies[1]. Le plus pénible était que la jeune femme l'avait fait pour des considérations vénales, même pas par conviction. Il pouvait encore avoir du respect pour une idéaliste, même dévoyée. Sûrement pas pour une vulgaire pute.

Même si Battat n'avait reçu aucun blâme officiel pour les actes d'Annabelle, c'est lui qui avait dû enquêter sur les antécédents de sa stagiaire. Après tout, c'était lui qui l'avait engagée. Et cette « initiative personnelle » (ainsi que la qualifiait le dossier confidentiel) s'était produite durant son quart. D'un point de vue psychologique mais aussi politique, il se devait d'expier cette erreur. Sinon, il risquait fort de découvrir à son retour aux États-Unis que l'agent dépêché de Washington pour assurer l'intérim en son absence était devenu le titulaire officiel du poste. Battat pouvait fort bien se retrouver nommé de nouveau à Moscou, et ça, il n'en était pas question. Le FBI était en cheville avec tous les trafiquants du marché noir qui dirigeaient la Russie et le bureau répugnait à partager tuyaux ou contacts avec la CIA. Il n'aurait rien à faire à Moscou, à part interroger des apparatchiks blasés

1. Cf. *Op-Center 6. État de siège*, Albin Michel, 2000.

qui n'auraient rien à dire sinon qu'ils regrettaient le bon vieux temps avant de lui demander poliment s'il pourrait éventuellement leur fournir un visa pour n'importe quel pays plus proche de l'Atlantique que de l'Oural.

Battat contempla les eaux noires au-dessus des hautes herbes qui encombraient la baie de Bakou donnant sur la Caspienne. Il prit son appareil photo numérique pour étudier la *Rachel* au téléobjectif. Il ne nota aucune activité sur le pont du yacht de dix-huit mètres. Quelques lumières étaient toutefois visibles derrière les hublots. Ils devaient attendre. Il rabaissa l'appareil et se demanda si les passagers étaient aussi impatients que lui.

Sans doute. Les terroristes étaient toujours nerveux mais concentrés. Une combinaison incongrue qui permettait aux forces de sécurité de fondre plus aisément sur les fauteurs de troubles potentiels même noyés au milieu d'une foule.

Battat consulta de nouveau sa montre. À présent, ils avaient cinq minutes de retard. Après tout, ça valait peut-être mieux. Ça lui laissait une chance de faire monter son taux d'adrénaline, de mieux se concentrer sur le boulot. C'était pas évident.

Cela faisait bientôt quinze ans qu'il n'avait plus travaillé sur le terrain. Aux derniers jours de la guerre d'Afghanistan, il avait été agent de liaison de la CIA avec les combattants moudjahidin. Depuis le front, il avait envoyé ses rapports sur le déploiement des forces soviétiques, mouvements de troupes, armements, tactiques et ainsi de suite. Tout ce qui pourrait intéresser les militaires si jamais les États-Unis devaient affronter des soldats soviétiques ou entraînés par eux. C'était au temps où son pays entretenait encore des éléments sur le terrain chargés de la collecte d'informations concrètes et fiables, au lieu de se fier aux transmissions audio et aux images satellite que des équipes d'experts devaient interpréter ensuite. Les agents comme Battat qui avaient été formés à la collecte de renseignements à l'ancienne traitaient ces prétendus experts de « pifométristes diplômés », vu qu'ils se gouraient à peu près aussi souvent qu'ils tombaient juste.

Botté, vêtu d'un jean et d'un pull à col montant, les mains gantées de cuir et coiffé d'une casquette de base-ball, le tout de couleur noire, Battat essayait de localiser un nouvel ennemi potentiel. L'un de ces fameux satellites qu'il détestait tant avait intercepté une communication lors d'un essai technique à Moscou. Pour des raisons encore indéterminées, un groupe baptisé « Dover Street » avait rendez-vous sur la *Rachel* (sans doute un bateau), pour y récupérer le « Harponneur ». S'il s'agissait du même individu qui avait déjà échappé à la CIA à Beyrouth et en Arabie Saoudite, le service tenait absolument à l'alpaguer. Ces vingt dernières années, l'homme avait été responsable de la mort de centaines d'Américains dans des attentats à la bombe. Après débat avec Washington sur la teneur du message, il avait été décidé que Battat photographierait les individus et se rendrait à l'ambassade américaine à Bakou pour confirmer leur identité. Ensuite, on pisterait le navire par satellite et un commando spécial serait envoyé de Turquie pour éliminer le terroriste. Pas de problème d'extradition, pas d'imbroglio politique : juste les bonnes vieilles méthodes de neutralisation. Le genre de pratique habituelle à la CIA avant que plusieurs bavures, en Iran et au Nicaragua, ne fassent mal voir les opérations clandestines. Avant que les « actions concrètes » soient remplacées par des « procédures légales ». Avant que les bonnes manières soient venues se substituer aux bonnes méthodes de gouvernement.

Battat avait donc pris l'avion pour Bakou. Sitôt franchie la douane, il avait pris le métro pour descendre à la station de Khatayi, en bord de mer. Les rames étaient bondées mais propres, le trajet coûtait trois fois rien et tout le monde se montrait d'une courtoisie extrême : on aidait son voisin et on tenait les portes ouvertes pour les retardataires.

L'ambassade américaine à Bakou conservait un petit bureau de la CIA avec deux agents actifs. Ces derniers étaient censés être connus de la police azerbaïdjanaise et ils opéraient rarement sur le terrain. À la place, ils faisaient venir du personnel extérieur si nécessaire. L'ambassade apprécierait modérément qu'on lui présente l'action comme un fait accompli. Mais il y avait des tensions croissantes entre États-Unis et Azerbaïdjan au sujet du pétrole de la mer Caspienne. La jeune république tentait d'inonder le marché international de pétrole à bas prix pour soutenir son économie chancelante. Cela risquait d'occasionner d'énormes dégâts aux compagnies pétrolières américaines qui n'étaient que peu représentées sur place, reliquat de la période soviétique. Et la CIA à Moscou ne tenait pas à mettre de l'huile sur le feu.

Battat passa la fin de l'après-midi à arpenter un bout de plage à la recherche d'un bateau bien précis. Dès qu'il l'eut repéré, ancré à quelque trois cents mètres au large, il alla s'installer confortablement sur une dalle rocheuse au-dessus d'un bouquet de roseaux.

Muni de son sac à dos, d'une bouteille d'eau minérale et d'un casse-croûte, l'appareil photo numérique autour du cou, il prit son mal en patience.

L'odeur d'embruns mêlés de pétrole venant des plates-formes était tenace, plus intense que partout ailleurs au monde. Elle vous brûlait presque les narines. Mais il adorait ça. Il adorait sentir le sable sous ses sandales en caoutchouc, la fraîcheur de la brise sur sa joue, la moiteur de ses paumes, l'accélération de son rythme cardiaque.

Battat se demanda combien d'envahisseurs étrangers avaient foulé ce rivage, peut-être à cet endroit précis. Les Perses au XIe siècle. Les Mongols aux XIIIe et XIVe. Les Russes au XVIIIe, puis à nouveau les Perses et enfin les Soviétiques. Il n'aurait su dire s'il fallait y voir l'inertie de l'histoire ou un viol aussi écœurant qu'interminable.

Pour l'importance que cela peut avoir, songea-t-il. Il n'était pas ici pour sauver l'Azerbaïdjan. Mais pour se racheter et protéger les intérêts américains.

Tapis dans les hautes herbes sur ce coin de plage isolée, Battat eut l'impression de ne jamais avoir quitté le terrain. Le danger vous faisait cet effet. C'était comme une rengaine ou une odeur de cuisine familière, un signet sur les pages de l'âme. Ça aussi, c'était un truc qu'il aimait. Il appréciait aussi ce qu'il faisait. Pas seulement pour expier les fautes d'Annabelle mais parce que c'était juste.

Cela faisait maintenant sept heures que Battat attendait. Les communications par téléphone mobile que ses services avaient interceptées indiquaient que la récupération était prévue pour vingt-trois heures. Le Harponneur était censé être sur place pour examiner le colis, quel qu'il puisse être, puis régler la livraison et s'en aller.

À cet instant précis, quelque chose se passa à bord. Une écoutille s'ouvrit et un homme apparut sur le pont. Battat regarda. L'homme alluma un poste de radio. L'appareil était apparemment calé sur une station de folklore local. Peut-être était-ce un signal. Le regard de Battat parcourut les eaux.

Soudain, une clef du bras autour du cou le força à se relever. Il suffoqua. Il essaya de rentrer le menton dans le cou pour réduire la pression et ainsi reprendre son souffle, mais l'agresseur était bien entraîné : il avait bloqué le bras droit contre sa gorge et de la main gauche maintenait la tête de Battat pour l'empêcher de se retourner. L'Américain essaya d'enfoncer le coude dans l'abdomen de son agresseur, mais l'homme se tenait sur le côté. Finalement, il essaya à tâtons de le saisir à l'épaule pour le faire basculer au-dessus de lui.

L'autre réagit en inclinant le corps en arrière, soulevant du sol l'Américain. Même si Battat pouvait l'agripper à l'épaule, il était incapable de renverser son agresseur. Ses pieds s'agitaient dans le vide et il n'avait aucune prise.

La lutte ne dura que cinq secondes. Le bras de l'agresseur écrasa la carotide de l'Américain, coupant l'irrigation du cerveau et lui faisant perdre aussitôt connaissance. Par sécurité, l'agresseur maintint sa pression encore une bonne demi-minute. Puis il laissa le corps inerte choir sur le sable.

Le Harponneur glissa la main dans la poche de son coupe-vent. Il en sortit une seringue. Il ôta le bouchon de plastique et piqua l'homme au cou. Après avoir essuyé la petite goutte de sang, il sortit une lampe torche qu'il alluma. Il l'agita à plusieurs reprises. Une autre lampe répondit depuis le pont de la *Rachel*.

Les deux lampes s'éteignirent. Peu après, un canot à moteur était descendu du navire et se dirigeait vers le rivage.

2.

Camp Springs, Maryland, dimanche, 16:12

Paul Hood était avachi dans un fauteuil, à l'angle de sa petite chambre d'hôtel qu'éclairait seulement l'écran de télévision. Les lourds rideaux étaient tirés. Une partie de football américain était en cours mais Hood ne la regardait pas vraiment. Ce qu'il se visionnait mentalement, c'était la rediffusion de ses seize années de vie conjugale.

Une vieille toile sous mon nouveau toit.

Son nouveau toit était désormais une suite anonyme au quatrième étage du Days Inn, sur Mercedes Boulevard, à quelques kilomètres de la base aérienne d'Andrews. Hood était venu s'y installer dans la nuit du samedi précédent. Il aurait certes pu choisir un motel à proximité de la base qui abritait l'Op-Center, mais il préférait pouvoir prendre ses distances avec son boulot. Plutôt ironique, quand justement c'était son dévouement pour l'Op-Center qui lui avait coûté son mariage.

Du moins, à en croire son épouse.

Ces dernières années, Sharon Hood avait eu de plus en plus de mal à vivre les longues heures que son mari consacrait à l'Op-Center. Sa tension et sa colère croissaient chaque fois qu'une crise internationale l'amenait à rater l'un des récitals de violon de leur fille Harleigh ou l'un des matches de leur fils Alexander. Elle s'aigrissait de devoir annuler quasiment toutes leurs vacances en famille par la faute d'une tentative de coup d'État ou d'assassinat politique qui réclamait l'attention de Paul. Elle avait horreur de le voir toujours pendu au téléphone, même quand il était en famille, pour prendre des nouvelles du directeur adjoint Mike Rodgers, s'enquérir des performances de l'Op-Center régional mobile lors de ses essais sur le terrain, ou discuter avec Bob Herbert, le chef du renseignement, des options pour renforcer leurs nouvelles relations avec le pendant de l'Op-Center récemment installé en Russie, à Saint-Pétersbourg[1].

Mais Hood n'avait jamais été convaincu que le problème résidât vraiment dans son boulot. C'était quelque chose de plus ancien, de plus profond.

Même quand il avait démissionné de son poste de directeur de l'agence et s'était rendu à New York pour aller voir jouer sa fille lors de la réception officielle aux Nations unies, Sharon n'avait toujours pas été heureuse. Elle était jalouse de l'intérêt que lui témoignaient les autres mères. Elle s'était rendu compte que les femmes étaient attirées par son époux parce qu'il avait été en vue lorsqu'il était maire de Los Angeles. Par la suite, il avait occupé de hautes fonctions à Washington, ville où le pouvoir vous ouvrait les portes. Peu importait pour Sharon que Hood n'éprouvât aucun attrait pour le pouvoir ou la célébrité. Peu lui

1. Cf. *Op-Center 2. Image virtuelle*, Albin Michel, 1997.

importait que ses réponses aux invites féminines eussent toujours été polies mais brèves. Tout ce qu'elle voyait, c'est qu'elle devait encore et toujours partager son époux.

Puis était arrivé le cauchemar. Harleigh et les autres jeunes musiciens avaient été pris en otage dans la salle du Conseil de sécurité par d'anciens Casques bleus qui avaient mal tourné. Hood avait laissé Sharon dans les bureaux des Affaires étrangères pour mieux pouvoir superviser l'opération clandestine menée avec succès par l'Op-Center pour sauver les jeunes otages et les diplomates étrangers retenus captifs[1]. Mais aux yeux de Sharon, encore une fois, il avait été absent. Et dès leur retour à Washington, elle avait aussitôt conduit les enfants chez ses parents, à Old Saybrook, Connecticut. Sharon avait expliqué qu'elle voulait éloigner Harleigh du cirque médiatique qui les avait traqués depuis New York.

Hood n'avait rien à y redire. Harleigh avait vu une de ses amies sérieusement blessée et plusieurs autres personnes se faire tuer. Elle-même avait échappé de justesse à la mort. Elle avait subi les conséquences cliniques bien connues dues aux états de stress post-traumatique : menace à son intégrité physique, terreurs, impuissance et sentiment de culpabilité d'avoir survécu à l'épreuve. Pas question en plus de se retrouver sous le feu des projecteurs et des caméras de télévision, encerclée d'une meute hurlante de journalistes.

Mais Hood savait que ce n'était pas l'unique raison du retour de son épouse à Old Saybrook. Sharon aussi

---

1. Cf. *Op-Center 6. État de siège*, *op. cit.*

avait besoin de prendre du recul. Besoin de retrouver le réconfort et la sécurité de sa maison natale pour songer à son avenir.

À *leur* avenir.

Hood coupa la télé. Il posa la télécommande sur la table de nuit, s'allongea sur les oreillers, contempla le plafond blanc. Sauf qu'il ne le voyait pas. Ce qu'il voyait, c'était le visage pâle de Sharon et ses yeux noirs. Il revoyait le regard qu'ils lui avaient adressé ce vendredi quand elle était revenue pour lui annoncer qu'elle demandait le divorce.

Ce n'était pas une surprise. C'était même, quelque part, un soulagement. Après son retour à New York, Hood avait eu un bref entretien avec le président pour discuter des moyens de combler le fossé entre les États-Unis et l'ONU. Se retrouver aux Nations unies, à nouveau branché sur le monde, lui avait donné envie de revenir sur sa démission. C'est vrai qu'il aimait son boulot : le défi, l'engagement, les risques. Le vendredi soir, après que Sharon lui eut fait part de sa décision, c'est la conscience claire qu'il avait pu revenir sur la sienne.

Quand ils avaient eu l'occasion de se reparler le lendemain, l'éloignement émotionnel avait déjà commencé. Ils s'étaient mis d'accord pour que Sharon fasse appel aux services de l'avocat de la famille. Sur le conseil d'un proche, Paul décida d'engager le conseiller officiel de l'Op-Center, Lowel Coffey III. Tout se déroula de manière très formelle, très polie, très adulte.

La grosse question pendante demeurait le sort des enfants. Et de savoir si Hood devait quitter sur-le-champ le domicile conjugal. Il avait appelé Liz Gordon, la psychologue du centre, qui avait déjà conseillé Harleigh avant d'embrasser une carrière de psychiatre spécialisée dans le traitement du syndrome post-traumatique. Liz avait dit à Hood de toujours se montrer d'une douceur extrême en présence de sa fille. Il était le seul proche à avoir été auprès d'elle durant le siège. Harleigh allait dorénavant associer sa force et son calme avec sa sécurité. Cela devrait contribuer à accélérer sa guérison. Liz ajouta que même si son départ ajoutait un facteur d'instabilité, ce serait toujours moins dangereux que d'assister aux conflits en cours entre sa femme et lui. Une telle tension ne montrerait pas Hood sous le jour qui convenait le mieux à sa fille. Par ailleurs, il conviendrait au plus tôt de commencer pour celle-ci une thérapie intensive. Il fallait qu'ils règlent son problème, sinon elle risquait d'être à jamais handicapée sur le plan psychologique.

Après avoir discuté avec Liz Gordon, Hood et Sharon décidèrent d'aborder sereinement et franchement les choses avec les enfants. Pour la dernière fois en tant que famille, ils s'installèrent ensemble dans la « tanière », la pièce où chaque année ils décoraient le sapin de Noël, où ils avaient appris aux gamins à jouer aux échecs et au Monopoly et où ils organisaient les goûters d'anniversaire. Alexander parut le prendre bien, surtout après avoir reçu l'assurance que sa vie ne changerait pas trop. Harleigh se montra d'abord bouleversée, se sentant responsable de la situation. Hood et sa femme durent lui répéter qu'il n'en était rien et qu'ils seraient toujours là tous les deux pour elle.

Quand ils eurent terminé, Sharon resta dîner à la maison avec sa fille, tandis que Hood emmenait Alexander à leur boui-boui favori, le « Frites-Bistrot » rebaptisé l'« Infarctus-Bistrot » par une Sharon toujours à cheval sur la diététique. Hood tâcha de faire bonne figure et ils passèrent tous les deux un bon moment. Puis il raccompagna son fils, récupéra quelques affaires et quitta le toit familial pour son nouveau logis.

Hood parcourut du regard la chambre d'hôtel : un bureau au plateau recouvert d'une vitre avec un buvard, une lampe et une chemise pleine de cartes postales. Un lit géant. Une moquette à toute épreuve assortie aux lourdes tentures. Le chromo encadré d'un arlequin dont la tenue était assortie à la moquette. Une sorte de commode avec, encastrés dedans, d'un côté un mini-frigo, et de l'autre la télé. Et comme de juste, un tiroir avec une Bible. Il y avait aussi une table de nuit avec une lampe identique à celle du bureau, quatre corbeilles à papiers, une pendulette, et la boîte de mouchoirs en papier qu'il avait ramenée de la salle de bains.

Mon nouveau logis.

Si l'on exceptait l'ordinateur portable trônant sur le bureau avec à côté les photos des enfants (leurs photos de classe de l'an passé, encore dans leur cadre de carton gaufré), il n'avait ici rien de personnel. Les taches sur la moquette n'étaient pas celles du jus de pomme renversé par Alexander quand il était petit. Ce n'était pas Harleigh qui avait peint l'arlequin. Le frigo n'était pas garni, par barquettes entières, de ces pots d'improbable mixture de yaourt kiwi-fraise dont raffolait Sharon. Le téléviseur n'avait jamais diffusé les cassettes familiales d'anniversaires, d'après-midi au bord de la piscine et de fêtes avec des parents ou des collègues. Hood n'avait jamais contemplé de lever ou de coucher de soleil derrière ces fenêtres. Il n'avait jamais eu la grippe dans ce lit, il n'y avait jamais senti son fils à naître donner des coups de pied. Et s'il appelait les enfants, aucune voix ne lui répondrait.

Il sentit de grosses larmes affluer derrière ses paupières. Il se tourna pour regarder la pendulette, n'importe quoi pour rompre l'implacable enchaînement des images et des souvenirs. Il faudrait qu'il soit bientôt prêt. Le temps – ou le gouvernement – ne s'arrêtait pour personne. Il avait toujours des obligations professionnelles. Mais, bon Dieu, il n'avait vraiment pas envie de s'y mettre. De bavarder, de faire bonne figure comme il l'avait fait avec son fils, de se demander qui était ou n'était pas au courant grâce à la messagerie instantanée qu'était le téléphone arabe dans la capitale fédérale.

Il leva les yeux au plafond. Une partie de lui-même avait voulu en arriver là. Pouvoir enfin se sentir libre de travailler. Ne plus avoir à toujours être jugé ou soumis aux critiques de Sharon. Et surtout cesser de constamment décevoir son épouse.

Mais une autre partie, de loin la plus importante, était amère et triste de voir son mariage condamné. Il n'y aurait plus d'expériences partagées à deux et les enfants allaient souffrir des défauts de leurs parents.

Soudain conscient, terriblement conscient, que leur divorce était irrémédiable, Hood laissa enfin s'épancher ses larmes.

3.

Washington, DC,
dimanche, 18:12

Megan Lawrence s'arrêta un bref instant devant la psyché à cadre doré du XVIIe siècle. Elle vérifia une dernière fois l'arrangement de ses cheveux argentés taillés court et de sa robe de satin ivoire avant de prendre ses gants blancs et de quitter ses appartements privés du deuxième étage. Satisfaite, cette femme grande et mince qui portait avec élégance ses soixante et un ans traversa le tapis sud-américain ramené par le président Herbert Hoover et se dirigea vers la chambre de l'appartement présidentiel. Le vestiaire privé de son époux était juste en face. Juste avant de quitter la pièce, son regard s'attarda une dernière fois sur les murs immaculés éclairés par des appliques, les rideaux Kennedy bleu ciel, le lit utilisé pour la première fois par Grover et Frances Cleveland, le fauteuil à bascule dans lequel, en 1868, Eliza, l'épouse discrète et dévouée du président Andrew Johnson, avait attendu les résultats du procès en destitution de ce dernier, et la table de chevet où chaque soir avant de se coucher, le septième président, Andrew Jackson, sortait le portrait de feu son épouse qu'il gardait caché près de son cœur et le déposait sur la table près de la Bible usée à force d'être lue, pour être certain que son visage fût la première chose qu'il découvrirait à son réveil.

Megan sourit en contemplant cette pièce. Dès qu'ils avaient emménagé à la Maison-Blanche, tous ses amis et relations lui avaient dit : « Ce doit être quand même incroyable d'avoir accès à toutes ces informations secrètes sur les fragments disparus du cerveau de Kennedy et les extra-terrestres de Roswell. » Et elle de leur rétorquer que le véritable secret était qu'il n'y avait pas de secrets. Après avoir vécu près de sept ans à la Maison-Blanche, le seul fait incroyable pour elle restait qu'elle éprouvait toujours ce même frisson à se retrouver dans ces murs habités par des ombres et si fortement imprégnés de grandeur, d'art et d'histoire.

Son mari, l'ancien gouverneur Michael Lawrence, avait déjà effectué un mandat présidentiel quand une série de remous boursiers l'avaient fait chuter de justesse devant les outsiders Ronald Bozer et Jack Jordan. Les politologues avaient expliqué à ce conservateur modéré que sa défaite était moins due aux revers boursiers (qui du reste ne l'avaient guère affecté) qu'à sa fortune personnelle, héritée d'une riche famille d'exploitants de séquoias dans l'Oregon. Michael Lawrence ne partageait pas ce point de vue et il n'était pas homme à renoncer. Plutôt que de se reconvertir en potiche dans quelque cabinet juridique ou entrer au conseil d'administration de l'entreprise familiale, l'ancien président s'était alors installé à Washington où il avait formé un groupe de réflexion apolitique, baptisé « le Bon Sens américain », et s'était lancé dans l'action de terrain. Il avait consacré les huit années suivantes à rechercher les moyens d'affiner ou de rectifier ce qu'il estimait avoir été les erreurs commises durant sa gestion précédente, qu'il s'agisse d'économie, de programmes sociaux ou de politique étrangère. Les membres de son groupe de réflexion participaient à tous les grands rendez-vous dominicaux à la télévision, rédigeaient tribunes et chroniques, publiaient des essais, donnaient des conférences. Opposé à un candidat sortant bien falot, et soutenu par un nouveau candidat vice-président, Charles Cotten, sénateur de New York, Michael Lawrence n'avait eu aucune peine à se faire réélire et jouissait d'un taux de popularité qui restait aux alentours de soixante pour cent.

Megan entra dans les appartements de son époux. La porte était fermée, ce qui était le seul moyen de garder un peu de chaleur dans la chambre conjugale, car les vieux murs chargés d'histoire étaient également synonymes de courants d'air. Cela voulait sans doute dire que son mari était encore sous la douche, ce qui était surprenant. Les invités de marque devaient être admis dans le bureau du premier pour un petit cocktail privé d'une trentaine de minutes à sept heures pile. D'habitude, son mari aimait bien être prêt un quart d'heure avant pour revoir ses dossiers personnels et s'enquérir des goûts, aversions, passe-temps et détails familiaux de ses hôtes étrangers. Ce soir, il devait recevoir les lettres de créance des nouveaux ambassadeurs de Suède et d'Italie avant de présider un dîner d'État avec d'éminents représentants des Nations unies. Leurs prédécesseurs avaient été assassinés lors du siège récent et ils avaient été nommés en toute hâte pour montrer au monde que le terrorisme ne saurait entraver la marche de la paix et de la diplomatie. Le président voulait avoir l'occasion de rencontrer les deux hommes en tête à tête. Puis ils descendraient ensemble vers le Salon Bleu pour la réception officielle avec les autres représentants. Ensuite, ce serait le dîner proprement dit, qui se voulait un témoignage d'unité et de soutien aux diverses délégations après l'agression de la semaine précédente.

Le président était monté peu après dix-huit heures, ce qui aurait dû lui laisser tout le temps de se doucher et se raser. Megan ne voyait pas ce qui pouvait le retenir. Peut-être était-il au téléphone ? Son équipe essayait bien de filtrer le plus possible les appels vers ses appartements privés, mais il en avait reçu en nombre croissant ces derniers jours, parfois même au cœur de la nuit. Elle n'avait pas envie d'aller dormir dans l'une des chambres d'amis, mais elle n'était plus non plus dans sa prime jeunesse. Autrefois, du temps de leur première campagne pour la magistrature suprême, elle arrivait à tenir avec seulement deux ou trois heures de sommeil. Plus maintenant. Et ce devait être pis encore pour son époux. Ces derniers temps, il avait l'air plus fatigué que d'habitude et avait un urgent besoin de repos. La crise à l'ONU l'avait contraint à ajourner *sine die* leurs vacances dans le Nord-Ouest.

La première dame s'arrêta devant la porte à panneaux de bois et prêta l'oreille. La douche était silencieuse. Elle n'entendait pas non plus couler le robinet du lavabo. Et son mari ne semblait pas non plus au téléphone.

« Michael ? »

Il ne répondit pas. Elle tourna le bouton de cuivre et ouvrit la porte.

La salle de bains était précédée d'une petite antichambre. Dans une alcôve sur la droite, se dressait une armoire en cerisier dans laquelle le valet de chambre du président disposait ses vêtements pour la journée. Dans l'alcôve de gauche se trouvait une coiffeuse assortie, surmontée d'un grand miroir éclairé. Le président se tenait devant celle-ci, vêtu d'un peignoir de bain bleu roi. Il respirait bruyamment et ses yeux bleus semblaient emplis de rage. Il avait les poings tellement serrés que ses phalanges étaient livides.

« Michael, est-ce que tu te sens bien ? »

Il la fusilla du regard. Elle ne l'avait jamais vu dans un état pareil et surtout à ce point... dérouté, tel fut le premier mot qui lui vint à l'esprit. Cela l'emplit de terreur.

« Michael, enfin, qu'est-ce qui se passe ? »

Il se retourna vers la glace. Ses yeux se radoucirent, ses poings se détendirent. Puis il se laissa lentement tomber dans le siège en noyer devant la coiffeuse.

« Rien, répondit-il. Je vais bien.

– Tu n'en as pas l'air.

– Comment ça ?

– Il y a deux secondes, tu semblais prêt à mordre. »

Il secoua la tête. « C'était juste le trop-plein d'énergie après mes exercices, expliqua-t-il.

– Tes exercices ? Je pensais que tu sortais d'une réunion.

– Juste un peu de musculation. Le sénateur Samuels en fait dix minutes matin et soir. Il dit que c'est idéal pour évacuer le stress quand on n'a pas le temps d'aller au gymnase. »

Megan n'en crut pas un mot. Son mari avait tendance à transpirer facilement quand il faisait du sport. Or il avait le front et le dessus de la lèvre supérieure parfaitement secs. Non, il devait se passer autre chose. Ces derniers jours, il lui avait paru de plus en plus distant, et cela commençait à l'effrayer.

Elle fit un pas vers lui, lui effleura le visage.

« Il y a quelque chose qui te tracasse, chou. Dis-moi quoi. »

Le président la regarda. « C'est rien. Ces deux derniers jours ont été difficiles, c'est tout.

– Tu veux parler de ces coups de fil en pleine nuit...

– Ça, plus tout le reste...

– C'est pire que d'habitude ?

– Par certains côtés, avoua-t-il.

– Veux-tu m'en parler ?

– Non, pas maintenant », dit-il avec un petit sourire contraint. Sa voix grave avait repris un peu de vigueur et de confiance, ses yeux un peu plus d'éclat. Le président prit les mains de Megan et se leva. Il mesurait un peu plus d'un mètre quatre-vingt-dix. Il baissa les yeux vers sa femme. « Tu es superbe.

– Merci. N'empêche que tu m'inquiètes.

– Tu n'as aucune raison. » Il regarda sur sa droite, la console sur laquelle trônait une pendule en or qui avait appartenu à Thomas Jefferson. « Il se fait tard. Je ferais mieux de me préparer.

– Je t'attends, lui dit-elle. Et t'aurais intérêt à faire quelque chose pour tes yeux.

– Mes yeux ? » Il se tourna vers le miroir. Il s'était levé encore plus tôt qu'elle aujourd'hui et ses pupilles étaient injectées de sang. Et il n'était jamais recommandé pour un haut responsable politique de trahir lassitude ou faiblesse.

« Je n'ai pas très bien dormi la nuit dernière, admit-il en tâtant et tiraillant la peau autour de ses yeux. Quelques gouttes de collyre et il n'y paraîtra plus. » Puis le président se retourna vers son épouse et se baissa pour l'embrasser délicatement sur le front. « Tout va bien, je te promets. » Et sur un dernier sourire, il s'éloigna.

Megan regarda son mari regagner à pas lents la salle de bains, refermer la porte sur lui. Elle l'entendit faire couler la douche. Tendit l'oreille. D'habitude, Michael fredonnait de vieux rocks quand il se douchait. Parfois même, il chantait. Ce soir, il était silencieux.

Pour la première fois depuis bien longtemps, Megan ne croyait pas ce que lui avait dit son mari. Certes, aucun homme politique ne révélait jamais en public toute la vérité. Parfois, ils devaient raconter ce que voulaient entendre leurs électeurs ou leurs adversaires politiques. Mais en privé, Michael avait toujours été un homme honnête, tout du moins vis-à-vis de Megan. Elle n'avait qu'à le regarder au fond des yeux pour savoir s'il lui cachait ou non quelque chose. Et quand c'était le cas, elle parvenait en général à lui tirer les vers du nez.

Mais pas aujourd'hui, et cela ne laissait pas de la troubler profondément. Elle eut soudain peur pour lui.

Lentement, Megan retourna vers ses appartements. Elle enfila ses gants et tâcha de se concentrer sur son programme des prochaines heures. Elle devait se montrer une hôtesse avenante et gracieuse. Ne pas être avare de compliments pour les épouses des délégués. À tout le moins, avec les invités qu'elle ne connaissait pas personnellement. Il était toujours plus facile de dissimuler ses sentiments aux étrangers. Personne ne saurait qu'elle jouait la comédie.

Mais c'en serait bien une.

Megan regagna sa chambre. Il y avait près du lit un petit bureau à tambour en acajou du XIXe. Elle y prit une chemise transmise par son secrétariat privé et parcourut la liste des invités de la soirée, en prêtant une attention particulière aux noms des représentants étrangers et de leurs épouses. Chaque patronyme était accompagné de sa prononciation en phonétique qu'elle révisa à haute voix. Pour elle, un exercice facile : elle était douée pour les langues – elle envisageait même de devenir interprète quand elle avait rencontré son futur mari. Ironie du destin, elle avait voulu travailler pour les Nations unies.

Megan referma la chemise et la reposa. Son regard parcourut la chambre. La magie était toujours là, les esprits du passé, les échos de l'Histoire avec un grand H. Mais elle sentait également quelque chose qu'elle n'éprouvait que rarement en ces murs. Dans cette maison qui se trouvait quasiment sous les yeux de la planète entière.

Elle éprouvait soudain comme une immense impression de solitude.

4.

Bakou, Azerbaïdjan,
lundi, 2:47

David Battat reprit lentement conscience.

L'air marin était âpre et glacé. David était à plat ventre, le visage tourné vers les roseaux du rivage. Il avait les joues humides – d'eau de mer condensée.

Il voulut bouger mais il avait l'impression que son crâne était en béton. Sa gorge le brûlait, son cou était endolori. Il l'effleura avec précaution, étouffa un cri. La peau était tuméfiée, extrêmement douloureuse. Et son appareil photo avait disparu. Les gars de la CIA à Moscou ne pourraient pas analyser les clichés qu'il avait pris pour identifier les autres occupants du bateau ou déduire le poids de sa cargaison grâce à l'enfoncement de la ligne de flottaison. Artillerie et missiles étaient bien plus pesants que des explosifs, des devises ou de la drogue.

Battat essaya de se relever. Aussitôt, il eut l'impression qu'on lui enfonçait un poinçon dans la nuque. Il retomba à terre, attendit quelques secondes, refit un nouvel essai, plus lentement. Il réussit cette fois à se mettre à genoux, et s'assit pour contempler les eaux noires de la Caspienne.

La *Rachel* avait levé l'ancre. Il avait merdé dans les grandes largeurs. Que ça lui plaise ou non, il allait devoir en avertir Moscou dans les plus brefs délais.

Son crâne l'élançait et il dut à nouveau s'étendre. Il resta en appui sur les coudes, le front reposant sur le sable froid, cherchant à maîtriser la douleur. Et aussi à faire le point sur ce qui lui arrivait.

Pourquoi diable était-il encore de ce monde ? Ce n'était pas dans les habitudes du Harponneur. Pourquoi avoir fait exception pour lui ?

Puis il s'avisa qu'il avait peut-être été neutralisé avant l'arrivée du terroriste. Qu'il s'était peut-être fait braquer par quelque rôdeur arpentant la plage ; ayant remarqué son appareil photo et son équipement, il aurait décidé de l'en soulager. Battat n'aurait su dire ce qui était le pire : s'être laissé surprendre par sa cible ou s'être fait agresser. Peu importait d'ailleurs. Dans les deux cas, c'était moche.

L'agent inspira lentement puis se redressa avec précaution. Un genou en terre d'abord, et ensuite complètement. Il vacilla quelques secondes, les tempes battantes. Il se retourna, chercha du regard son sac à dos. Envolé, lui aussi. Plus de torche, aucun moyen de scruter les alentours pour repérer des traces de pas ou d'autres indices.

Il regarda sa montre. Son poignet tremblait et il dut se servir de l'autre main pour l'immobiliser. Dans moins de trois heures, le jour allait poindre. Les pêcheurs n'allaient pas tarder à sortir et Battat n'avait pas envie qu'on le repère. Au cas où il n'aurait pas été censé survivre, mieux valait que personne ne le sache. Il s'éloigna lentement du rivage, la tête carillonnant toujours. C'était un supplice chaque fois qu'il déglutissait et le contact du pull montant irritait son cou tuméfié.

Mais ce n'était pas ça le plus dur à supporter.

Le plus dur était de savoir qu'il avait échoué.

5.

Washington, DC, dimanche, 20:00

Lorsqu'il entra à la Maison-Blanche par la porte est réservée aux invités, Paul Hood se souvint de la première fois où il avait amené ici ses enfants. Il était venu à Washington assister à un congrès des maires. Harleigh avait huit ans à l'époque, et Alexander six. Le petit garçon n'avait pas été le moins du monde impressionné par le portrait d'Abraham Lincoln signé G.P.A. Healy ou par les magnifiques fauteuils du Salon Bleu, achetés par James Monroe, ou même par les agents du Service secret. Il avait déjà vu des tableaux, des fauteuils et des flics à Los Angeles. Le lustre spectaculaire au plafond de la salle à manger d'apparat avait à peine eu droit à un regard ; quant à la Roseraie, ce n'était jamais que de l'herbe et des fleurs. Mais quand ils avaient traversé la pelouse en direction de la rue E, le jeune homme avait enfin trouvé quelque chose qui l'avait impressionné.

Des marrons d'Inde.

Les bogues vert foncé accrochées aux branches des grands arbres ressemblaient à s'y méprendre à de petites mines flottantes hérissées de capteurs. Alexander avait cru dur comme fer qu'il s'agissait de bombes miniaturisées destinées à chasser les intrus. Qu'ils s'y cognent la tête et les marrons explosaient. Son père avait joué le jeu, n'hésitant pas à cueillir quelques fruits (avec un grand luxe de précautions, bien entendu), pour qu'ils puissent les replanter dans le jardin familial à leur retour. Harleigh avait finalement éventé la supercherie paternelle en piétinant un des marrons fraîchement plantés sans même prendre la peine d'exploser.

Sharon n'avait pas approuvé cette duperie. À ses yeux, c'était une incitation au militarisme. Hood, quant à lui, n'y voyait à l'œuvre qu'imagination enfantine, sans plus.

Il était bien rare que Paul Hood se rende à la Maison-Blanche sans repenser à l'épisode des marrons d'Inde. Ce soir ne dérogeait pas à la règle, sauf que, pour la première fois depuis des années, il éprouvait l'irrépressible envie de retourner en cueillir ; et les ramener à son fils en souvenir des bons moments partagés autrefois. De toute façon, arpenter le jardin serait toujours plus intéressant que ce qu'il s'apprêtait à faire.

Il avait passé son smoking, pris sa voiture pour se rendre à la Maison-Blanche et présenté son invitation calligraphiée à l'accueil de la porte est. Là, un stagiaire du Service secret l'avait accueilli pour le conduire au Salon Rouge qui jouxtait la salle à manger d'apparat. Le président et la première dame étaient encore dans le Salon Bleu, situé dans l'enfilade. Même si personne ne le disait tout haut, le Salon Rouge, plus petit (et traditionnellement utilisé pour les réceptions des épouses de présidents), était réservé aux invités de seconde zone.

Hood reconnut, sans vraiment les connaître, la majorité des hôtes présents. Il en avait vu plusieurs à des conférences, certains à des réunions de travail, et bon nombre lors de dîners officiels. La Maison-Blanche en organisait chaque année deux cent cinquante et Hood était convié à une bonne quinzaine. Son passé de maire de Los Angeles (synonyme de fréquentation des stars de cinéma) mais aussi dans les milieux de la finance et de l'espionnage faisait de lui le convive idéal. Capable de dialoguer avec des généraux, des hommes politiques d'envergure internationale, des diplomates, des journalistes, des sénateurs et leurs épouses, de les informer et les distraire sans jamais commettre d'impair – un détail qui était essentiel.

Sharon l'accompagnait d'habitude à ces manifestations. Elle qui travaillait dans la diététique, elle faisait en général grise mine devant les menus, même si en revanche elle était toujours ravie du décorum. Quand Sharon n'était pas libre, c'était Ann Farris, l'attachée de presse de l'Op-Center, qui venait. Elle, elle appréciait tout ce qu'on mettait dans son assiette et, contrairement à Sharon, adorait bavarder avec ses voisins, quels qu'ils soient.

C'était la première fois que Hood se retrouvait en célibataire. Nonobstant le plan de table établi par la Maison-Blanche, il ne se considérait pas comme le chevalier servant de Mala Chatterjee. Pourtant, la secrétaire générale de l'ONU venait également seule et elle s'était vu attribuer une place à la même table que lui, juste à sa gauche.

Hood entrouvrit la porte et embrassa du regard la longue salle à manger éclairée par le grand lustre. On y avait installé quatorze tables rondes, avec chacune des couverts pour dix convives. Sur l'invitation, il était inscrit que Hood était installé à la table deux, près du centre de la salle. Bon point. Jamais il n'avait été placé si près du président. Si jamais le climat avec Mala Chatterjee se tendait, Hood pourrait toujours échanger des regards entendus avec la première dame. Megan Lawrence avait grandi à Santa Barbara, en Californie. Elle avait eu l'occasion de collaborer avec Hood alors qu'il était maire de Los Angeles et ils avaient pu ainsi lier connaissance. C'était une femme qui avait de la classe, intelligente et pince-sans-rire.

Sous le regard attentif des huissiers, des maîtres d'hôtel en livrée noire s'affairaient à peaufiner la disposition des décorations florales.

La sécurité de la Maison-Blanche filtrait avec grand soin le personnel de service. Et même si ce n'était pas admis officiellement, sa composition était déterminée par la nature de la réception. De jeunes et séduisantes serveuses emplissaient les verres d'eau et veillaient à ce que la vaisselle soit disposée à intervalles parfaitement réguliers.

Trônant dans l'axe de la salle, l'imposant portrait d'Abraham Lincoln peint en 1869 qui avait si peu impressionné Alexander. Juste en face, une inscription sur le manteau de la cheminée reprenait les mots écrits par John Adams à son épouse Abigail avant l'installation dans la nouvelle résidence présidentielle qui venait alors d'être achevée. Tombés sous les yeux de Franklin Roosevelt celui-ci les avait tant aimés qu'ils étaient devenus la devise officielle de la Maison-Blanche. L'inscription était celle-ci :

« Je prie le Ciel qu'il accorde sa bénédiction à cette demeure et à tous ceux qui désormais l'habiteront. Que seuls des hommes honnêtes et sages gouvernent à jamais en ces murs. »

Désolé, monsieur Adams, songea Hood. *On n'a pas vraiment assuré sur ce coup-là.*

L'un des huissiers s'approcha. Tout de blanc vêtu, en jaquette à galons dorés, il vint refermer la porte d'un geste poli mais ferme. Paul Hood regagna le Salon Rouge. Le bruit et l'affluence avaient grandi depuis que les invités avaient commencé d'affluer du salon voisin. Il essaya d'imaginer l'ambiance quand la pièce n'était pas encore climatisée.

Il se trouva qu'il regardait la porte quand Mala Chatterjee entra, venant du Salon Bleu. Elle était au bras du président. Le couple était suivi de la première dame et de deux délégués. Venaient ensuite le vice-président Cotten et madame, puis le sénateur de Californie, Barbara Fox. Hood la connaissait bien. Elle lui parut étrangement perplexe. Mais il n'eut pas l'occasion de lui demander pourquoi : presque au même instant, la porte de la salle à manger d'apparat s'ouvrit. Le calme était revenu parmi le personnel. Les vingt maîtres d'hôtel étaient alignés le long du mur nord-ouest tandis que les huissiers attendaient à côté de la porte, prêts à guider les invités vers leurs places respectives.

Hood ne fit pas le moindre effort pour lier conversation avec Chatterjee. Elle semblait accaparée par son dialogue avec le président. Il se tourna pour gagner la salle à manger et regarda toutes ces célébrités pénétrer sous l'éclat doré du grand lustre. La procession avait un petit côté spectral : des personnages qui avançaient à pas lents, raides et dignes, les traits presque dénués d'expression ; les voix chuchotées qui résonnaient dans la grande salle, avec juste parfois l'écho d'un rire poli ; les chaises soulevées sans bruit par les huissiers pour ne pas rayer le parquet de bois rare ; et l'impression que cette scène avait été répétée des centaines de fois au cours des ans, des siècles, toujours avec les mêmes personnages : ceux qui détenaient le pouvoir, ceux qui le briguaient, ceux qui, comme Hood, jouaient les tampons entre les deux.

Hood but une gorgée d'eau. Il se demanda si le divorce rendait tous les hommes cyniques.

Chatterjee avait abandonné le président pour se laisser mener à sa table. Hood se leva à son approche. Le valet écarta sa chaise. La secrétaire générale le remercia et s'assit. Sans ignorer délibérément Hood, la quadragénaire native de La Nouvelle-Delhi réussit à ne pas le regarder. C'était plus qu'il ne pouvait en supporter.

« Bonsoir, madame la secrétaire générale, lança-t-il.

– Bonsoir, monsieur Hood », répondit-elle, toujours sans daigner le regarder.

D'autres convives arrivaient. Chatterjee se tourna pour sourire au ministre de l'Agriculture, Richard Ortiz, accompagné de son épouse. Hood se retrouva à contempler la nuque de la secrétaire générale. Il esquiva cet instant délicat en s'affairant à déplier sa serviette avant de regarder de l'autre côté.

Il essayait de se mettre à la place de Chatterjee. Avocate de formation, passée diplomate, elle n'avait pris ses fonctions que depuis peu quand les terroristes avaient frappé. Elle était entrée aux Nations unies avec l'image d'une pacifiste déclarée et voilà que des terroristes exécutaient des diplomates et menaçaient d'abattre des enfants[1]. Ses tactiques de négociation avaient échoué et Hood l'avait publiquement humiliée en s'introduisant en catimini dans la salle du Conseil de sécurité pour mettre fin à la crise par une action d'éclat certes violente mais décisive. Humiliation redoublée par la suite avec les vives louanges de nombreux pays devant l'initiative du patron de l'Op-Center.

Mais Paul Hood et la secrétaire générale Chatterjee étaient censés faire taire cette mauvaise querelle et non pas la raviver. Elle était une fervente avocate de la décontraction dite du premier geste où l'on montrait sa bonne volonté en étant le premier à déposer les armes et céder du terrain.

À moins qu'elle ne croie à cette théorie que lorsque c'est elle qui conseille aux autres de l'effectuer, ce premier geste.

Soudain, quelqu'un apparut derrière Hood et prononça son nom. Il se retourna, leva les yeux. C'était la femme du président.

« Bonsoir, Paul. »

Hood se leva. « Madame Lawrence. C'est un plaisir de vous voir.

– Cela fait trop longtemps, dit-elle en serrant fermement sa main entre les siennes. J'ai gardé la nostalgie de ces dîners de bienfaisance à Los Angeles.

– C'était le bon temps, reconnut Hood. On a fait l'histoire et, il faut l'espérer, sans doute aussi un peu de bien.

1. Cf. *Op-Center 6. État de siège, op. cit.*

– J'aime à le penser, répondit l'épouse du président. Comment va Harleigh ?

– Elle a subi un choc terrible et elle a du mal à s'en remettre, admit Hood.

– J'ose à peine l'imaginer. Qui l'a prise en charge ?

– Provisoirement, c'est Liz Gordon, notre psychologue à l'Op-Center. Liz se contente de déblayer le terrain. J'espère que d'ici une quinzaine de jours on pourra faire intervenir des spécialistes. »

Megan Lawrence lui adressa un sourire chaleureux. « Paul, ce serait peut-être là l'occasion de se donner mutuellement un coup de main. Êtes-vous libre à déjeuner, disons, demain ?

– Bien sûr.

– Parfait. Je vous vois à midi et demi. » Sur ces mots, la première dame sourit, fit demi-tour et regagna sa table.

Bizarre, songea Hood. *Ce serait peut-être là l'occasion de se donner mutuellement un coup de main*... Pourquoi diable aurait-elle besoin d'aide ? Quoi que ce puisse être, il fallait que ce soit important. L'agenda de la première dame était en général bloqué plusieurs mois à l'avance. Elle allait devoir reporter des rendez-vous pour lui laisser de la place.

Hood se rassit. Entre-temps, les avaient rejoints à table le vice-ministre des Affaires étrangères, Hal Jordan, et son épouse Barri Allen-Jordan, ainsi que deux couples de diplomates que Hood ne connaissait pas. Mala Chatterjee ne daigna pas faire les présentations, aussi Hood se présenta-t-il lui-même. La secrétaire générale persista à l'ignorer, même après que le président se fut levé pour porter un toast et souhaiter en quelques mots que ce dîner et l'unité qu'il manifestait soient un signal fort adressé aux terroristes pour montrer que les nations civilisées ne céderaient jamais à leur chantage. Sous l'objectif des photographes accrédités et des caméras de C-SPAN qui enregistraient discrètement l'événement depuis l'angle sud-ouest de la salle, le président souligna sa confiance dans l'ONU en annonçant officiellement, sous les applaudissements nourris de l'assistance, que les États-Unis s'apprêtaient à régler leur dette de près de deux milliards de dollars vis-à-vis de l'organisation internationale.

Hood savait que le règlement de la dette n'avait pas grand rapport avec les terroristes. L'ONU ne leur faisait pas peur et le président le savait, même si Mala Chatterjee en doutait encore. Mais ces deux milliards de dollars permettaient aux États-Unis de ne plus être boudés par des pays pauvres comme le Népal ou le Liberia. Une fois entamé le dégel des relations économiques avec les pays du tiers monde, on pourrait les convaincre d'accepter des prêts en échange de l'achat de produits américains, mais aussi de services et de renseignements militaires. Autant de revenus réguliers pour les entreprises américaines, même concurrencées par celles d'autres pays. C'était le meilleur moyen de constituer un excédent budgétaire et de conforter son image politique. Quand les deux allaient de pair, un gouvernement pouvait à la fois se montrer magnanime et marquer des points sur le marché boursier.

Hood n'écoutait que d'une oreille le laïus présidentiel quand soudain une phrase retint son attention.

« Finalement, disait Lawrence, je suis heureux de vous annoncer que les responsables du renseignement de notre pays sont en train de mobiliser leurs ressources en hommes et en matériel en vue d'une initiative aussi vitale qu'inédite. Leur intention est désormais de collaborer étroitement avec les gouvernements de tous les pays pour faire en sorte d'interdire à tout jamais que se reproduisent des actes terroristes visant les Nations unies. »

La nouvelle fut accueillie par des applaudissements polis de la part des délégués. Mais elle avait attiré l'attention de Paul Hood parce qu'il savait un détail qu'ignoraient apparemment ces derniers.

Elle était fausse.

6.

Station Hellspot, mer Caspienne,
lundi, 3:01

Le Cessna U206F blanc rasait les eaux noires de la mer Caspienne dans le fracas de son unique moteur. Ses seuls occupants étaient un pilote russe et le passager assis à côté de lui, un Anglais de taille moyenne et d'allure quelconque.

Le voyage avait débuté au large de Bakou. Après avoir décollé, l'hydravion avait mis le cap au nord-est et parcouru près de deux cents milles nautiques en quatre-vingt-dix minutes d'un vol sans histoires. Ni le pilote ni son voisin n'avaient échangé un seul mot durant tout ce temps. Même si Maurice Charles, quarante et un ans, parlait le russe (ainsi que neuf autres langues), il ne connaissait pas assez le pilote et il ne se fiait même pas aux gens qu'il connaissait bien. C'était une des raisons qui lui avaient permis de survivre dans la profession de mercenaire depuis près de vingt ans.

Quand ils parvinrent enfin au terme de leur voyage, le pilote se contenta d'annoncer : « En dessous, à quatre heures. »

Charles regarda par sa fenêtre. Ses yeux bleu pâle

se fixèrent sur la cible. Superbe. Haute, brillamment éclairée, majestueuse.

Et isolée.

La plate-forme de forage semi-submersible se dressait à une cinquantaine de mètres au-dessus des flots. On voyait une aire d'atterrissage pour hélicoptères à son angle nord ; juste à côté, sur le flanc nord-ouest, se dressait un derrick de soixante mètres et tout un dédale de cuves, tuyauteries, grues, antennes et autres équipements qui encombraient la zone de travail.

La structure évoquait pour Charles une belle de nuit postée sous un réverbère dans quelque avenue déserte sur les quais de la Mersey, dans sa ville natale. Elle était à sa merci. Et il n'allait pas se gêner.

Charles prit l'appareil photo posé sur ses genoux. Il ouvrit l'étui de cuir beige, ôta le cache-objectif. C'était le même reflex trente-cinq millimètres qu'il avait déjà utilisé lors de sa toute première mission, à Beyrouth en avril 1983. Il se mit à mitrailler la cible. Un second appareil (celui qu'il avait subtilisé à l'agent de la CIA sur la plage) était posé sur le plancher de la cabine, entre ses pieds, avec son sac à dos. Il pouvait contenir des noms ou des chiffres qui pourraient s'avérer utiles. Tout comme l'agent lui-même, raison pour laquelle Charles lui avait laissé la vie sauve.

L'hydravion décrivit deux tours de la plate-forme, d'abord à six cents pieds, ensuite à trois cents. Charles prit trois pellicules entières, puis il fit signe au pilote qu'il était temps de repartir. L'appareil reprit son altitude de croisière de deux mille pieds et mit le cap sur Bakou. Là, Charles devait rejoindre l'équipage de la

Rachel, qui dans l'intervalle aurait amené le pavillon blanc portant son nom. Ils l'avaient conduit à l'hydravion et seraient ses partenaires pour la phase suivante de l'entreprise.

Mais ce ne serait qu'un début. Ses employeurs américains avaient des objectifs bien précis et l'équipe réunie par Charles dans ce but était composée de spécialistes : monter les voisins entre eux, les pays entre eux, les nations entre elles en recourant au terrorisme et à l'assassinat. Avant qu'ils aient achevé leur tâche, toute la région serait à feu et à sang.

Et même s'il avait déjà fait fortune dans l'action terroriste, il avait consacré une bonne partie de celle-ci à l'achat d'armes, de véhicules, de passeports et d'anonymat. Mais une fois la mission remplie, il serait plus riche qu'il n'aurait jamais osé l'imaginer. Et il avait pourtant une imagination fertile.

Dans sa jeunesse à Liverpool, Charles avait souvent rêvé de faire fortune et des moyens d'y parvenir. Il y rêvait tandis qu'il balayait la gare où son père vendait des billets. Il y rêvait quand il dormait avec ses deux frères et son grand-père dans la salle à manger de leur deux-pièces, un appartement qui sentait toujours la sueur et les ordures de la ruelle voisine. Il y rêvait quand il aidait son père à son poste d'entraîneur de l'équipe de foot du quartier. Son vieux savait communiquer, bâtir une stratégie, gagner. C'était un leader-né. Mais le père de Maurice, comme tous les prolétaires dans sa famille, était resté sous la coupe de la bourgeoisie. Ils n'avaient pas le droit de fréquenter les bonnes écoles, même s'ils en avaient eu les moyens. On leur interdisait l'accès aux postes élevés dans la banque, les communications, la politique. Ils avaient de drôles d'accents, des épaules musclées, des visages tannés, et on ne les prenait pas au sérieux.

Toute son adolescence, Charles avait vécu avec ressentiment le fait que la seule issue, la seule voie de sortie offerte à son père soit le football. Dans le même temps, Charles idôlatrait les Beatles parce qu'ils avaient réussi, eux (et, ironiquement, pour la même raison qui les faisait haïr et traiter de « jeunes punks » par son père et ceux de sa génération). Mais il comprit bien vite qu'il ne pourrait échapper à la pauvreté par le show-biz parce qu'il n'était pas doué pour la musique et parce que ça avait été déjà fait. Il devait s'en sortir par ses propres moyens, faire son trou d'une manière originale. Comment aurait-il pu deviner que ses talents cachés s'épanouiraient après son engagement dans le 29e régiment commando de marine de l'artillerie royale, où il avait appris le maniement des explosifs ? Avec la découverte du génie nécessaire pour démolir et de la jouissance qu'on en tirait ?

C'était formidable d'être à l'origine de tels événements. Cela relevait de l'œuvre d'art : un art plein de vie, de souffle, de puissance, de sang et de changement, un art totalement inoubliable. Il n'y avait au monde rien de plus beau que cette esthétique de la destruction.

Et le plus gratifiant était que la CIA l'avait aidée à son insu en lui envoyant cet homme pour le surveiller. L'agence allait en conclure que l'agression dont il avait été victime ne pouvait pas être l'œuvre du Harponneur puisque personne encore n'avait survécu à une confrontation avec lui.

Charles se cala confortablement dans son siège alors que le Cessna laissait derrière lui les lumières de la plate-forme pétrolière, et il songea encore une fois que c'était là toute la beauté de la vie d'artiste : avoir le droit et le privilège de surprendre.

7.

Camp Springs, Maryland, lundi, 12 : 44

Tout au long de la guerre froide, le bâtiment anonyme situé près de la piste d'envol de la réserve de l'aéronavale sur la base aérienne d'Andrews avait servi de zone de transit pour les pilotes et leur équipage. Dans l'éventualité d'une frappe nucléaire, leur tâche aurait été d'évacuer les hauts responsables du gouvernement et de l'état-major vers un lieu sûr situé dans la chaîne des Blue Ridge.

Mais l'immeuble au crépi beige entouré d'une pelouse bien tenue était plus qu'un monument commémoratif à la guerre froide. Ses soixante-dix-huit employés à plein temps travaillaient désormais pour le Centre national de gestion de crise, plus connu sous le nom d'Op-Center, une agence autonome chargée de collecter, traiter et analyser les informations sur les zones de crise potentielle tant à l'intérieur des frontières qu'à l'étranger. Puis l'Op-Center devait décider soit d'agir préventivement pour désamorcer la crise par tous les moyens à sa disposition : politiques, diplomatiques, médiatiques, économiques, juridiques ou psychologiques, soit – après avoir obtenu l'aval de la commission parlementaire de surveillance du renseignement – d'y mettre un terme par les voies militaires. Dans ce but, l'agence avait à sa disposition une force de frappe tactique de douze personnes, baptisée les Attaquants. Placée sous les ordres du colonel Brett August, elle était basée à proximité, dans les murs de l'académie du FBI, à Quantico.

En complément des bureaux situés dans les étages, un sous-sol protégé avait été installé pour accueillir les systèmes plus sensibles de collecte de renseignements avec leurs opérateurs. C'était là que travaillaient Paul Hood et ses seconds.

Hood revint directement de la réception à la Maison-Blanche. Il portait encore son smoking, ce qui lui valut d'être accueilli par un « Bonjour, monsieur Bond » de l'officier de marine en faction à la grille. Cela lui arracha un sourire. Le premier depuis plusieurs jours.

Un étrange malaise l'avait envahi après qu'il eut entendu la déclaration présidentielle. Il n'arrivait pas à imaginer pour quelle raison le président avait annoncé que les États-Unis offriraient leur aide à l'ONU. Bon nombre de pays membres ne redoutaient qu'une chose : que l'Amérique se serve de l'organisation internationale pour mieux les espionner.

La brève allocution du président avait ravi certains délégués, en particulier ceux des nations qui étaient la cible d'actes terroristes. Mais elle avait pris de court d'autres invités. Le vice-président Cotten avait paru surpris, tout comme Dean Carr, le ministre des Affaires étrangères, ou Flora Meriwether, la représentante des États-Unis auprès de l'ONU. Quant à Mala Chatterjee, elle n'avait pas caché sa préoccupation. À tel point qu'elle s'était même tournée vers Hood pour lui demander si elle avait bien entendu. Il lui avait confirmé que oui, apparemment. Ce qu'il s'abstint d'ajouter, c'est que l'Op-Center aurait été presque à coup sûr impliqué dans une telle disposition, ou à tout le moins informé de son existence. Cela aurait certes pu se produire en son absence, mais Hood en doutait. Quand il était passé au bureau la veille pour se tenir au courant des affaires en cours, il n'avait vu nulle part la moindre référence à un effort conjoint des divers services de renseignements sur une échelle internationale.

Hood ne prit pas la peine de discuter avec les autres convives à l'issue du dîner. Il quitta promptement la soirée pour se rendre à l'Op-Center et approfondir la question. C'était la première fois depuis son retour qu'il voyait l'équipe de garde pour le week-end. Tous furent ravis de le retrouver, surtout le responsable, Nicholas Grillo. Âgé de trente-trois ans, Grillo était un ancien membre des commandos de marine. Expert en renseignement, il avait été muté du Pentagone à peu près en même temps que Hood rejoignait l'Op-Center. Grillo le félicita pour l'excellent boulot que le général Rodgers et lui avaient accompli à New York et prit des nouvelles de sa fille. Hood le remercia et lui dit qu'elle s'en remettrait.

Hood commença ses recherches en accédant aux fichiers de la DCI, *Director of Central Intelligence*, la Direction centrale du renseignement. Ce service indépendant assurait le tri des informations pour les quatre grandes entités : la CIA, l'Op-Center, la Défense avec les quatre services de renseignements militaires (le Service national de reconnaissance, l'Agence pour la sécurité nationale, le Service de sécurité de la marine et l'Agence nationale de cartographie et d'imagerie), et enfin les branches concernées du gouvernement, à savoir le FBI, les Affaires étrangères, le ministère de l'Énergie et celui des Finances.

Une fois que Hood eut accédé à la base de données de la DCI, il s'enquit des récents accords ou initiatives touchant aux Nations unies. La base contenait près de cinq mille entrées. Il élimina celles sans rapport avec la collecte de renseignements pour l'ONU ou ses membres. Cela réduisit les entrées à vingt-sept. Hood les parcourut rapidement. La dernière avait été archivée une semaine plus tôt : il s'agissait d'un rapport préliminaire sur l'échec du bureau new-yorkais de la CIA à repérer la collusion d'Annabelle Hampton avec des terroristes. La responsabilité en retombait sur le chef du bureau local, David Battat, et sur son supérieur direct à Washington, le sous-directeur adjoint Wong. Wong avait reçu un avertissement écrit qui n'avait pas été consigné dans ses états de service. Battat avait eu droit à une réprimande encore plus sévère, qui n'avait pas non plus été portée à son dossier. Mais il avait été placé pour un moment sur la touche, cantonné à des activités que Bob Herbert avait un jour qualifiées de tâches de « vidangeur d'égouts » : le sale boulot dans la ligne de tir. Le genre de mission qu'on refilait aux bleus.

Il n'y avait rien dans la base de données sur une initiative des Nations unies en rapport avec l'un ou l'autre des quatorze services américains de renseignements. Compte tenu du nouveau climat de détente que le président tentait d'instaurer avec l'ONU, il n'était pas surprenant que Lawrence cherche un moyen d'aider l'organisation. Mais faire passer un désir ou une occasion favorable pour un fait accompli était intrigant.

Le président aurait eu besoin de la coopération du chef d'au moins une de ces agences rien que pour entreprendre simplement l'étude d'une telle proposition, or cela n'apparaissait nulle part dans les archives. Il n'y avait même pas trace de la moindre correspondance, écrite, électronique ou autre, pour demander une telle étude. La seule réponse qu'imaginait Hood à cette énigme était un accord de principe entre le président, la CIA, le FBI ou l'un des autres services. Mais dans ce cas, l'un ou l'autre de ces responsables aurait été présent au dîner de ce soir, or le seul membre invité de la communauté du renseignement avait été Hood lui-même. Peut-être le président cherchait-il à leur forcer la main, à la manière de Kennedy quand il avait annoncé publiquement qu'il voulait que le Congrès accorde à la NASA les fonds pour amener un homme sur la Lune. Toutefois, l'engagement des États-Unis dans une action d'espionnage à l'échelle internationale était une initiative délicate au plus haut point. Il serait téméraire pour le chef de l'exécutif de se lancer dans une telle opération sans avoir au moins obtenu de ses services la garantie préalable que ce fût possible.

Il pouvait s'agir du résultat d'une succession de malentendus. Peut-être le président pensait-il avoir le soutien effectif de ses services de renseignements. Ce ne serait pas la première fois. La question était à présent de déterminer la conduite à tenir, maintenant que l'idée avait été présentée devant l'opinion internationale. Dans tous les services américains, on allait à coup sûr être tiré à hue et à dia. Certains experts sauteraient sur l'occasion pour aller s'informer du côté de pays comme la Chine, la Colombie ou certaines ex-républiques soviétiques, toutes régions où ils avaient jusqu'ici un accès des plus limités. D'autres (et Hood était du nombre) redouteraient d'avoir à collaborer avec d'autres pays, au risque de se voir refiler de faux renseignements, qui deviendraient ensuite parole d'évangile pour les États-Unis, avec les conséquences désastreuses qu'on imagine. Herbert lui avait un jour narré une situation analogue, en 1978, juste avant le renversement du shah d'Iran, quand des forces anti-extrémistes avaient fourni à la CIA les codes utilisés par les partisans de l'ayatollah Khomeiny pour communiquer par fax. Le code était exact – à ce moment. Mais dès leur prise du pouvoir, ils avaient, en faisant la razzia sur les archives du shah, découvert que ledit code était tombé aux mains des Américains. Ce code était resté dans les dossiers de la CIA et avait servi à interpréter des communiqués secrets. Ce n'est qu'après la mort de l'ayatollah, en 1989 (alors que lesdits communiqués secrets annonçaient son rétablissement), que la CIA avait décidé d'examiner d'un peu plus près le fameux code et découvert la masse de désinformations qu'elle avait reçues. Il lui avait fallu réviser dix années de renseignements et en éliminer la plus grande partie.

Hood s'imaginait déjà la réaction de Téhéran à l'occasion de son ralliement à ce nouveau réseau antiterroriste : « Bien sûr que nous signons des deux mains. Et surtout, n'oubliez pas d'utiliser ce nouveau code pour surveiller l'activité des terroristes sunnites qui opèrent depuis l'Azerbaïdjan. » Il pourrait s'agir d'un vrai code employé pour de vraies transmissions, mais les Iraniens pourraient aussi bien se servir de faux messages pour accroître la méfiance envers les sunnites. Les États-Unis ne pourraient refuser de les aider après la proposition présidentielle. D'un autre côté, il était risqué de se fier au code. Oui, mais s'il se révélait exact et qu'on n'en tienne pas compte ?

Toute cette affaire était une mine de catastrophes potentielles. Hood avait bien l'intention de s'en ouvrir à Burton Gable, le secrétaire général de la Maison-Blanche, pour voir ce qu'il savait. Hood ne le connaissait pas très bien, mais l'homme avait fait partie du cénacle de têtes pensantes engagées par Lawrence et il avait été pour beaucoup dans sa réélection. Gable n'avait pas été présent à la soirée mais on était sûr de le trouver derrière toutes les initiatives politiques du gouvernement.

Hood retourna au motel faire un somme, puis il regagna l'Op-Center dès cinq heures et demie du matin. Il voulait être sur place pour l'arrivée de ses collaborateurs.

Il avait déjà discuté avec Liz Gordon de l'état de santé de Harleigh, et avec Lowell Coffey, l'avocat de l'agence, de son divorce, aussi l'un et l'autre étaient-ils au courant de son retour. Il l'avait également annoncé au général Rodgers qui en avait informé Bob Herbert, leur chef du renseignement.

Herbert arriva le premier dans son fauteuil roulant. Il avait perdu sa femme et l'usage de ses jambes lors de l'attentat à la bombe contre l'ambassade des États-Unis à Beyrouth en 1983. Mais il avait retourné ce coup du sort à son avantage : son fauteuil roulant personnalisé était un véritable petit central de communications avec téléphone, fax et même liaison satellite. Autant de gadgets qui contribuaient à faire de lui l'un des meilleurs collecteurs de renseignements et l'un des analystes les plus pointus de la planète.

Rodgers le suivit à l'intérieur. Même si le général aux tempes argentées avait joué un rôle essentiel dans le dénouement de la crise terroriste aux Nations unies, il n'était pas encore remis émotionnellement des tortures que lui avaient infligées les terroristes kurdes au Moyen-Orient. Depuis son retour, il n'y avait plus la même flamme dans son regard, le même allant dans sa démarche. Même si l'épreuve ne l'avait pas brisé, il avait laissé une partie de son élan vital dans cette grotte au fond de la vallée de la Bekaa [1].

Rodgers et Herbert étaient heureux de revoir Paul Hood. Les deux hommes restèrent assez longtemps pour l'accueillir comme il se devait tandis que Hood les informait de ce qui s'était passé lors du dîner officiel. Herbert s'avoua soufflé par la déclaration présidentielle.

« C'est un peu comme si les cadreurs du dirigeable Goodyear décidaient de filmer les chants des supporters dans les tribunes plutôt que l'action sur le terrain lors d'une finale, nota Herbert. Personne ne voudrait le croire. Personne.

–Je suis bien d'accord, renchérit Hood. Raison pour laquelle nous devons découvrir pourquoi le président a dit ça. S'il a un plan qu'on ignore, il faut absolument qu'on soit mis dans la confidence. Discu-

---

1. Cf. *Op-Center 4. Actes de guerre*, Albin Michel, 1998.

tez-en avec les autres membres du renseignement et tâchez d'en savoir plus.

– Je m'y mets », dit Herbert et il sortit aussitôt.

Rodgers promit à Hood de contacter les responsables des services de renseignements de toutes les armes – terre, air, mer et corps des marines – pour évaluer leur connaissance de la situation.

Une fois les deux hommes partis, Hood reçut la visite des seuls membres importants de son équipe à ne pas encore être informés de son retour : Darrell McCaskey, leur agent de liaison avec le FBI et Interpol, et Ann Farris, leur attachée de presse. McCaskey revenait tout juste d'un séjour en Europe où il avait collaboré avec ses homologues d'Interpol et vécu un début d'histoire d'amour avec Maria Corneja, la jeune agent avec qui il avait collaboré en Espagne[1]. Hood était fin psychologue et son instinct lui disait que Darrell ne tarderait pas à lui remettre sa démission pour retourner auprès de sa Maria. Comme le déplacement à l'étranger de McCaskey avait correspondu avec la brève retraite anticipée de son patron, son absence ne lui avait guère pesé.

Pour Ann Farris, c'était une autre histoire. Elle avait toujours eu un faible pour Hood et avait très mal vécu son départ. Hood savait qu'il ne lui était pas indifférent, même si ce n'était pas évident à son attitude. À trente-quatre ans, la sculpturale divorcée avait appris à afficher un masque impassible au contact de la presse. Aucune question, aucune annonce, aucune révélation ne parvenait à la faire tressaillir. Mais pour Hood, ses grands yeux couleur rouille étaient plus

1. Cf. *Op-Center 5. Rapport de force*, Albin Michel, 1999.

éloquents que n'importe quel orateur ou présentateur à la télévision. Et pour l'heure, ses yeux lui disaient qu'elle était tout à la fois ravie, triste et surprise.

Ann se dirigea vers son bureau. Elle avait revêtu ce qu'elle appelait son « uniforme », à savoir un pantalon noir et un corsage blanc avec un collier de perles. Ses cheveux châtains coupés aux épaules étaient retenus par deux barrettes.

Le bureau de Hood était dépourvu de tout objet personnel : il n'avait pas eu le temps de ramener ses photos et ses souvenirs. Pourtant, entre ses problèmes avec Sharon et l'anonymat de sa chambre d'hôtel, l'arrivée d'Ann lui donnait soudain l'impression de se retrouver chez lui.

« Mike vient de m'en parler.

– Vous parler de quoi ?

– De Sharon, répondit Ann. Et de votre retour. Paul, vous vous sentez bien ?

– Un peu secoué, mais sinon, ça ira. »

Ann s'immobilisa devant son bureau. *Il n'y a vraiment que dix jours à peine qu'elle se tenait ainsi devant moi tandis que je pliais bagage ?* Hood avait l'impression que ça faisait bien plus longtemps. Pourquoi la douleur étirait-elle le temps quand le bonheur le faisait paraître si court ?

« Qu'est-ce que je peux faire, Paul ? insista Ann. Comment vont Sharon et les enfants ?

– On fait avec. Liz aide Harleigh, Sharon et moi nous conduisons avec beaucoup de tact, et Alexander est toujours Alexander. Lui, ça va. » Hood passa la main dans ses cheveux bruns ondulés. « Quant à ce que vous pouvez faire, je viens de m'aviser qu'il va nous falloir sortir un communiqué de presse pour annoncer mon retour.

– Je sais. » Elle sourit. « Une apparition en personne nous aurait bien servi.

– Je suis désolé, avoua Hood.

– Pas grave. Vous aviez d'autres soucis en tête. Je tâche de pondre quelque chose et je vous le présente. »

Ann baissa les yeux sur lui. Ses cheveux encadraient ses traits anguleux. Hood avait toujours senti la tension sexuelle qui existait entre eux. Et puis tant pis. Leur entourage en était également conscient. Bob Herbert et Lowell Coffey le taquinaient régulièrement à ce propos. Mais sa réticence à céder avait toujours conduit Ann à garder ses distances. Hood sentait toutefois l'écart se réduire.

« Je sais que vous avez beaucoup à faire, reprit Ann, mais si vous avez besoin de quoi que ce soit, je suis là. Si vous avez envie de parler ou simplement ne pas rester seul, n'hésitez pas. On se connaît depuis pas mal d'années.

– Merci. »

Ann soutint son regard encore un long moment. « Je suis désolée pour ce que vous traversez, vous et votre famille, Paul. Mais vous avez fait un boulot fantastique ici, et je suis contente de voir que vous êtes revenu.

– Ça fait du bien d'être de retour, admit Paul. Je crois que c'est encore ce qui m'a le plus frustré.

– Quoi donc ?

– De ne pas être en mesure de terminer le boulot que j'avais commencé. Ça peut sembler ringard, mais c'est la collaboration de femmes et d'hommes exceptionnels qui a bâti ce pays. L'Op-Center s'inscrit dans cette tradition. Nous avons ici une équipe formidable qui fait un boulot essentiel, et je m'en voulais de le laisser en plan. »

Ann le regardait toujours. Elle parut sur le point de dire quelque chose mais se ravisa. Elle s'écarta du bureau.

« Eh bien, je m'en vais préparer ce communiqué de presse. Vous voulez que j'évoque la situation avec Sharon ?

– Non. Si quelqu'un tient à savoir, informez-le. Mais sinon, contentez-vous de dire que j'ai changé d'avis.

– Ça risque de vous faire passer pour un indécis, observa la jeune femme.

– L'opinion du *Washington Post* n'affectera en rien mon efficacité au travail.

– Peut-être pas dans l'immédiat. Mais cela pourrait être le cas si vous décidez de briguer à nouveau un mandat électif. »

Hood la considéra. « Un point pour vous.

– Pourquoi dans ce cas ne pas leur dire que le président vous a demandé de reprendre votre poste ?

– Parce que ce n'est pas le cas.

– Mais vous avez eu tous les deux un entretien en privé à votre retour de New York. Il ne niera pas cette version des faits. Cela prouvera sa loyauté. Ce sera tout bénéfice pour tout le monde.

– Mais c'est faux, insista Hood.

– Alors, disons simplement ceci : après votre entretien avec le président, vous avez décidé de revenir sur votre démission. Ça, c'est vrai.

– Vous tenez absolument à mettre le président dans le coup ?

– Chaque fois que c'est possible, admit Ann. Ça nous donne plus de poids.

– De poids ? Vous voulez dire plus de pression.

– Pardon ?

– Nick Grillo dit que le terme en vogue est *pression*.

– En fait, ce n'est pas tout à fait exact. Le poids, c'est synonyme de crédibilité. La pression, ça renvoie à l'idée d'influence. Ce n'est pas la même chose.

– Je vois », fit Hood. Ils échangèrent un sourire. Hood détourna les yeux. « Je ferais bien de m'y mettre. Il y a du boulot à rattraper.

– J'en suis sûre. Bon, je vous expédie par e-mail une copie du communiqué de presse avant sa diffusion.

– Encore merci. Pour tout.

– De rien. » Ann hésita. Elle regarda Hood quelques instants encore puis ressortit.

Hood se tourna vers le moniteur à sa droite. Il n'avait pas envie de voir Ann partir. Ann Farris était une femme intelligente, belle, sexuellement très attirante. Depuis cinq ans qu'ils se connaissaient, ils avaient flirté – elle plus ouvertement que lui. Maintenant que Hood allait se retrouver célibataire, il se sentait gêné de poursuivre dans cette voie. Il n'y avait désormais plus personne entre eux. Il avait l'impression que le flirt n'était plus un jeu.

Mais l'heure n'était pas au marivaudage.

Il avait effectivement des masses de boulot. Il devait examiner les rapports quotidiens transmis à Mike Rodgers au cours de la semaine écoulée, aussi bien les informations collectées sur toute la planète que l'état d'avancement des opérations clandestines en cours. Il devait également lire les rapports du reste de son équipe et jeter un œil sur l'emploi du temps de la semaine à venir avant de se rendre à son rendez-vous avec la première dame. Il nota que Rodgers devait procéder aux derniers entretiens avec les candidats au poste d'analyste géopolitique, resté vacant depuis l'assassinat de Martha Mackall à Madrid, ainsi qu'avec les postulants au nouveau poste de conseiller économique. Avec le nombre grandissant de pays désormais en interaction financière – « liés comme autant de frères siamois », pour reprendre l'expression de Lowell Coffey – la politique finissait par devenir une attraction encombrante comparée aux forces qui gouvernaient réellement la planète.

Hood décida de laisser Mike s'occuper de ces recrutements. Il avait commencé et, du reste, Hood était trop occupé pour s'en charger en plus. Mais de toute façon, une chose restait sûre : il aimait ce boulot, cet endroit.

Et ça faisait rudement du bien d'être de retour en selle.

8.

Bakou, Azerbaïdjan, lundi, 16 : 00

L'Azerbaïdjan est un pays en perpétuelle mutation.

Par suite du conflit dans le Haut-Karabakh, vingt pour cent du territoire – pour l'essentiel au sud-ouest, le long des frontières avec l'Arménie et l'Iran – est occupé par des forces rebelles. Même si un cessez-le-feu a été respecté depuis 1994, des escarmouches s'y produisent régulièrement. En privé, les diplomates redoutent que la république autoproclamée du Haut-Karabakh ne devienne un nouveau Kosovo. Des manifestations, souvent violentes, éclatent à l'improviste à Bakou et dans d'autres villes. Certaines traduisent des revendications politiques, d'autres un malaise général. Depuis l'éclatement de l'Union soviétique, on note une pénurie de produits de base tels que les fournitures médicales, les denrées agricoles et le matériel de haute technologie. Les devises étrangères (de préférence les dollars) sont la seule forme de monnaie en vigueur dans la majeure partie du territoire, y compris dans la capitale.

Les États-Unis ont réussi à soutenir ouvertement le pouvoir légitime sans pour autant se mettre à dos les forces insurgées. Dans le même temps qu'on accordait des prêts à Bakou, on vendait des biens directement au « peuple », pour l'essentiel les rebelles. Dans l'éventualité d'un soulèvement populaire général, l'Amérique tient toujours à conserver des liens avec chaque camp.

Maintenir ce fragile équilibre est la tâche essentielle de la petite ambassade des États-Unis. Depuis mars 1993, les quinze employés et les dix marines chargés de leur protection sont installés dans un modeste immeuble en pierre de taille sis au 83, Azadlig Prospect. Au fond du bâtiment, dans une pièce sans fenêtres décorée de boiseries, travaille le Service des dépêches de presse. À l'encontre du petit service de presse qui, pour sa part, publie des communiqués et se charge d'organiser les entretiens et les séances photos avec les députés, sénateurs et autres dirigeants politiques, officiellement, la mission du SDP est de recueillir et d'archiver les articles publiés dans la presse de Russie et des pays limitrophes.

Officiellement.

En fait, le SDP est dirigé par un agent de la CIA qui collecte des informations sur l'ensemble de la région. L'essentiel provient de moyens de surveillance électronique pilotés soit depuis l'ambassade, par satellite, soit sur zone, depuis des camions. D'autres viennent d'agents payés pour observer écouter et photographier des fonctionnaires gouvernementaux, parfois dans des situations compromettantes. Certaines de ces situations sont également « arrangées » par le SDP.

À cause de ses blessures, David Battat ne voulut pas tenter de regagner Moscou. Il préféra rejoindre l'ambassade à pied. On le présenta à Dorothy Williamson, ambassadrice adjointe, qui le conduisit aussitôt à Tom Moore, le chef documentaliste. Williamson était une brune imposante aux cheveux frisés. Battat lui donnait la quarantaine. Moore était un grand type maigre d'une trentaine d'années, au long visage émacié, à l'expression lugubre. Si Battat devait se retrouver coincé à Bakou, il ferait sans doute la même tête.

L'assistant de Williamson était un ancien combattant plein d'astuce nommé Ron Friday. Ce fut le seul à le gratifier d'un sourire encourageant. Battat lui en sut gré.

Tandis qu'il livrait à Moore un bref résumé de ce qui lui était arrivé, Williamson demanda au médecin des marines de s'occuper de ses blessures. Il avait la gorge enflée et des traces de sang dans la salive mais ne semblait pas gravement touché. Dès que le toubib en eut terminé avec lui, on le conduisit dans la salle du SDP. On l'y laissa seul pendant qu'il appelait Moscou. Il s'entretint avec Pat Thomas, directeur adjoint des relations publiques à l'ambassade. Thomas était également (sous le manteau) responsable de poste de la CIA. Ce qui voulait dire qu'il n'était référencé nulle part dans les registres officiels au siège de l'agence. Ses rapports étaient transmis directement à Washington par la valise diplomatique.

Thomas prit plutôt mal la nouvelle. Si Battat avait réussi à identifier le Harponneur, Thomas aurait été un héros. Alors qu'il allait devoir expliquer à son homologue à Bakou et à son supérieur à Washington comment ils avaient réussi à foirer une opération de surveillance relativement simple.

Thomas l'informa qu'il allait réfléchir à la marche à suivre et qu'il le tiendrait au courant. On lui apporta un repas. Battat mangea, même s'il avait laissé son appétit sur la plage, avec son estime de soi, son énergie, sa mission et sa carrière. Puis il s'assit dans un fauteuil pour récupérer, jusqu'à ce que Williamson et Moore reviennent pour un second entretien, plus approfondi. Moore semblait décidé. Ça s'annonçait difficile.

Des dispositifs acoustiques encastrés dans les murs transformaient toute conversation en friture pour d'éventuelles oreilles électroniques mises en place par les Azerbaïdjanais dans les immeubles voisins.

Battat leur dit que Moscou avait soupçonné que le Harponneur se trouvait à Bakou et qu'on l'y avait envoyé pour tenter de l'identifier. La nouvelle ne sembla pas rencontrer l'assentiment du chef documentaliste.

« La section de Moscou n'a manifestement pas jugé utile de nous faire participer à l'opération, se plaignit Moore. Voulez-vous m'expliquer pourquoi ?

– Ils redoutaient que notre cible ait des complices pour surveiller l'ambassade, expliqua Battat.

– Tout notre personnel n'est pas cantonné à l'intérieur de ces murs, rétorqua Moore. Nous avons des ressources extérieures.

– J'entends bien, mais Moscou estimait que moins il y avait de gens impliqués, meilleures seraient nos chances de surprendre la cible.

– Ce qui n'a pas vraiment eu le résultat escompté, n'est-ce pas ?

– Certes non.

– Quel qu'il soit, votre agresseur était de toute évidence au courant de votre venue.

– Apparemment, même si je me demande comment, admit Battat. J'étais bien planqué, et je n'ai utilisé aucun appareil susceptible de me trahir par une impulsion électronique. L'appareil photo numérique était dépourvu de flash, il n'avait pas de miroir frontal susceptible de refléter la lumière, aucune pièce mécanique qui puisse émettre un déclic.

– Et ce fameux Harponneur n'aurait-il pas pu tout simplement faire, seul ou avec ses complices, une inspection de routine du rivage ? demanda l'ambassadrice.

– Je m'y étais préparé. Je m'étais rendu à l'avance sur le site, à un emplacement sélectionné par image satellite. Nous l'avions choisi justement pour que je puisse observer toutes les allées et venues.

– Dans ce cas, comment se fait-il que vous n'ayez ni vu ni entendu arriver ce fichu agresseur ? rétorqua Moore.

– Parce qu'il m'a frappé à l'instant précis où il commençait à se produire quelque chose à bord du navire que je surveillais. Quelqu'un est monté sur le pont et a mis en route un poste de radio. La distraction parfaite.

– Ce qui donne à penser que quelqu'un était au courant de votre présence à cet endroit, monsieur Battat, fit observer Moore.

– Probable.

– Sans doute même avant que vous arriviez.

– Je ne vois pas comment, mais je ne peux pas l'exclure, reconnut Battat.

– Mais ce que je veux vraiment savoir, c'est s'il s'agit bien du Harponneur, poursuivit Moore.

– Comment cela ? intervint la diplomate.

– Le Harponneur est un terroriste connu depuis une vingtaine d'années, expliqua le documentaliste.

À notre connaissance, il est l'instigateur ou le complice d'au moins quinze attentats, sans compter tous ceux que nous ignorons. Il a échappé à tous les pièges qu'on a pu lui tendre, en grande partie grâce à sa capacité à rester mobile. Il n'a aucune adresse permanente connue, il engage des hommes de main au gré des besoins et rarement deux fois les mêmes. On sait à quoi il ressemble uniquement parce qu'un de ses fournisseurs d'armes nous a refilé un jour une photo de lui. Le corps de cet homme a été retrouvé quelques mois plus tard sur un voilier, ouvert du menton à l'abdomen avec un couteau de pêche – alors qu'on avait pris soin de le faire déménager et de lui procurer une nouvelle identité.

– Je vois, dit l'ambassadrice adjointe.

– Il avait laissé le couteau derrière lui, poursuivit Moore. C'est sa manie, des fusils à harpon aux cordages.

– Toujours des objets liés à la pêche, observa Williamson.

– Souvent, oui. On le soupçonne d'avoir servi dans une marine quelconque – pas une grande déduction, même si on n'a pas réussi à le repérer. Mais depuis tout ce temps, jamais il n'a laissé un seul témoin en vie. Ce qui veut dire soit que ce n'est pas le Harponneur qui a agressé M. Battat, soit que le Harponneur voulait qu'il reste vivant. »

La diplomate dévisagea Battat. « Pour quelle raison ?

– Je n'en vois pas », admit l'intéressé.

Tous trois observèrent un instant de silence. Le seul bruit était le ronronnement de la ventilation.

« Monsieur Battat, la présence d'un homme comme le Harponneur dans cette partie du monde pourrait avoir de terribles implications pour nous tous, commença la diplomate.

– Raison de plus pour nous avoir tenus informés ! observa Moore avec colère. Merde, nous au moins, nous connaissons l'identité des clandestins qui nous surveillent, or ils ont disparu de la circulation depuis des jours. Ils sont bien trop occupés à tâcher de mettre la main sur un espion russe qui s'est évadé avant-hier.

– Encore une fois, je suis désolé, répéta Battat.

– Est-ce que ça vous dérangerait de rester ici à Bakou, le temps qu'on dénoue cette affaire ? demanda la diplomate.

– Pas du tout. Je veux vous aider.

– Par chance, il n'est pas encore trop tard », observa Moore.

Ils se levèrent. « Et que fait-on pour la *Rachel* ? s'enquit Battat.

– J'ai envoyé un petit avion les surveiller, lui répondit Moore. Mais ils ont plusieurs heures d'avance et Dieu sait quelle direction ils ont prise. Je ne suis guère optimiste.

– Vous ne pouvez pas localiser le navire par son nom ? s'étonna Battat. Ils n'ont pas d'inscription maritime dans ce pays ?

– Bien sûr que si. Mais la *Rachel* n'y est pas. On est en train d'éplucher les registres du Daguestan, de Kalmoukie et des autres républiques riveraines de la Caspienne, mais je parie que le nom est bidon. »

Moore conduisit Battat à une petite chambre d'hôte, au premier étage de l'ambassade. Il y avait une couchette d'angle et Battat s'y étendit pour réfléchir. Le bateau, la musique que jouait la radio, la vision fugitive de l'homme sur le pont – il se repassa encore et encore les sons et les images, en quête d'une bribe supplémentaire d'information. Le détail susceptible de lui indiquer qui était l'équipage de la *Rachel*, comment il était habillé, d'où il venait, peut-être. Lors de séances de DS – debriefing subconscient –, des enquêteurs entraînés savaient faire revivre aux agents leurs expériences pour les aider à se remémorer des éléments oubliés. Ils les interrogeaient sur la couleur du ciel, l'aspect de l'eau, la force du vent, les odeurs portées par celui-ci. Une fois l'agent à nouveau imprégné de la scène, l'enquêteur l'y faisait évoluer, lui demandant de décrire les marques distinctives sur la coque du navire, l'existence éventuelle de pavillons à la poupe ou au mât, les bruits qui auraient pu venir de la passerelle ou monter des ponts inférieurs. Battat avait toujours été surpris de la masse d'informations non directement accessibles emmagasinées par le cerveau.

Mais même en fermant les yeux et en respirant lentement à fond, même en se replaçant dans les conditions d'une séance de DS, il était incapable de se rappeler le moindre élément susceptible de le rapprocher d'une identification des occupants du navire ou de lui permettre de localiser la direction d'où avait jailli son agresseur. Il était incapable de se remémorer si la joue de l'homme l'avait effleuré et si celui-ci était barbu ou imberbe. Il avait alors été bien trop occupé à tâcher de survivre.

Battat garda les yeux fermés. Et cessa de se tourner vers le passé pour regarder de l'avant. Il allait rester à Bakou mais pas uniquement parce que l'ambassadrice adjointe le lui avait demandé ; jusqu'à ce qu'il ait identifié son agresseur, sa confiance était brisée et sa vie était entre les mains de ses adversaires.

Ce qui, comprit-il soudain, expliquait peut-être pourquoi ils lui avaient laissé la vie sauve.

9.

Washington, DC,
lundi, 11:55

Hood avait toujours été surpris par la différence d'aspect de la capitale fédérale en plein jour. La nuit, les façades blanches étaient brillamment éclairées et paraissaient se dresser solitaires, resplendissant de toute leur splendeur olympienne. Le jour, coincés entre les immeubles de bureaux, cachés par les véhicules des marchands ambulants, les enseignes bariolées des restaurants, écrasés sous le bruit incessant des jets, isolés derrière des barrières de protection en acier et béton, tous ces monuments perdaient leur aspect éternel pour sembler presque dépassés.

Et pourtant, l'une et l'autre vision représentaient Washington. Symboles d'une bureaucratie vieillotte et de plus en plus monolithique qu'il fallait pourtant supporter, en même temps que d'une vision de grandeur qu'on ne pouvait ignorer ou dévaloriser.

Hood se gara sur l'Ellipse, côté sud. Il traversa la rue E et remonta l'allée jusqu'à la porte est réservée aux invités. Une fois qu'il eut franchi la grille et fut passé sous un portique détecteur, il attendit dans l'aile est l'arrivée de l'un des assistants de l'épouse du président.

Parmi tous les monuments célèbres de Washington, Hood avait toujours eu un faible pour le Capitole. D'abord, c'était le cœur du gouvernement, l'endroit où le Congrès mettait en branle la vision présidentielle. Peut-être d'une façon souvent cahotique, en tirant à hue et à dia, mais rien ne pouvait se faire sans lui. Ensuite, le bâtiment proprement dit était un vaste musée d'art et d'histoire, empli de trésors. Ici, une plaque indiquant l'endroit où se trouvait le bureau du député Abraham Lincoln. Là, une statue du général Lee Wallace, l'ancien gouverneur du territoire du Nouveau-Mexique mais aussi l'auteur de *Ben Hur*. Ailleurs encore, un panonceau indiquant l'état des recherches de la première pierre de l'édifice, posée plus de deux siècles auparavant à l'occasion d'une cérémonie discrète et qui se trouvait enfouie quelque part, anonyme, à la suite des nombreuses transformations subies par les fondations.

La Maison-Blanche n'était pas aussi imposante que le Capitole. Déjà, c'était un édifice bien plus petit, dont la peinture s'écaillait et les boiseries extérieures se voilaient. Mais sa pelouse et ses colonnes, ses salles et ses façades si familières étaient devenues, dans la mémoire des Américains, indissociables des images de grands dirigeants accomplissant de grandes choses, ou parfois moins grandes, banalement humaines. Elle resterait à jamais le cœur symbolique des États-Unis.

Un jeune secrétaire de la première dame apparut. Il conduisit Hood à l'ascenseur qui desservait le second. Hood fut quelque peu surpris que son hôtesse tînt à le recevoir dans les étages. Elle avait un bureau au rez-de-chaussée et c'est là d'habitude qu'elle recevait les visiteurs.

On le conduisit dans le salon privé qui jouxtait la chambre présidentielle. C'était une petite pièce dont la porte principale ouvrait sur un couloir et une seconde (supposa-t-il) conduisait à la chambre. Il y avait un canapé doré contre le mur du fond, deux bergères assorties posées devant, et une table à café au milieu. Un grand secrétaire sur lequel était posé un ordinateur portatif trônait à l'angle opposé. Le tapis persan était blanc, rouge et or ; les voilages, blancs, étaient tirés. Un petit lustre jetait ses feux sur le mobilier.

Hood avisa les deux portraits accrochés au mur. Le premier représentait Alice Roosevelt, la fille de Theodore. Le second, Hannah Simpson, la mère d'Ulysses S. Grant. Il se demandait la raison de leur présence ici quand la première dame entra. Elle était vêtue de manière décontractée d'un pantalon beige avec un chandail assorti. Son secrétaire ferma la porte derrière elle, les laissant seuls tous les deux.

« Nancy Reagan les a trouvés à la cave, expliqua Megan.

– Je vous demande pardon ?

– Les portraits. C'est elle qui les a ramenés. L'idée lui répugnait de voir des femmes abandonnées à la poussière. »

Hood sourit. Ils se firent la bise et Megan lui indiqua le canapé.

« Il reste encore des merveilles dans ces sous-sols, précisa Megan comme ils s'asseyaient : des meubles, des livres, des documents, des trucs incroyables comme l'ardoise sur laquelle écrivait Tad Lincoln et un journal intime qui a appartenu à Florence Harding.

– Je pensais que tous ces souvenirs étaient au Smithsonian.

– Une bonne partie y sont. Mais l'essentiel des objets de famille sont restés ici. Les gens ont fini par devenir blasés avec cette accumulation de scandales ces dernières années, expliqua Megan. Ils oublient à quel point la Maison-Blanche était et reste avant tout une demeure familiale. Des enfants sont nés et ont grandi ici, on y a célébré des mariages, des naissances, des réveillons. »

Le café arriva et Megan resta silencieuse le temps qu'on les serve. Hood la regarda tandis que le maître d'hôtel disposait, avec doigté et discrétion, le service en argent puis servait la première tasse avant de s'éclipser.

La passion dans la voix de Megan était restée identique à celle que Hood se rappelait depuis toujours. Elle ne faisait jamais rien sans s'y engager à fond, qu'il s'agisse de s'adresser à une foule, de défendre une augmentation des crédits pour l'éducation devant les caméras ou de parler de la Maison-Blanche avec un vieil ami. Mais jamais encore il ne lui avait connu ce genre d'expression. L'enthousiasme d'antan ne se lisait plus dans ses yeux. Quand il les regardait, ils lui semblaient habités par la frayeur. La confusion.

Hood prit sa tasse, but une gorgée de café, puis il se tourna vers Megan.

« Je suis contente que vous soyez venu », lui dit la première dame. Elle avait posé sa tasse dans sa soucoupe, en équilibre sur ses genoux, et baissé la tête. « Je sais que votre emploi du temps est chargé et que vous avez vous aussi vos problèmes de votre côté. Mais Paul, il ne s'agit pas simplement de moi et du président. » Elle leva les yeux. « Il s'agit du pays.

– Qu'est-ce qui ne va pas ? »

Megan prit une profonde inspiration. « Mon mari se conduit bizarrement depuis quelques jours. »

Megan se tut. Hood n'insista pas. Il attendit qu'elle ait bu à son tour une gorgée de café.

« Depuis à peu près une semaine, il se montre de plus en plus distrait, expliqua-t-elle. Il n'a pas pris de nouvelles de notre petit-fils, ce qui ne lui ressemble pas. Il dit que c'est le travail, et peut-être est-ce vrai. Mais il s'est passé des choses très bizarres, hier. » Son regard se fit insistant. « Mais que tout ceci reste entre nous...

– Bien entendu. »

Megan soupira avant de se jeter à l'eau. « Avant le dîner, hier soir, je l'ai trouvé assis devant sa coiffeuse. Il allait être en retard. Il n'avait pas encore pris sa douche, ne s'était pas encore habillé. Il était là, planté devant la glace, les joues cramoisies, on aurait dit qu'il venait de pleurer. Quand je lui ai demandé ce qui se passait, il m'a répondu qu'il avait fait de la gymnastique. Et a ajouté que ses yeux étaient rouges par manque de sommeil. Je ne l'ai pas cru mais je n'ai pas insisté. Et puis, lors du cocktail précédant le dîner, il était comme absent. Il souriait, se montrait aimable, mais sans aucun enthousiasme. Jusqu'à ce qu'il reçoive un coup de fil. Il est allé prendre la communication dans son bureau, pour revenir deux minutes plus tard environ. Et à son retour, ses manières avaient changé du tout au tout. Il était de nouveau ouvert, sociable, plein de confiance.

– C'est l'impression qu'il m'a faite lors du dîner, observa Hood. Quand vous dites qu'il était comme absent, qu'entendez-vous au juste par là ? »

Megan réfléchit quelques secondes. « Vous voyez comment sont les gens quand ils ont subi un gros décalage horaire ? Ce regard vitreux, cette espèce d'élocution... »

Hood acquiesça.

« Eh bien, c'est exactement ainsi qu'il était jusqu'à ce fameux coup de téléphone.

– Savez-vous qui l'a appelé ?

– Il m'a dit que c'était Jack Fenwick. »

Fenwick était un homme tranquille, efficace, ancien directeur du budget sous le premier mandat présidentiel. Fenwick avait rallié le groupe de réflexion de Lawrence où il avait ajouté le renseignement à son répertoire. Après sa réélection, Lawrence l'avait nommé à la tête de la NSA, l'Agence pour la sécurité nationale, qui était une division renseignement autonome au sein du ministère de la Défense. Contrairement aux autres services de type militaire, la NSA avait également pour mission le soutien aux activités de l'exécutif qui ne ressortissaient pas à la défense.

« Et qu'a dit Fenwick au président ? demanda Hood.

– Que tout était pour le mieux, répondit Megan.

– Et vous n'avez aucune idée de ce que ça veut dire ? »

Elle fit non de la tête. « M. Fenwick est parti ce matin à New York et quand j'ai demandé à sa secrétaire à quoi rimait ce coup de fil, elle a eu une réponse fort bizarre : elle m'a demandé : "quel coup de fil ?"

– Avez-vous vérifié auprès du standard ? »

Megan acquiesça. « Le seul appel téléphonique arrivé sur cette ligne provenait de l'hôtel Hay-Adams. »

L'élégant vieux palace était situé de l'autre côté du parc Lafayette, quasiment en face de la Maison-Blanche.

« J'ai demandé à un membre de la sécurité d'aller y faire un tour ce matin, poursuivit Megan. Il a relevé les noms du personnel de nuit, s'est rendu à leur domicile, leur a montré des photos de Fenwick. Personne ne l'avait vu.

– Il aurait pu entrer par une entrée de service. Vous avez vérifié le registre des clients ?

– Oui. Mais ça ne veut rien dire. Il aurait pu utiliser un pseudonyme quelconque. Les parlementaires fréquentent souvent cet hôtel pour des rendez-vous privés... »

Hood savait qu'en l'occurrence Megan ne songeait pas qu'aux rencontres politiques.

« Mais il n'y a pas que ça, poursuivit-elle. Quand nous sommes descendus au Salon Bleu, Michael a vu la sénatrice Fox et s'est précipité pour la remercier. Elle a paru fort surprise et lui a demandé pourquoi. Et lui de répondre : "Pour avoir budgétisé l'initiative." J'ai bien vu qu'elle n'avait aucune idée de ce dont il voulait parler. »

Hood hocha la tête. Cela expliquerait la confusion qu'il avait notée sur ses traits quand la sénatrice était entrée dans la salle à manger. Les éléments du puzzle commençaient peu à peu à se mettre en place. La sénatrice Fox était membre de la Commission parlementaire de surveillance du renseignement. Si une quelconque opération d'espionnage avait obtenu le feu vert, elle aurait forcément été au courant. Apparemment, elle avait été aussi surprise que Hood par l'annonce de cette opération de mise en commun des ressources du renseignement international. Or le président semblait penser (ou s'était laissé dire, sans doute par Jack Fenwick) qu'elle avait contribué à sa mise en œuvre.

« Et comment était le président après le dîner ? demanda Hood.

– C'est en fait ça le pire », avoua Megan. Elle déposa sa tasse à café et Hood l'imita. Il se rapprocha. « Alors que nous allions nous coucher, Michael a reçu un appel de Kirk Pike. »

Ancien patron du renseignement naval, Pike venait d'être nommé directeur de la CIA.

« Il a pris la communication dans sa chambre, poursuivit Megan. Ce fut bref et quand Michael eut raccroché, il est resté assis au bord du lit, les yeux dans le vague. Comme en état de choc.

– Que lui a dit Pike ?

– Je l'ignore. Michael n'a pas voulu me dire. Ce n'était peut-être rien, juste une nouvelle qui l'aura fait réfléchir. Mais je crois qu'il n'a pas dormi de la nuit. Il n'était pas au lit quand je me suis levé ce matin, et il a passé toute la journée en réunion. D'ordinaire, on se retrouve pour bavarder sur le coup de onze heures, même si c'est juste pour échanger deux mots, mais pas aujourd'hui.

– En avez-vous parlé au médecin du président ? »

Megan secoua la tête. « Si le Dr Smith ne lui trouve rien d'anormal, il pourrait lui recommander de consulter son collègue Benn.

– Le psychiatre qui travaille à Walter Reed, c'est cela ?

– Oui. Smith et lui collaborent étroitement. Paul, vous savez ce qui risque d'arriver si le président des États-Unis devait consulter un psychiatre. On aura beau tenter de garder le secret, les risques sont bien trop grands.

– Ils le sont encore plus si le président ne va pas bien, remarqua Hood.

– Je sais. Et c'est pourquoi je tenais à vous voir, Paul. Il se passe trop de choses qui ne tiennent pas debout. Si mon mari a un problème, je tiens absolument à ce qu'il consulte le Dr Benn et je me contrefiche des retombées politiques. Mais avant d'avoir à le demander à Michael, je veux d'abord savoir s'il se passe autre chose.

– Il pourrait s'agir d'un problème technique de communications, ou des facéties d'un pirate informatique, nota Hood. Ou plus probablement d'espions chinois...

– Oui, oui, fit Megan. Exactement. »

Il vit bien qu'aussitôt son humeur, son expression avaient changé du tout au tout. S'il s'agissait de contingences extérieures, alors on pouvait y remédier sans nuire au président.

« Je vais voir ce que je peux trouver, promit Hood.

– Mais alors discrètement, fit Megan. Je vous en conjure, pas un mot de tout ceci.

– Bien sûr que non, lui assura Hood. En attendant, tâchez d'avoir un tête-à-tête avec Michael. Voyez si vous arrivez à lui tirer les vers du nez. N'importe quelle information, n'importe quel nom autre que ceux que vous m'avez donnés seront d'un grand secours.

– D'accord. » Megan sourit. « Vous êtes le seul sur qui je puis me reposer, Paul. Merci d'être là. »

Il lui rendit son sourire. « Avoir l'occasion d'aider à la fois une vieille amie et ma patrie, ce n'est pas donné à tout le monde. »

Megan se leva. Hood fit de même et ils échangèrent une poignée de main. « Je sais que ce n'est pas non plus facile pour vous, dit la première dame. De votre côté, n'hésitez pas si vous avez besoin de quoi que ce soit.

– Promis », répondit Hood.

La première dame prit congé et son secrétaire revint pour raccompagner Hood.

10.

Bakou, Azerbaïdjan,
lundi, 21 : 21

Pat Thomas connut deux miracles en l'espace d'une journée.

Un : le Tupolev 154 de l'Aeroflot qui devait décoller de Moscou à dix-huit heures décolla effectivement. Et à l'heure prévue. À l'exception possible des lignes aériennes ougandaises, l'Aeroflot était la compagnie la moins ponctuelle que Thomas ait jamais empruntée. Deux : l'appareil atterrit à Bakou à vingt heures quarante-cinq – soit avec cinq minutes d'avance sur l'horaire. En cinq ans de service à l'ambassade des États-Unis à Moscou, Thomas n'avait jamais connu l'un ou l'autre de ces événements. Qui plus est, malgré un taux de remplissage relativement élevé, la compagnie avait réussi à ne pas réserver les places en double ou en triple.

Mince, près d'un mètre quatre-vingts, quarante-deux ans, Thomas était DASP – directeur adjoint du service de presse de l'ambassade. Titre ronflant qui cachait en fait un travail d'espion : *détective d'ambassade strictement privé*, c'était sa façon de transcrire l'acronyme. Les Russes n'étaient pas dupes, bien sûr, raison pour laquelle un ou deux agents russes le filaient constamment en public. Il était certain, d'ailleurs, que quelqu'un allait aussi l'attendre à Bakou. Même si, d'un point de vue technique, le KGB n'existait plus, le personnel et l'infrastructure du service de contre-espionnage étaient restés en place et surtout en activité, sous le nom de Service de sécurité fédéral et autres « services ».

Thomas était vêtu d'un complet d'hiver trois-pièces gris pour se protéger du froid mordant qui soufflait à longueur d'année de la baie de Bakou. Et il savait qu'il lui faudrait plus (un bon café géorgien bien fort, voire un robuste cognac russe) pour le réchauffer après l'accueil qu'il s'attendait à recevoir à l'ambassade. Malheureusement, cacher des secrets, y compris envers son propre camp, faisait également partie du métier d'espion.

Une voiture de service de l'ambassade l'attendait à l'aéroport. Il ne se pressa pas pour jeter son unique sac dans la malle. Il ne voulait surtout pas laisser croire à d'éventuels agents russes ou azerbaïdjanais qu'il était pressé. Il marqua un temps pour prendre un bonbon, s'étira, monta dans la voiture. Avoir l'air blasé. C'était la clé quand on se savait épié. Ensuite, s'il fallait soudain presser le pas, on avait de bonnes chances de surprendre et semer l'adversaire.

Il y avait une demi-heure de route entre l'aéroport international de Bakou et la zone en bord de mer où se trouvaient les ambassades et le quartier commerçant de la capitale. Thomas n'avait jamais eu l'occasion jusqu'ici d'y passer plus de vingt-quatre ou quarante-huit heures même s'il comptait bien le faire un jour. Il avait visité les bazars locaux, le temple des Adorateurs du feu, le musée d'État des tapis – avec un nom pareil, c'était une visite obligée – et le plus célèbre monument local, la tour des Vierges. Située dans l'ancienne cité intérieure, sur la baie, vieille d'au moins deux millénaires, la tour de sept étages avait été édifiée par une jeune fille qui voulait s'y enfermer ou se jeter dans la mer de son sommet – nul ne savait au juste laquelle des deux versions était la bonne. Thomas savait en tout cas désormais ce qu'elle avait dû ressentir.

On le présenta à l'ambassadrice adjointe Williamson qui venait de dîner et l'attendait, installée à son bureau. Ils échangèrent une poignée de main et quelques banalités. Puis elle saisit un stylo et consigna l'heure sur un calepin. Moore et Battat entrèrent peu après. L'agent avait le cou marqué d'ecchymoses gris violacé. De surcroît, il paraissait épuisé.

Thomas lui tendit la main. « Ça va ?

– Un peu déphasé, avoua Battat. Je suis désolé pour tout ceci, Pat. »

Grimace de Thomas. « Rien n'est jamais sûr, David. Voyons comment on peut réparer ça. »

Thomas dévisagea Moore qui se tenait auprès de Battat. Dans le cadre de leurs fonctions, les deux hommes s'étaient déjà rencontrés à plusieurs reprises lors de conférences diplomatiques en Asie. Moore était un type bien, un 24/7 comme on disait : un agent qui vivait pour son travail vingt-quatre heures sur vingt-quatre, sept jours sur sept. Pour l'heure, Moore ne faisait aucun effort pour cacher une humeur sombre et résolue.

Thomas tendit la main. Moore l'accepta.

« Comment avez-vous pris ça ? demanda Thomas.

– Là n'est pas l'essentiel, rétorqua Moore. Pour l'heure, je suis mécontent. Il n'y avait aucune raison que les choses se passent ainsi.

– Monsieur Moore, vous avez entièrement raison, dit Thomas en relâchant sa main. Rétrospectivement, nous aurions tous dû nous y prendre autrement. La question est désormais : comment fait-on à présent pour réparer ce gâchis ? »

Moore ricana. « Vous ne vous en tirerez pas comme ça. Votre équipe a monté ici une petite opération dans notre dos. Votre homme a dit que vous redoutiez des risques de sécurité ou d'autres facteurs. Qu'en pensez-vous, monsieur Thomas... ? Ce bruit selon lequel les Azerbaïdjanais auraient infiltré notre système ? Que nous ne pouvons mener d'opération de surveillance sans qu'ils soient au courant ? »

Thomas gagna un fauteuil en face de Williamson. « Monsieur Moore, madame Williamson, nous n'avons guère de temps pour prendre une décision rapide. Ce n'était pas la bonne, pour dire le moins. La question est : que fait-on à présent ? Si le Harponneur est dans le coin, est-ce qu'on peut le retrouver et l'empêcher de filer ?

– Comment fait-on pour vous tirer du pétrin, vous voulez dire ? lança Moore.

– Si vous voulez », concéda Thomas. N'importe quoi pour se tirer de cette impasse et repartir de l'avant.

Moore se détendit un peu. « Ça risque de ne pas être facile. Nous n'avons pas retrouvé trace du bateau que M. Battat affirme avoir vu et nous avons posté un homme pour surveiller l'aéroport. Aucun individu correspondant au signalement du Harponneur n'a quitté le pays aujourd'hui.

– Et si on reprenait les choses à l'envers ? suggéra Thomas. Pourquoi le Harponneur serait-il à Bakou ?

– Ce ne sont pas les cibles qui manquent ici pour un terroriste, nota Moore. Ou il se peut aussi qu'il ait simplement été en transit pour une autre république ou pour le Moyen-Orient. Vous savez comment opèrent ces individus. Il est rare qu'ils prennent la route la plus directe.

– Si Bakou n'était pour lui qu'une ville-étape, à l'heure qu'il est, il est alors sans doute loin, dit Thomas. Concentrons-nous plutôt sur des cibles possibles dans la région et sur les raisons qu'il pourrait avoir de les frapper.

– Le Haut-Karabakh et l'Iran sont nos plus gros soucis, avoua Williamson. Par un vote, les premiers ont proclamé unilatéralement leur indépendance, tandis que l'Azerbaïdjan et l'Arménie se disputent le territoire. Toute la région va sans doute exploser quand l'Azerbaïdjan aura assez d'argent pour procurer à son armée des armes plus perfectionnées. Ce serait déjà un problème, mais avec l'Iran à moins de vingt-cinq kilomètres au sud, c'est une vraie poudrière. Quant à l'Iran, même sans le problème du Haut-Karabakh, Téhéran et Bakou se bouffent le nez depuis des années pour l'accès aux ressources de la Caspienne, des gisements pétroliers aux esturgeons pour le caviar. Du temps de l'Union soviétique, ils pouvaient se servir à leur guise... Et, ajouta Williamson, non seulement il y a ces problèmes, mais ils se superposent. Des négligences dans les forages effectués par les Azerbaïdjanais ont entraîné la formation d'une épaisse nappe de pétrole dans les secteurs de la mer où les Iraniens pêchent justement l'esturgeon. La pollution tue le poisson.

– Quelle est au juste la situation pétrolière ? s'enquit Thomas.

– Il y a quatre champs pétrolifères principaux : Azéri, Chirag, Guneshli et Azerbaïdjan. L'Azerbaïdjan et les membres du consortium occidental qui assurent le forage sont convaincus que les lois internationales garantissent leurs droits exclusifs à ces sites. Mais leurs revendications sont fondées sur des frontières définies par les droits de pêche qu'ignorent aussi bien la Russie que l'Iran. Jusqu'ici, la querelle s'est cantonnée au niveau diplomatique.

– Mais si jamais l'un ou l'autre camp s'avisait de passer à l'acte, dit Thomas, que ce soit par un attentat à la bombe ou un assassinat...

– Cela pourrait déclencher une réaction en chaîne catastrophique dans une demi-douzaine de pays voisins... qui affecterait les livraisons de pétrole à l'échelon de la planète et entraînerait les États-Unis dans un conflit majeur », termina pour lui Williamson.

Et Moore d'ajouter, sarcastique : « Raison pour laquelle nous préférons être tenus informés des actions clandestines menées dans ce petit avant-poste perdu... »

Thomas secoua la tête. « *Mea culpa.* À présent, est-ce que nous pouvons tous nous mettre d'accord pour regarder de l'avant plutôt que derrière nous ? »

Moore le considéra un long moment avant d'acquiescer.

« Bien, reprit Williamson en consultant ses notes. Si j'ai bien compris, il y a deux scénarios possibles : un, l'individu qui a agressé M. Battat n'était pas le Harponneur, auquel cas il ne pourrait s'agir que d'un vulgaire trafiquant d'armes ou d'un passeur de drogue. Qui aurait réussi à tomber sur Battat avant de s'esquiver.

– Correct, fit Thomas.

– Probabilité pour une telle hypothèse ? s'enquit Williamson.

– Faible, concéda Thomas. Nous savons que le Harponneur est dans la région. Un fonctionnaire du service de renseignements et de recherche des Affaires étrangères était à bord du vol Turkish Airlines entre Londres et Moscou et il a cru identifier le Harponneur. Il a tenté de le filer mais l'a perdu.

– Vous dites qu'un gars du renseignement et le terroriste le plus recherché de la planète se seraient trouvés comme par hasard dans le même avion ? s'étonna Moore.

– Je ne peux pas parler à la place du Harponneur, juste pour le fonctionnaire des Affaires étrangères, répondit Thomas. Mais nous avons remarqué qu'un nombre croissant d'espions et de terroristes empruntent les voies diplomatiques. Ils essaient d'intercepter les données des ordinateurs portables ou des téléphones mobiles. Les Affaires étrangères ont déjà émis plusieurs bulletins d'alerte à ce sujet. Ce n'était peut-être qu'une coïncidence ; peut-être le Harponneur cherchait-il simplement à piquer une disquette ou un numéro de téléphone pendant que le fonctionnaire était aux toilettes. Je n'en sais rien.

– Le fonctionnaire a pu identifier le Harponneur en se basant sur quoi ? demanda Mme Williamson.

– La seule photo qu'on connaît de lui.

– Un bon cliché, fiable, lui assura Moore.

– On nous a prévenus et on a procédé à une enquête, poursuivit Thomas. Cela corrobore plusieurs tuyaux obtenus par des voies indépendantes. Notre homme voyageait sous un nom d'emprunt avec un faux passeport britannique. On a vérifié les courses en taxi, découvert qu'il avait été pris au Hilton de Kensington, à Londres. Il n'y a séjourné qu'une nuit, durant laquelle il a rencontré plusieurs personnes qui, au dire du concierge de l'hôtel, avaient une allure et un accent moyen-orientaux. Nous avons essayé de localiser l'individu à Moscou mais nul ne l'a vu quitter l'aérogare. On a donc contrôlé les vols en correspondance vers d'autres destinations. Une personne répondant à son signalement a présenté un passeport russe au nom de Gardner et pris l'avion pour Bakou.

– C'est le bateau du Harponneur, coupa soudain l'ambassadrice Williamson. Obligé. »

Les autres la regardèrent.

« Ça vous dit quelque chose ? demanda Thomas.

– Oui. Un souvenir de fac, expliqua la diplomate. Gardner est le capitaine de la *Rachel* dans *Moby Dick*. C'est l'un des bateaux qui traquent l'insaisissable baleine blanche. Sans y parvenir, du reste. »

Thomas considéra Battat, l'air malheureux. « Le Harponneur... Bon sang, mais c'est bien sûr. C'est un indice qu'il nous a laissé exprès.

– Allons bon, un terroriste malin, observa Moore. Si vous avez reconnu l'allusion, vous y voyez une simple blague et vous laissez tomber. Si au contraire vous la prenez au sérieux, le Harponneur sait où vous allez le chercher. Et il sera là, prêt à vous tomber dessus.

– Mais le navire était bien réel, protesta Battat. J'ai vu le nom de mes propres yeux...

– Un nom mis exprès pour détourner momentanément votre attention, rétorqua Thomas. Merde. On est bel et bien tombés dans le panneau.

– Ce qui nous conduit au deuxième scénario qui devient soudain bien plus crédible, poursuivit Williamson. Si le Harponneur se trouvait effectivement à Bakou, alors il y a deux choses que l'on doit élucider au plus vite : un, que voulait-il, et deux, où se trouve-t-il à présent ? En gros, c'est ça ? »

Thomas opina.

Moore se leva. « Je parie qu'il a laissé tomber son passeport russe. Je vais pirater les ordinateurs des hôtels et confronter la liste de leurs clients avec la base de données de notre service des visas. Voir si une corrélation apparaît.

– Il est également possible qu'il travaille avec les gens d'ici, auquel cas il ne sera pas descendu dans un hôtel, observa Thomas.

– Je vais vous donner une liste des cellules activistes étrangères connues ou suspectées, lui dit Moore. Battat et vous, vous pourrez la comparer à celle des individus avec lesquels le Harponneur a pu déjà travailler. »

Battat acquiesça.

« Il y a encore un truc à tenter éventuellement, suggéra Thomas. On avait déjà pas mal exploité nos sources moscovites avant d'envoyer M. Battat dans la région. Ça n'avait pas donné grand-chose mais on n'avait guère le temps de faire mieux. Si on lançait des sondes du côté des autres gouvernements de la région ?

– Jusqu'ici, on ne peut pas dire qu'on ait noué beaucoup de rapports, question échange de renseignements, admit la diplomate. Nous manquons de personnel pour entretenir les relations et bon nombre de républiques, celle-ci comprise, sont accaparées par leurs propres problèmes intérieurs. Chacun espionne son voisin, mais surtout la Tchétchénie.

– Pourquoi elle en particulier ? s'enquit Battat.

– Parce que malgré le gouvernement de coalition qui n'existe que sur le papier, le pays est en réalité contrôlé par des milices islamiques qui s'efforcent de le déstabiliser et de faire tomber les autres pouvoirs, y compris en Russie, expliqua-t-elle. J'espère que l'initiative lancée par notre président hier soir y portera remède.

– Quelle initiative ? demanda Battat.

– Une coopération au niveau du renseignement avec les Nations unies, précisa Moore. Il l'a annoncée hier à Washington. »

Battat roula des yeux.

« Vous savez, il y a un endroit qu'on pourrait essayer, intervint Thomas. Il y a deux ans, je me souviens d'avoir entendu que notre Centre national de gestion de crise avait participé à la création à Saint-Pétersbourg[1] de son homologue russe.

– Une cellule russe de gestion de crise, fit Moore. Ouais, maintenant, ça me revient.

– Je peux toujours appeler Washington et leur demander de contacter l'Op-Center, poursuivit Moore. Voir s'ils sont toujours en rapport avec les Russes.

– Quand vous le ferez, demandez-leur de contacter Bob Herbert, suggéra Thomas. C'est leur chef du ren-

1. Cf. *Op-Center 2. Image virtuelle*, *op. cit.*

seignement... un type vraiment capable, à ce que j'ai entendu dire. J'ai cru comprendre que le nouveau patron du service, le général Rodgers, était plutôt un dur à cuire.

– Ce n'est plus lui qui le dirige, rectifia la diplomate.

– Ah bon, qui donc, alors ? demanda Thomas.

– Paul Hood. On a reçu ce matin une mise à jour de l'organigramme. Il est revenu sur sa démission.

– Je parie qu'ils se passeront de ses services pour le programme de collaboration avec l'ONU, ricana Moore.

– Quoi qu'il en soit, reprit Thomas, demandez-leur de contacter Herbert. Le Harponneur pourrait tenter de quitter la région en filant par le nord, direction la Scandinavie. Auquel cas, les Russes, là-haut, pourraient nous filer un coup de main. »

Thomas opina. Sur ces derniers mots, tout le monde se leva et Thomas tendit sa main à la diplomate. « Encore merci pour tout. Je suis sincèrement désolé pour toute cette affaire.

– Jusqu'ici, il n'y a pas eu trop de bobos.

– On va tâcher de veiller à ce que ça continue, promit Thomas.

– Je vais vous faire préparer une chambre pour vous deux, dit Williamson. Ce n'est pas le Pérou mais enfin, c'est vivable.

– Merci, dit Thomas. Mais jusqu'à ce qu'on ait retrouvé notre homme, j'ai comme l'impression que je ne vais pas beaucoup dormir.

– Et vous ne serez pas le seul, monsieur Thomas, lui assura la diplomate. Si vous voulez bien m'excuser, l'ambassadeur Small doit rentrer de Washington à vingt-deux heures. Et il voudra être tenu au courant dans les plus brefs délais. »

Thomas sortit pour se rendre au bureau de Moore. Le DASP était en rogne à l'idée d'avoir laissé échapper le Harponneur. Mais aussi à l'idée que celui-ci devait sans doute bien rigoler de les avoir envoyés « chasser la baleine ». Il se demandait également s'il avait pu être informé que Battat descendait de Moscou. C'était peut-être pour cette raison qu'il avait laissé à l'agent la vie sauve : susciter un conflit entre les deux bureaux de la CIA, à Moscou et Bakou. À moins simplement qu'il n'ait voulu semer la confusion, leur faire perdre du temps à s'interroger en vain sur ses motivations à laisser en vie Battat.

Thomas secoua la tête. Il se morigéna. *Ton esprit est en train de partir dans tous les sens. Arrête un peu. Tu dois te reconcentrer.*

Mais ça risquait d'être dur. Thomas le savait car le Harponneur était de toute évidence un homme qui aimait désarçonner ses poursuivants en pimentant la réalité de petits jeux de son cru.

Et jusqu'ici, il y avait bougrement bien réussi.

11.

Washington, DC,
lundi, 15:00

Le mobile sonna dans le bureau du rouquin. Il vira aussitôt deux secrétaires qui refermèrent la porte en sortant. Puis il fit pivoter son siège jusqu'à ce que le haut dossier tourne le dos à la porte. Regardant par la fenêtre, il sortit le téléphone de sa poche intérieure de veston et attendit la cinquième sonnerie pour répondre. Si l'appareil avait été volé, perdu ou que l'on réponde avant celle-ci, la personne qui appelait avait ordre de raccrocher aussitôt.

« Oui ? murmura le rouquin.

– Il a terminé la phase un, répondit son interlocuteur. Tout se passe comme prévu.

– Merci. » Et le rouquin raccrocha. Il composa immédiatement un autre numéro. Qui décrocha à la cinquième sonnerie.

« Allô ? fit une voix rocailleuse.

– Nous sommes en piste, répondit le rouquin.

– Très bien.

– Pas de nouvelles de Benn ?

– Toujours rien. Ça va venir. »

Et l'autre raccrocha.

Le rouquin rangea le téléphone dans sa poche de veston. Il contempla son bureau et le reste de la pièce. Les photos avec le président et les chefs d'État. Les citations. Un drapeau américain de dix-sept sur vingt-deux centimètres, cadeau de sa mère. Le rouquin l'avait emporté, plié, dans sa poche-revolver tout au long de sa période de service au Viêt-nam. Il trônait encadré au mur, encore marqué de plis et tout taché de boue et de sueur, les lubrifiants du combat.

Alors que le rouquin rappelait ses deux secrétaires, la nature banale de cet acte, le retour de la routine soulignaient l'aspect à la fois extrême et complexe de ce qu'ils étaient en train d'accomplir, ses partenaires et lui. Recomposer la carte économique et politique de la planète était une chose. Mais le faire d'un coup, en une seule frappe comme celle qu'ils préparaient, voilà qui était sans précédent.

La tâche avait de quoi décourager, mais elle était excitante. Si l'opération devait un jour être divulguée, d'aucuns la jugeraient monstrueuse. Mais pour beaucoup de contemporains, il en était allé de même de la révolution américaine ou de la guerre de Sécession. Même chose pour l'engagement des États-Unis dans la Seconde Guerre mondiale avant l'attaque de Pearl Harbor. Le rouquin espérait simplement que si jamais leurs actions étaient révélées à l'opinion, celle-ci comprendrait pourquoi elle avait été nécessaire. Que le monde que connaissaient aujourd'hui les États-Unis différait radicalement de celui où ils étaient nés. Que pour grandir, il était parfois nécessaire de détruire. Parfois des règles, parfois des vies.

Parfois les deux.

12.

Camp Springs, Maryland,
lundi, 15:14

Paul Hood appela la sénatrice Fox dès son retour de la Maison-Blanche. Elle admit être totalement déroutée par les remarques du président et avait du reste demandé un entretien pour s'en ouvrir à lui. Hood lui demanda de surseoir à l'entrevue, le temps qu'il ait récapitulé la situation. Elle accepta. Puis Hood appela Bob Herbert. Hood mit ce dernier au courant de sa conversation avec la première dame, puis il lui demanda de se renseigner sur ce fameux coup de fil donné depuis l'hôtel et de voir si quelqu'un d'autre aurait noté un comportement bizarre du chef de l'État. Comme Herbert était en contact avec quantité de gens (sans jamais rien leur demander : il se contentait de s'enquérir de leur activité, prendre des nouvelles de la famille), il n'avait guère de mal à passer un coup de fil et glisser mine de rien des questions importantes au fil de la conversation.

Les deux hommes s'étaient retrouvés dans le bureau de Paul Hood. Mais le Herbert qui venait d'en franchir le seuil dans son fauteuil roulant n'était pas le même qu'un peu plus tôt.

« Tout va bien ? » s'enquit Hood.

D'habitude enjoué, le natif du Mississippi ne répondit pas tout de suite. Il avait l'air des plus moroses, le regard fixe.

« Bob ? s'inquiéta Herbert.

– Ils ont bien cru l'avoir...

– Mais de quoi parlez-vous ?

– Un de mes amis qui travaille à la CIA m'a refilé un tuyau de l'ambassade à Moscou, expliqua Herbert.

– Comment cela ? »

Gros soupir de Herbert. « Apparemment, ils avaient une piste solide indiquant que le Harponneur se trouvait à Bakou.

– Bon Dieu, fit Hood. Et pour quoi faire ?

– Ils n'en savent rien. Et ils l'ont perdu. Ils ont envoyé en reconnaissance un de leurs mecs et là, surprise, le gars se l'est pris sur la tronche. Je ne peux pas leur reprocher d'essayer d'étouffer l'affaire mais avec un zigue comme le Harponneur, on a toujours intérêt à assurer ses arrières.

– Où est-il à présent ? demanda Hood. Est-ce qu'on peut faire quelque chose ?

– Ils n'en ont pas la moindre idée », admit Herbert. Il hocha lentement la tête, puis fit jaillir l'écran d'ordinateur intégré à son accoudoir. « Depuis près de vingt ans, mon plus cher désir a été de l'étrangler de mes propres mains en contemplant ses yeux pendant qu'il crève. Faute de mieux, j'aimerais au moins avoir la certitude qu'il pourrit dans un trou quelque part sans espoir de jamais revoir le soleil. C'est pas trop demander, non ?

– Vu ce qu'il a fait, certes non, admit Hood.

– Malheureusement, le Père Noël ne m'a pas écouté », nota Herbert avec amertume. Il fit pivoter le moniteur pour mieux voir l'image. « Mais assez parlé de ce fils de pute. Causons plutôt du président. »

Herbert se trémoussa dans son siège. Hood voyait bien la colère dans ses yeux, le pli dur de sa bouche, la tension crispant ses doigts. « J'ai demandé à Matt Stoll de vérifier le registre des appels téléphoniques du Hay-Adams. »

Matt Stoll était le sorcier informatique de l'Op-Center.

« Il a piraté le journal de la Bell Atlantic, poursuivit Herbert. L'appel émanait effectivement de l'hôtel mais pas d'une des chambres. Il est parti directement du système.

– En clair ?

– En clair, quelqu'un n'avait pas envie d'être dans une des chambres au risque d'être surpris à y entrer ou en sortir, expliqua Herbert. Alors, ils ont posé une bretelle ailleurs.

– Comment cela ?

– Ils ont branché sur la ligne un modem pour transférer un appel depuis un autre endroit. On appelle ça du piratage téléphonique. C'est la technologie qu'utilisent les petits malins pour appeler d'une cabine avec une carte d'appel ou un numéro de compte bancaire. Il suffit juste d'avoir quelque part accès aux câbles de la ligne. Matt et moi, nous avons récupéré les plans de l'installation de l'hôtel. L'endroit idéal, c'est le central, à l'entresol. Tout le câblage y transite. Mais la salle n'a qu'une seule entrée, et elle est surveillée par des caméras... trop risqué. On pense que le pirate a choisi de préférence une des deux cabines devant le bar. »

Hood connaissait bien l'endroit. Les cabines étaient situées juste à côté de la porte qui donnait sur la rue H.

C'étaient les plus accessibles et il n'y avait aucune caméra de surveillance à proximité. Un individu aurait pu s'y glisser et repartir sans être vu.

« Bref, récapitula Hood, avec l'aide d'un pirate téléphonique, Jack Fenwick aurait pu appeler le président de n'importe où ?

– Exact. À présent, pour autant qu'on sache, sa femme a raison. Fenwick est en ce moment même à New York, censément pour assister à une importante réunion avec les représentants à l'ONU. J'ai son numéro de mobile et je l'ai appelé plusieurs fois mais c'est sa boîte vocale qui m'a répondu. Chaque fois, j'ai laissé des messages lui demandant de me rappeler, en précisant que c'était urgent. J'ai laissé le même sur son répondeur, chez lui et à son bureau. Jusqu'ici, pas de nouvelles. Dans l'intervalle, nous avons Mike et moi sondé les autres services de renseignements. Tous avouaient avoir débarqué devant l'annonce présidentielle. Un seul était impliqué dans une coopération avec les Nations unies.

– L'Agence pour la sécurité nationale ? » suggéra Hood.

Herbert opina. « Ce qui veut dire que Fenwick doit avoir réussi à convaincre le président que la NSA était capable de mener cette opération en solo. »

Herbert avait raison, même si, par certains côtés, la NSA était le service idéal pour assurer l'interface avec de nouveaux partenaires dans le domaine du contre-espionnage. La prérogative essentielle de l'Agence pour la sécurité nationale touchait en effet à la cryptologie ainsi qu'à la protection et à la collecte de signaux touchant au renseignement. Contrairement à la CIA et aux Affaires étrangères, la NSA n'avait pas le droit de faire intervenir des agents pour des missions clandestines hors du territoire national. Ce qui leur évitait d'engendrer le genre de parano qui rendait nerveux les gouvernements étrangers dès qu'il s'agissait de coopération bilatérale. Si la Maison-Blanche cherchait une agence de renseignements propre à collaborer avec les Nations unies, la NSA était le candidat tout trouvé. Le plus surprenant dans l'affaire était toutefois que le président n'ait pas jugé bon d'en informer les autres services. Et il aurait dû à tout le moins prévenir la sénatrice Fox. La Commission parlementaire de surveillance du renseignement était directement responsable de l'approbation des programmes touchant à la lutte contre la drogue, le terrorisme, la dissémination nucléaire, au contre-espionnage et à toutes les activités clandestines à l'étranger. Et l'initiative présidentielle tombait à coup sûr dans ses attributions.

Mais comme la NSA pouvait agir de son propre chef dans certains domaines bien précis, elle était également à même d'organiser et superviser une entreprise de grande ampleur comme celle décrite par le chef de l'exécutif. Raison pour laquelle Hood n'avait pas cru Lawrence quand il avait annoncé cette initiative lors du dîner. Et qu'il continuait pour l'essentiel à ne pas y croire.

« Avez-vous sondé Ron Roedner sur la question ? » demanda Hood. Roedner était le conseiller adjoint à la sécurité nationale, le second de Fenwick.

« Il accompagne Fenwick. Je ne suis pas arrivé non plus à l'avoir au téléphone, avoua Herbert. J'ai réussi en revanche à parler à son propre adjoint, Al Gibbons. Et c'est là que ça devient encore plus bizarre. Gibbons m'a dit qu'il était présent à une réunion de la NSA, dimanche après-midi, or Fenwick n'y a pas touché mot d'une coopération internationale en matière de contre-espionnage.

– Le président assistait-il à la réunion ?

– Non.

– Mais à peine quelques heures plus tard, reprit Hood, Fenwick appelle le président et, semblerait-il, lui annonce qu'ils ont passé un accord de collaboration bilatérale sur le contre-espionnage avec des gouvernements étrangers. »

Herbert acquiesça.

Hood réfléchit à la question. Il était possible que l'initiative des Nations unies ne dût être divulguée qu'aux personnes strictement concernées et que Gibbons ne fît pas partie de ce petit cercle. Ou peut-être qu'il s'agissait d'une lutte interne entre services au sein de la NSA. Cela s'était déjà vu. À son entrée à l'Op-Center, Hood avait étudié les deux rapports rédigés en 1997 autorisant la création de l'agence. Le rapport 105-24 émis par la Commission sénatoriale spéciale et le 105-135 émanant de la Commission budgétaire permanente (les deux branches de la Commission parlementaire de surveillance du renseignement) affirmaient l'un comme l'autre que l'ensemble du milieu du contre-espionnage était plombé par « un excès de luttes intestines, de gâchis divers, par un personnel pléthorique mal informé et manquant de profondeur d'analyse comme d'ampleur de vue dans les domaines politique, économique et militaire » – ainsi pouvait-on résumer leurs conclusions. On pouvait difficilement se montrer plus sévère. Après la constitution de l'Op-Center par une loi du Congrès, on avait donné pour mandat à Hood d'engager les meilleurs éléments pendant que la CIA et les autres services devaient procéder à un nettoyage en règle. Il n'en restait pas moins que la situation actuelle était inusitée, même dans le milieu du renseignement, si les dirigeants de la NSA n'étaient même pas au courant de ce qui se passait.

« Toute cette histoire ne tient pas debout, résuma Herbert. Entre l'Op-Center et la CIA, nous avons déjà mis en œuvre des plans de coopération officielle dans le domaine du renseignement avec vingt-sept pays étrangers. Nous entretenons des échanges officieux avec encore onze pays, par l'entremise de fonctionnaires de haut rang. Le renseignement militaire collabore pour sa part avec sept autres pays. Quel qu'il soit, celui qui a mis le président dans ce coup doit avoir de bonnes raisons de garder son pré carré.

– Ça, ou bien de le mettre dans l'embarras.

– Comment cela ?

– Lui fourguer un projet, lui dire qu'il est accepté par les autres services et les gouvernements étrangers, puis le laisser faire une grosse bourde en direct.

– Mais pourquoi ?

– Ça, je n'en sais rien », avoua Hood.

Ce qu'il savait, en revanche, c'est qu'il n'aimait pas du tout sur quoi tout cela débouchait. L'Op-Center avait déjà fait tourner un jeu de simulation intitulé « Réalité alternative », traitant du moyen de rendre Saddam Hussein tellement paraonoïaque qu'il en venait à balancer ses plus fidèles conseillers. Et si un gouvernement étranger s'avisait de jouer le même coup au président américain ?

C'était une idée abracadabrante mais pas plus que de voir le KGB tuer un dissident en le poinçonnant avec un parapluie empoisonné ou la CIA tenter de liquider Fidel Castro à l'aide d'un cigare piégé. Et pourtant, c'était arrivé.

Et puis il y avait une autre option qu'il préférait ne pas envisager : qu'il ne s'agît pas d'un gouvernement étranger mais du leur. C'était possible.

Ce pouvait également ne pas être aussi dramatique. La première dame avait dit que son mari n'était plus lui-même. Et si elle avait raison ? Lawrence avait passé quatre années difficiles à la Maison-Blanche puis huit de plus à la reconquérir. Il tenait de nouveau les rênes du pouvoir. Cela faisait une pression considérable.

Hood connaissait plusieurs présidents qui avaient manifesté des signes de faiblesse lors de périodes de tension excessive : Woodrow Wilson, Franklin Roosevelt, Richard Nixon et Bill Clinton. Dans le cas de Nixon, ses plus proches conseillers l'avaient encouragé à démissionner pas seulement pour le bien du pays mais aussi pour préserver sa propre santé mentale. Pour Clinton, ses amis et ses proches avaient décidé d'éviter de faire intervenir médecins ou psychiatres mais de le surveiller de près avec l'espoir qu'il échapperait à la crise et aux risques de destitution. Ce qui avait été le cas.

Mais dans deux occurrences au moins, laisser le président porter seul le fardeau du pouvoir et de la politique politicienne n'avait pas été la meilleure des décisions. Wilson avait été terrassé par un infarctus alors qu'il essayait vainement de faire admettre par le Congrès l'entrée de son pays à la Société des Nations. Et vers la fin du second conflit mondial, devant la charge d'assumer la victoire et de réorganiser le monde d'après guerre, les proches conseillers de Roosevelt avaient craint pour sa santé. S'ils avaient pu le convaincre de l'absolue nécessité de ralentir, peut-être n'aurait-il pas été emporté par une hémorragie cérébrale.

N'importe lequel de ces scénarios pouvait s'avérer exact, comme ils pouvaient tous être complètement faux. Mais Hood avait toujours jugé préférable d'envisager toutes les options, même les plus improbables, plutôt que d'être surpris. Surtout quand le fait d'avoir vu juste pouvait s'avérer cataclysmique. Il allait devoir avancer avec précaution. S'il parvenait à voir le président, cela lui donnerait l'occasion de jouer ses rares atouts mais surtout d'observer Lawrence, voir si les inquiétudes de Megan étaient justifiées. Le pire qui puisse lui arriver était que le président lui demande sa démission. Par chance, il l'avait toujours sous la main.

« À quoi pensez-vous ? » s'enquit Herbert.

Hood saisit son téléphone. « Il faut que je voie le président.

– Excellent. Moi aussi, j'ai toujours été partisan des méthodes directes. »

Hood pressa la touche mémoire de la ligne privée du chef de l'État. Le téléphone sonna au bureau de la secrétaire de la présidence, Jamie Leigh, au lieu de transiter par le standard. Hood pria Mme Leigh de bien vouloir lui trouver quelques minutes dans l'agenda présidentiel pour un entretien. Elle lui demanda de préciser le motif de sa requête, à l'intention du président. Hood répondit que c'était en rapport avec le rôle éventuel de l'Op-Center dans le projet de collaboration avec les Nations unies.

Mme Leigh aimait bien Hood, aussi réussit-elle à lui arranger une entrevue de cinq minutes le jour même, entre seize heures dix et seize heures quinze.

Hood la remercia puis regarda Herbert. « Il faut que j'y aille. Mon rendez-vous est dans quarante minutes.

– Vous n'avez pas l'air ravi, remarqua Herbert.

– C'est vrai, non. Est-ce qu'on peut avoir quelqu'un pour nous trouver avec qui Fenwick a rendez-vous à New York ?

– Mike a réussi à entrer en rapport avec quelqu'un aux Affaires étrangères pendant que vous étiez avec la femme du président.

– Qui ça ?

– Lisa Baroni. Elle était chargée du contact avec les parents durant la prise d'otages.

– Je n'ai pas eu l'occasion de la rencontrer. Comment Mike l'a-t-il retrouvée ?

– En procédant comme tout bon espion : dès qu'il arrive quelque part, il cherche les employés mécontents et leur promet un sort meilleur s'ils se montrent loquaces. Voyons si elle a la langue bien pendue.

– Parfait. » Hood se leva. « Bon Dieu. Je me sens comme chaque fois que je dois aller à la messe de Minuit.

– À savoir ? s'enquit Herbert. Coupable de ne pas aller à l'église plus souvent ?

– Non, répondit-il. J'ai l'impression d'assister à quelque chose qui me dépasse. Avec la crainte que si jamais je devais le découvrir, ça me rende mort de trouille.

– N'est-ce pas à ça qu'est censée servir la religion ? » nota Herbert.

Hood réfléchit un instant à la remarque. Puis il sourit en quittant le bureau. « Touché.

– Bonne chance », répondit Herbert en sortant derrière lui avec sa chaise roulante.

13.

Gobustan, Azerbaïdjan, lundi, 23:56

Gobustan est une bourgade rustique située à soixante-dix kilomètres au sud de Bakou. La région est occupée depuis au moins dix millénaires et semée de grottes et de tumulus rocheux. Les grottes présentent des témoignages d'art préhistorique ainsi que des formes d'expression plus récentes : des graffitis gravés il y a deux mille ans par des légionnaires romains.

Au pied des collines, juste sous l'entrée des grottes, se trouvent des cabanes de bergers. Réparties sur plusieurs centaines d'hectares de pâturages, elles datent de plusieurs siècles et la plupart sont encore utilisées, même si ce n'est pas toujours par des gardiens de bétail. L'une des plus vastes se dissimule derrière un rocher qui surplombe l'ensemble du village. On y accède uniquement par un mauvais chemin de terre creusé à flanc de colline par l'érosion et l'empreinte de milliers de pieds au long des siècles.

À l'intérieur, cinq hommes étaient installés autour d'une table en bois branlante au centre de la pièce unique. Un sixième était assis près d'une fenêtre dominant le chemin, une mitraillette Uzi posée en travers des genoux. Un septième homme était resté à Bakou pour surveiller l'hôpital. Ils ne savaient pas au juste quand le patient devait arriver mais dès que ce serait le cas, Maurice Charles voulait que ses hommes soient prêts.

La fenêtre était ouverte, laissant entrer un vent frais. Hormis parfois le hululement d'une chouette ou le bruit d'un rocher délogé par un renard en quête de rongeurs, le silence régnait hors de la cabane, le genre de silence que le Harponneur avait rarement l'occasion de goûter au cours de ses voyages de par le monde.

Charles excepté, tous les hommes étaient torse nu. Ils étudiaient les photos reçues par liaison satellite. La parabole de quinze centimètres avait été installée contre un mur de la cabane, avec une vue dégagée au sud-est et vers le satellite Gorizont T3. Situé en orbite géostationnaire à 60° 27' Est, il servait au service de reconnaissance aérienne américain à surveiller la région de la Caspienne. Le contact de Charles aux États-Unis lui avait fourni l'adresse du site Internet sécurisé avec le code d'accès, lui permettant ainsi de télécharger les images prises au cours des dernières vingt-quatre heures.

Le décodeur qu'ils utilisaient – un StellarPhoto Judge 7 – leur avait également été fourni par le contact de Charles, via une des ambassades. C'était un appareil compact qui s'apparentait, par la taille et le fonctionnement, à un télécopieur ; mais le SPJ 7 imprimait les photos par sublimation sur d'épaisses feuilles de papier glacé spécial à base d'huile qu'il était impossible de faxer ou transmettre par un quelconque moyen électronique. Toute tentative équivaudrait à écraser un écran à cristaux liquides : le destinataire ne verrait apparaître qu'une feuille maculée. L'appareil permettait d'agrandir les images jusqu'à une résolution de dix mètres. Combiné aux capacités infrarouges du satellite, le dispositif était capable de déchiffrer l'immatriculation sur l'aile d'un avion.

Charles sourit. C'était justement son avion qui était sur l'image. Ou plutôt, l'appareil azerbaïdjanais qu'ils avaient acheté.

« Êtes-vous certain que les Américains le trouveront quand ils chercheront des indices ? » demanda l'un des hommes. Un petit bonhomme râblé, basané, au crâne tondu ras et aux yeux profondément enfoncés dans les orbites. Un mégot roulé main était collé à ses lèvres épaisses. Son avant-bras gauche exhibait le tatouage d'un serpent lové.

« Notre ami y veillera », promit Charles.

Et il avait intérêt. C'était pour cela qu'ils avaient mis en scène cette attaque contre la plate-forme de forage iranienne. Une fois survenu l'incident, le service de reconnaissance aérienne américain rechercherait dans sa base de données de photos satellitaires les images du champ pétrolifère de Guneshli sur la Caspienne. Des experts en surveillance éplucheraient les documents des derniers jours pour voir qui aurait pu procéder à des reconnaissances à proximité de la plate-forme. Et ils tomberaient sur l'avion de Charles. Puis ils découvriraient autre chose...

Peu après l'attaque, un corps serait largué à la mer – celui d'un terroriste russe, Sergueï Tcherkassov. Capturé par les Azéris au Haut-Karabakh, puis jeté en prison, Tcherkassov avait été libéré par les hommes de Charles et il était en ce moment même détenu à bord de la *Rachel*. Il serait tué peu après l'attaque, d'une balle tirée par un fusil Gewehr-3 de fabrication iranienne. Le genre de projectile qui aurait pu être tiré par le personnel de sécurité sur la plate-forme pétrolière. Quand ils retrouveraient le corps du Russe (grâce à des fuites organisées à l'intention de la CIA) les Américains découvriraient dans les poches du terroriste un certain nombre de photos : celles que Charles avait prises depuis l'avion. L'une de celles-ci révélerait un fragment de l'aile, avec le même matricule que sur l'image satellitaire. Une autre porterait des marques au crayon gras repérant l'endroit où le susdit terroriste était censé avoir fait porter son attaque.

Avec les photos satellitaires et le cadavre du terroriste, Charles ne doutait pas de voir l'Amérique et le reste du monde aboutir à la conclusion qu'ils désiraient, lui et ses commanditaires.

La mauvaise conclusion.

À savoir que la Russie et l'Azerbaïdjan s'étaient ligués pour déloger l'Iran de ses lucratives plates-formes pétrolières sur le gisement de Guneshli.

14.

New York,
lundi, 16:01

Le ministère américain des Affaires étrangères possède deux bureaux à proximité de l'immeuble des Nations unies à New York près de l'East River. Le premier est celui des missions à l'étranger, le second, celui de la sécurité diplomatique.

À quarante-trois ans, Lisa Baroni était directrice adjointe chargée des protestations diplomatiques pour le service de liaison du ministère. Ce qui signifiait que chaque fois qu'un diplomate avait un problème quelconque avec le système juridique des Nations unies, elle entrait en jeu. Un problème juridique, cela pouvait aller de la fouille prétendument illicite des bagages d'un diplomate dans un aéroport de la région à un accident de la circulation impliquant un membre du corps diplomatique, en passant par la récente attaque terroriste au Conseil de sécurité.

Dix jours auparavant, Baroni avait été là pour conseiller des diplomates et puis elle s'était retrouvée amenée à réconforter les parents d'enfants pris en otages durant l'agression. C'est à cette occasion qu'elle avait fait la connaissance du général Mike Rodgers. À l'issue du siège, ce dernier s'était brièvement entretenu avec elle. Il lui avait dit avoir été impressionné par son calme, sa disponibilité et son sens des responsabilités en pleine crise. Il lui expliqua qu'il était le nouveau chef de l'Op-Center à Washington et qu'il cherchait des gens de valeur pour travailler avec lui. Il lui demanda alors s'il pouvait la rappeler pour un entretien. Rodgers lui avait fait l'effet d'un type direct, plus intéressé par ses talents que par son sexe, par ses capacités que par la longueur de sa jupe. Ça lui plaisait bien. Tout comme la perspective de retourner dans la capitale fédérale. C'est là qu'elle avait grandi, qu'elle avait fait ses études de droit international à l'université de Georgetown, et toute sa famille comme tous ses amis vivaient toujours là-bas. Après trois années à New York, elle avait hâte de revenir.

Mais quand le général Rodgers lui passa enfin un coup de fil, ce n'était pas tout à fait celui qu'elle escomptait.

Il survint en tout début d'après-midi. Baroni écouta le général lui expliquer que Paul Hood, son supérieur hiérarchique, était revenu sur sa démission. Mais Rodgers continuait de chercher des éléments de valeur et il lui fit une proposition. Il avait consulté les archives des Affaires étrangères et découvert qu'elle ferait une bonne candidate pour remplacer Martha Mackall, leur responsable géopolitique assassinée en Espagne. Il lui proposait de la faire venir à Washington pour un entretien, si elle voulait bien lui filer un coup de main sur un problème qu'ils avaient à New York.

Baroni s'enquit de la légalité de la demande. Rodgers la rassura sur ce point. Dans ce cas, répondit la jeune femme, elle serait ravie de lui rendre service.

C'est ainsi que se forgeaient les relations à Washington. Donnant-donnant.

Ce dont il avait besoin, expliqua Rodgers, c'était de l'itinéraire des déplacements de Jack Fenwick, le patron de la NSA, qui était actuellement à New York pour participer à des réunions avec des représentants aux Nations unies. Et de préciser qu'il n'avait que faire de son itinéraire officiel : non, ce qu'il voulait, c'était savoir où se rendait Fenwick en réalité.

Ce ne devrait pas être trop compliqué pour Baroni. Fenwick avait un bureau dans l'immeuble même où elle travaillait et qu'il utilisait en général chaque fois qu'il montait à New York. Il était situé au sixième étage, à côté de celui du ministre. Toutefois, l'adjoint de Fenwick à New York indiqua qu'il ne devait pas y passer lors de ce voyage car il tenait toutes ses réunions dans divers consulats.

Baroni décida donc à la place de vérifier les plaques d'immatriculation de tous les véhicules officiels utilisés par le gouvernement. La liste était tenue à jour dans l'éventualité de l'enlèvement d'un diplomate. Le chef de la NSA se déplaçait toujours dans la même limousine lors de ses séjours à New York. Baroni en obtint le numéro et demanda à son ami, l'inspecteur Steve Mitchell du commissariat du centre-sud, d'essayer de la localiser. Puis elle obtint le numéro de la carte électronique d'accès (la CEA), intégrée au pare-brise. La CEA permettait aux véhicules de pénétrer dans les parkings des ministères ou des ambassades avec le minimum de délai, réduisant d'autant la fenêtre laissée à des assassins pour préparer une embuscade.

Le numéro de la CEA n'apparaissait à aucun des postes de contrôle américains dont les données étaient pourtant transmises en continu aux archives de la sécurité du ministère des Affaires étrangères. Cela voulait dire que Fenwick visitait des ambassades étrangères. Plus de cent pays transmettaient également ce genre de données au ministère. La plupart étaient des alliés proches des États-Unis, comme la Grande-Bretagne, le Japon ou Israël. Fenwick ne s'était donc pas encore rendu à leurs légations respectives. Baroni recourut à un courrier électronique crypté pour déjà transmettre à Rodgers ce bilan négatif.

Puis, juste après seize heures, elle reçut un coup de fil de l'inspecteur Mitchell. Une de ses voitures de patrouille avait repéré la limousine alors qu'elle quittait un bâtiment sis au 622, Troisième Avenue. C'était juste en dessous de la 42e Rue. Baroni vérifia l'adresse dans son annuaire des missions permanentes.

L'occupant des lieux la surprit.

15.

Washington, DC,
lundi, 16:03

Paul Hood se présenta à seize heures devant l'aile ouest de la Maison-Blanche. Avant même d'avoir franchi le poste de sécurité, un stagiaire du président était arrivé pour le conduire au Bureau Ovale. À sa dégaine, Hood estima qu'il devait être en fonction depuis déjà plusieurs mois. Comme tous les stagiaires aguerris, le jeune homme récuré de frais avait un petit côté prétentieux. Dame, un gamin d'une vingtaine d'années qui travaillait à la Maison-Blanche. La carte qu'il portait autour du cou était son atout maître avec les filles dans les bars, les voisins bavards en avion, les frères et les cousins quand il retournait en congé dans sa famille. Quoi qu'on puisse dire ou faire, il était en relations quotidiennes avec le président, le vice-président, le cabinet et les principaux leaders politiques. Il était confronté au vrai pouvoir, branché sur le vrai monde, et il évoluait devant les yeux et les oreilles de médias pour lesquels les expressions ou les moindres paroles, même de gens comme lui, pouvaient provoquer des événements susceptibles de bouleverser le cours de l'histoire. Hood avait souvenance d'avoir éprouvé quelque chose de cet ordre lorsque, tout jeune, il avait travaillé au bureau du gouverneur de Californie à Los Angeles. Il ne pouvait qu'imaginer l'intensité du sentiment pour ce jeune homme, cette impression de se sentir au centre de l'univers.

Le Bureau Ovale est situé à l'extrême angle sud-est de l'aile ouest. Hood suivit le jeune homme en silence dans le dédale des couloirs, croisant des gens fort affairés et qui ne semblaient pas du tout aussi imbus d'eux-mêmes. Mais tous avaient cet air et cette attitude des passagers en retard pour prendre leur avion. Hood passa les bureaux du conseiller pour la sécurité et du vice-président, puis juste après ce dernier, prit à l'est, passant devant celui du secrétariat de presse. Ils tournèrent ensuite vers le sud et dépassèrent la salle du conseil. Toujours sans échanger un mot. Hood se demanda si le jeune homme s'abstenait de lui adresser la parole par correction ou parce qu'il ne le jugeait pas assez célèbre pour mériter cet honneur. Hood préféra lui accorder le bénéfice du doute.

La pièce suivante était réservée à Mme Leigh. Elle était assise à son bureau. Dans son dos, une porte unique qui donnait sur le Bureau Ovale. Le stagiaire s'excusa. Hood et la secrétaire de la présidence échangèrent des sourires. Grande, les cheveux blancs, cette native du Texas avait les nerfs d'acier, la patience, la carrure et l'humour discret et pince-sans-rire indispensables à ses fonctions de cerbère. Son mari était l'ancien sénateur Titus Leigh, grand éleveur de bétail devant l'Éternel.

« Le président a pris quelques minutes de retard, prévint Mme Leigh. Mais ce n'est pas grave : ça vous donne l'occasion de me dire comment vous allez.

– Couci-couça, répondit Hood. Et vous ?

– Bien, fit-elle d'une voix monocorde. J'ai de la force pour dix parce que mon cœur reste pur.

– J'ai cru entendre ça quelque part, remarqua Hood alors qu'ils passaient devant le bureau de la secrétaire.

– C'est de Lord Tennyson. Comment va votre fille ?

– Elle est forte, elle aussi, dit Hood. Et elle est entourée d'une sacrée équipe pour la tirer de ce mauvais pas.

– Je n'en doute pas, dit Mme Leigh, souriant toujours. N'hésitez pas à me demander, si jamais je peux être utile en quoi que ce soit...

– Je n'y manquerai pas », promit Hood. Il la regarda, droit dans ses yeux gris. « Il y a quelque chose que vous pourriez faire pour moi, en tout cas...

– Et ce serait ?

– En toute confidentialité ?

– Bien sûr, lui assura-t-elle.

– Madame Leigh, le président vous a-t-il paru aller tout à fait bien ? »

Le sourire de son interlocutrice s'effaça. Elle baissa la tête.

« C'est la raison de cet entretien ?

– Non, fit Hood.

– Alors, pourquoi une telle question ?

– L'inquiétude de certains de ses proches.

– Et c'est à vous qu'on a confié le soin de tirer le signal d'alarme ?

– Rien d'aussi machiavélique », répondit Hood juste comme son mobile vibrait. Il glissa la main dans sa poche de veston et répondit à l'appel.

« Paul à l'appareil.

– Paul, c'est Mike.

– Mike, qu'est-ce qui se passe ? » Si Rodgers l'appelait ici, et maintenant, c'est que ce devait être important.

« La cible a été vue quittant la mission iranienne auprès de l'ONU il y a environ trois minutes.

– Une idée de l'endroit où il était le reste du temps ?

– Négatif, répondit Rodgers. On cherche. Mais apparemment, la limousine ne s'est pas présentée devant les ambassades de nos principaux alliés.

– Merci. Faites-moi signe si vous trouvez autre chose. »

Hood raccrocha. Rangea le téléphone mobile dans sa poche. C'était bizarre. Le président avait annoncé une initiative en matière de contre-espionnage qui impliquait les Nations unies, or l'une des premières missions auprès de laquelle s'était rendu le conseiller présidentiel à la sécurité était celle d'Iran... Un des pays à soutenir le terrorisme auquel s'opposait l'ONU, ça ne tenait pas debout.

La porte du Bureau Ovale s'ouvrit.

« Madame Leigh, voulez-vous me rendre un service ?

– Oui.

– Pouvez-vous m'obtenir l'itinéraire de Jack Fenwick à New York ?

– Fenwick ? Pourquoi ?

– Il est l'un des facteurs qui m'ont amené à vous poser cette question tout à l'heure », répondit Hood.

La secrétaire le dévisagea. « Très bien. Vous le voulez pendant que vous serez avec le président ?

– Dès que possible. Et quand vous aurez le numéro de dossier, indiquez-moi ce qu'il contient. Je n'ai pas besoin de leur teneur précise : juste les dates d'archivage des documents.

– D'accord. Et Paul... concernant votre question... j'ai bien noté un changement. »

Il lui sourit. « Merci. S'il y a un problème, quel qu'il soit, nous allons tâcher de le régler vite fait, discrètement. »

Elle opina et retourna s'asseoir derrière son ordinateur au moment où le vice-président émergeait du Bureau Ovale. Charles Cotten était un homme à la carrure imposante, au visage mince, aux cheveux grisonnants. Il accueillit Paul Hood avec une poignée de main chaleureuse et un sourire mais ne s'arrêta pas pour lui parler. Mme Leigh pressa une touche sur son interphone. Le président répondit. Elle lui annonça la présence de Paul Hood et le président Lawrence lui demanda de l'introduire. Hood contourna le poste de la secrétaire pour entrer dans le Bureau Ovale.

16.

Bakou, Azerbaïdjan,
mardi, 0 : 07

Allongé sur une couchette mince, David Battat contemplait le plafond sombre du sous-sol humide de l'entrepôt. Pat Thomas dormait étendu sur le dos, sur une couchette identique, de l'autre côté de la pièce exiguë. Sa respiration était douce et régulière. Mais Battat n'arrivait pas à trouver le sommeil.

Il avait toujours mal au cou et s'en voulait encore de s'être fait avoir comme un bleu, mais ce n'était pas ce qui le tenait éveilllé. Avant de se coucher, Battat avait revu les données originelles reçues par la CIA concernant le Harponneur. Il était incapable de penser à autre chose. Tous les indices, dont un témoin oculaire fiable, confirmaient qu'il s'agissait bien du terroriste attendu par la *Rachel.* Auquel cas, si c'était bien le Harponneur qui avait transité par Bakou pour se rendre ailleurs, une question harcelait Battat : pourquoi donc suis-je toujours vivant ?

Pourquoi un terroriste réputé pour pratiquer la politique de la terre brûlée et se livrer à un comportement homicide laisserait-il un adversaire en vie ? Pour brouiller les pistes ? Laisser croire qu'il n'y est pour rien ? C'est ce que Battat avait pensé au début. Mais peut-être avait-il une autre raison de lui laisser la vie sauve. Et Battat était là à tenter vainement de deviner cette raison mystérieuse.

La seule qu'il puisse imaginer était de l'amener à désinformer ses supérieurs. Mais il n'avait rapporté aucune information, hormis celle qu'ils détenaient déjà : à savoir que la *Rachel* était là où elle était censée être. Et faute de connaître sa destination ou la composition de son équipage, cette information n'était d'aucune utilité.

On avait fouillé avec soin les vêtements de Battat, à la recherche d'un éventuel mouchard électronique ou d'un traceur radioactif quelconque. Sans succès. Du reste, ces vêtements avaient été par la suite détruits. Si l'on y avait trouvé un mouchard, il aurait servi à intoxiquer l'ennemi ou lui donner de fausses indications. Moore avait examiné la chevelure de Battat, regardé sous ses ongles, dans sa bouche (et ailleurs), pour trouver un émetteur miniaturisé qui aurait pu servir à le localiser ou le mettre sur écoute. En vain.

Ils n'avaient rien trouvé. Rien de rien. Et ça le turlupinait parce qu'il n'avait pas l'impression que c'était dû à un ratage de l'adversaire. S'il était en vie, c'est qu'il y avait une bonne raison.

Il ferma les yeux, se tourna sur le côté. Réfléchir à tout ça alors qu'il était crevé ne le mènerait nulle part. Il fallait qu'il dorme. Il se força à penser à quelque chose d'agréable : à ce qu'il ferait quand il aurait trouvé le Harponneur.

L'idée le relaxa. Bientôt, il commença à avoir chaud. Il en attribua la cause à la mauvaise aération de la pièce et au désarroi causé par ses mésaventures.

Quelques minutes plus tard, il dormait.
Quelques minutes encore, il se mit à transpirer.
Quelques minutes de plus, il était réveillé, haletant, cherchant sa respiration.

17.

Washington, DC,
lundi, 16:13

Quand Hood entra, il trouva le président en train d'écrire sur un bloc de papier ministre. Lawrence lui dit de s'asseoir : il avait besoin de prendre quelques notes avant le début de leur entretien. Hood referma doucement la porte derrière lui et se dirigea vers un fauteuil de cuir brun, devant le bureau. Il coupa son téléphone mobile et s'assit.

Lawrence était en costume noir et portait une cravate rayée noir et argent. Une lumière d'un jaune ambré filtrait par les vitres pare-balles dans le dos du président. Derrière, la Roseraie déployait toute sa splendeur vivace. Tout semblait si parfaitement en place, si sain et normal qu'un instant, Hood douta de lui-même.

Mais cela ne dura qu'un instant. Son instinct l'avait amené jusqu'ici ; il n'avait aucune raison de commencer à ne plus s'y fier. D'ailleurs, la bataille se livrait toujours ailleurs, jamais dans la tente de commandement.

Le président termina d'écrire, posa son stylo, regarda Hood. Il avait les traits tirés mais ses yeux gardaient leur éclat habituel.

« Dites-moi ce que vous avez à me dire, Hood », dit le président.

Hood sentit ses oreilles rougir. Ça n'allait pas être facile. Même s'il avait raison, il aurait du mal à convaincre le président que des membres de son entourage immédiat avaient décidé de jouer en solo. Hood n'avait guère d'éléments concrets et, quelque part, il aurait préféré avoir eu le temps de retourner voir la première dame pour s'en ouvrir avec elle en privé. Mais si les renseignements reçus par Herbert étaient exacts, le temps leur était sans doute compté. Ironie du destin, Hood allait devoir laisser Megan Lawrence en dehors de tout cela. Il ne voulait surtout pas que le président apprenne que sa femme avait pu parler de lui à son insu.

Hood se pencha vers le bureau. « Monsieur le président, j'ai quelques inquiétudes concernant cette affaire de collaboration avec les Nations unies.

– Jack Fenwick s'occupe de tout organiser, répondit le président. Il y aura une réunion d'information générale dès son retour de New York.

– Est-ce la NSA qui va chapeauter le projet ?

– Oui. Jack m'en rendra compte directement. Paul, j'espère que cette visite ne traduit pas quelque ridicule conflit de territorialité entre l'Op-Center et la NSA...

– Non, non, monsieur », le rassura Hood.

L'interphone bipa. Le président répondit. C'était Mme Leigh. Elle lui dit qu'elle avait quelque chose pour Paul Hood. Le président fronça les sourcils et lui demanda de l'apporter. Il regarda Hood.

« Paul, que se passe-t-il ?

– Rien, j'espère. »

Mme Leigh entra et tendit à Hood une simple feuille de papier.

« C'est tout ? »

Elle acquiesça.

« Et le dossier proprement dit ?

– Vide. »

Hood remercia Mme Leigh qui ressortit.

« Quel dossier est vide ? s'enquit le président avec irritation. Paul, bon sang, qu'est-ce qui se passe ?

– Je vous l'explique dans une seconde, monsieur le président, promit Hood en consultant la feuille. Entre onze et seize heures aujourd'hui, l'agenda de Jack Fenwick indique qu'il devait rencontrer des représentants du gouvernement iranien à leur mission permanente à l'ONU.

– Impossible, lâcha le président.

– Monsieur, Mme Leigh a obtenu ce document des bureaux mêmes de la NSA, répondit Hood en lui tendant la feuille. Leur numéro d'archive est inscrit en haut. Et d'après les informations que nous avons reçues, Fenwick a effectivement passé une bonne partie de l'après-midi à la mission d'Iran. »

Le président contempla la feuille et resta silencieux un long moment. Puis il hocha lentement la tête. « Fenwick était censé rencontrer les Syriens, les Vietnamiens et une demi-douzaine d'autres. C'est ce qu'il m'a dit hier soir. Merde, on est encore à cent lieues d'un accord bilatéral sur le renseignement avec les Iraniens.

– Je sais, admit Hood. Mais Fenwick était bien là-bas. Et en dehors de ce document, le dossier correspondant est vide. En ce qui concerne la NSA, il n'a jamais existé d'initiative avec l'ONU.

– Conneries ! protesta Lawrence, avec dédain. Encore et toujours des conneries. » Il écrasa une touche sur son interphone. « Madame Leigh, trouvez-moi Jack Fenwick...

– Monsieur, je ne pense pas que vous devriez parler à quiconque de la NSA, intervint Hood.

– Pardon ?

– Du moins, pas dans l'immédiat.

– Un instant, madame Leigh, dit le président. Paul, vous venez de m'annoncer à l'instant que mon conseiller à la sécurité est en train de faire n'importe quoi. Maintenant vous êtes en train de me demander de ne pas chercher à vérifier si c'est vrai ?

– Auparavant, nous devons parler, dit Hood.

– De quoi ?

– Je ne crois pas que cette histoire avec Fenwick soit due à un problème de communication.

– Moi non plus. Mes conversations avec lui ont été des plus explicites. C'est bien pour cela qu'il faut que nous en parlions, lui et moi.

– Mais s'il s'est produit quelque part un plan tordu ?

– Expliquez-vous.

– Imaginez un complot...

– Vous avez perdu la tête », s'exclama le président. Mais il paraissait abasourdi. « Bon Dieu, Paul, je connais la plupart de ces gens depuis quinze, vingt ans... ce sont tous de très bons amis ! »

Hood comprenait. Et tout ce qu'il put trouver à dire, ce fut : « *Tu quoque, Brutus.* »

Le président le regarda, interloqué : « Paul, qu'est-ce que vous me racontez ?

– Quand Jules César s'est fait tuer par les républicains au sénat, c'était son plus vieil ami, son ami le plus proche qui avait ourdi l'assassinat. »

Le président continua de le regarder. Un instant

après, il demandait à Mme Leigh d'annuler l'appel. Puis il hocha lentement la tête. « Je vous écoute. Mais vous avez intérêt à être convaincant. »

Hood le savait. Ce qu'il ne savait pas, c'était par où commencer. Il y avait sans doute un complot et sans doute un problème psychiatrique. Peut-être les deux. Il décida de commencer par le début et de voir à mesure.

« Monsieur le président, pourquoi Fenwick vous a-t-il téléphoné hier soir ?

– Il venait d'achever une journée de rencontres avec des ambassadeurs au Hay-Adams, expliqua le chef de l'exécutif. Plusieurs gouvernements clés exprimaient une forte résistance à cette initiative sur le renseignement. Il était censé me faire savoir quand il serait parvenu à les convaincre, s'il y arrivait.

– Monsieur le président, nous ne croyons pas que Jack Fenwick ait séjourné au Hay-Adams hier soir. Le coup de fil qu'il vous a passé semble avoir transité par l'hôtel mais avoir été émis d'un autre endroit.

– D'où ça ? demanda le président.

– Je n'en sais rien, reconnut Hood. Peut-être était-il déjà à New York. Fenwick assurait-il également la liaison avec la CPSR ?

– Non. Obtenir l'accord de la Commission parlementaire de surveillance du renseignement était du ressort de son adjoint, Don Roedner, et de mon côté, de "Red" Gable. »

Hood ne connaissait ni l'un ni l'autre. Il ne savait même pas que Gable avait un surnom.

« Monsieur, reprit-il, hier soir, quand vous avez remercié la sénatrice Fox d'avoir budgetisé l'initiative de M. Fenwick, c'était la première fois qu'elle en entendait parler... »

Le président Lawrence se raidit, mais ce ne fut que momentané. Son expression changea lentement. Cela faisait tout drôle : comme s'il avait à la fois vieilli de vingt ans en prenant l'air étonné d'un gamin perdu. Il se rassit.

« Gable n'est pas du genre à me faire des coups tordus en douce, souffla-t-il d'une voix faible. Sûrement pas. Et si jamais il s'en avisait, je le lirais aussitôt sur son visage.

– Quand l'avez-vous vu pour la dernière fois ? »

Le président réfléchit. « Vendredi, lors du conseil de cabinet.

– Il y avait beaucoup de participants, quantité de sujets à l'ordre du jour, remarqua Hood. Ça aurait pu vous échapper. Ou peut-être s'est-il fait doubler par la NSA...

– Ça non plus, je n'arrive pas à y croire.

– Je vois, fit Hood. Bon, si ni Fenwick ni Gable n'ont fait de coup en traître, je ne vois qu'une seule autre possibilité.

– Qui est... ? »

Hood devait marcher sur des œufs. Il ne s'agissait plus d'idées en l'air sur l'entourage présidentiel : cela concernait le président en personne. Il se jeta à l'eau : « Peut-être que rien de tout cela ne s'est jamais produit. L'initiative de l'ONU, les réunions avec les gouvernements étrangers... rien.

– Vous êtes en train de dire que j'aurais tout inventé ? »

Hood se garda de répondre.

« Est-ce que vous y croyez ? insista le président.

– Non », répondit Hood avec franchise. S'il ne lui fallait qu'une preuve, il y avait cet appel détourné depuis le Hay-Adams, et cela, ce n'était pas le fruit de l'imagination de son interlocuteur. « Mais je ne veux pas vous mentir, monsieur le président, poursuivit Hood. Vous semblez quand même tendu, méfiant, distrait... Certainement pas dans votre état habituel. »

Le président prit une longue inspiration. Il voulut dire quelque chose, puis se ravisa. « Bon, très bien, Paul. Vous avez retenu mon attention. Alors on fait quoi ?

– Je vous suggère que nous procédions en supposant que nous avons un problème sérieux. De mon côté, je vais poursuivre mon enquête. Voir ce qu'on peut trouver du côté des Iraniens. Vérifier l'emploi du temps de Fenwick, découvrir avec qui il a parlé.

– Ça me paraît un bon plan. Fenwick devrait rentrer tard dans la soirée. Je ne lui dirai rien, pas plus qu'à Red, tant que vous ne m'aurez pas recontacté. Prévenez-moi dès que vous avez du nouveau.

– Comptez sur moi, monsieur.

– Allez-vous également mettre la sénatrice Fox dans la confidence ? »

Hood le confirma, puis il se leva. Le président l'imita. Il lui semblait avoir repris un peu de vigueur, d'assurance. Mais les confidences que lui avait faites Megan continuaient de troubler Hood. Il reprit : « Monsieur le président, j'aurai encore une question... »

Le président le fixa attentivement avant d'acquiescer.

« Il y a quelques minutes à peine, je vous ai entendu dire : "Encore des conneries." À quoi faisiez-vous allusion ? »

Le président continua de fixer Hood. « Avant de vous répondre, laissez-moi à mon tour vous interroger.

– D'accord.

– Est-ce que vous ne connaissez pas déjà la réponse ? »

Hood lui affirma que non.

« Vous êtes venu me voir uniquement à cause de ce qui s'est produit hier soir ? »

Hood hésita. Le président savait que la première dame et lui étaient de vieux amis. Ce n'était pas à Hood de lui raconter que son épouse s'inquiétait pour sa santé mentale. Mais il n'avait pas non plus envie de faire comme tant d'autres et mentir au chef de l'État. Il décida de jouer franc-jeu : « Non, répondit-il. Ce n'est pas l'unique raison. »

Son interlocuteur esquissa un sourire. « Bon d'accord, Paul. Je ne veux pas insister.

– Merci, monsieur.

– Mais je vais vous dire une chose concernant ces fameuses conneries, reprit le président. Ce n'est pas la seule embrouille que l'on a pu constater ici au cours des dernières semaines. Cela devient irritant. » Puis il tendit la main par-dessus le bureau. « Merci d'être venu, Paul. Et surtout merci de m'avoir un peu secoué. »

Hood sourit et serra la main du président. Puis il fit demi-tour et quitta le Bureau Ovale.

Dehors, il tomba sur un groupe de scouts qui piaffaient d'impatience avec un photographe. Les jeunes gens avaient remporté un trophée quelconque, à en juger à leurs écharpes. Hood leur adressa un clin d'œil, et prit le temps de savourer leur air béat d'innocence et de crainte respectueuse. Puis il remercia

Mme Leigh lorsqu'il passa devant son bureau. Elle lui lança un regard soucieux et il lui promit de l'appeler. Elle articula un remerciement muet avant d'introduire les jeunes scouts.

Hood s'empressa de regagner sa voiture. Il mit en route le moteur, puis sortit son téléphone cellulaire et vérifia ses messages. Il n'y en avait qu'un. De Bob Herbert. Tout en se dirigeant vers la 15e Rue, il rappela son chef du renseignement.

« Bob ? C'est Paul. Qu'est-ce qui se passe ?

– Pas mal de choses, répondit Herbert. Pour commencer, Matt a réussi à localiser l'origine de l'appel venu du Hay-Adams.

– Et ?

– Il venait du téléphone mobile de Fenwick.

– Gagné !

– Peut-être, peut-être pas, tempéra Herbert.

– Comment cela ?

– J'ai reçu un appel il y a quelques minutes... un appel plutôt inattendu.

– De qui ?

– De Fenwick. Il s'est montré franc et m'a paru surpris par ce que je lui annonçais. Il m'a dit qu'il n'avait pas parlé au président hier soir. Il a ajouté qu'on lui avait volé sa mallette, raison pour laquelle il n'avait pas reçu les appels que je lui avais laissés sur son mobile. Il n'avait eu que celui que j'avais laissé à son bureau.

– Ça, j'ai du mal à l'avaler, répondit Herbert. Le président a bel et bien reçu un appel téléphonique et il a transité par l'hôtel.

– Exact, admit Herbert. Mais est-ce que vous vous souvenez de Marta Streeb ?

– C'est la femme qui avait cette liaison avec le sénateur Lancaster ?

– Tout juste.

– Quel rapport ?

– Eh bien, ses coups de fil transitaient par une cabine téléphonique à la gare d'Union Station, ce qui empêchait de localiser leur origine.

– Je m'en souviens effectivement, dit Hood. Mais le président n'a pas de liaison en secret.

– En êtes-vous sûr ? Son épouse admet elle-même que son comportement est bizarre. Ce pourrait être sa conscience qui le travaille...

– Certes, mais éliminons d'abord l'hypothèse d'une atteinte à la sécurité de l'État.

– D'accord », répondit Herbert.

Hood mit du temps à retrouver son calme. Sa propre colère le surprit. Lui-même n'avait jamais eu de liaison extraconjugale, mais quelque part, la remarque de Herbert l'avait fait se sentir coupable, à cause de Sharon. Il reprit : « Qu'est-ce que Fenwick vous a raconté d'autre ?

– Qu'il tombait des nues au sujet de cette initiative avec les Nations unies, poursuivit Herbert. Jamais personne ne lui avait téléphoné à ce sujet et il n'en avait pas lu un mot dans les journaux. Il m'a dit qu'on l'avait envoyé à New York pour aider les Iraniens dans la crise impliquant le Harponneur et sans doute des terroristes azéris en mer Caspienne. Et ça pourrait bien avoir un fond de vérité, ajouta le chef du renseignement de l'Op-Center. Si la CIA a trempé dans cette histoire, il se pourrait bien que les Iraniens aient besoin de se faire épauler par quelqu'un d'autre.

Quelqu'un susceptible de leur fournir une capacité d'interception des signaux dans les plus brefs délais.

– Les Iraniens travaillaient là-dessus avec la CIA ?

– J'essaie de le savoir... Vous connaissez les gars de la Compagnie... Ce sont de petits cachottiers. Mais réfléchissez-y. L'Op-Center a déjà collaboré avec d'autres gouvernements, certains hostiles. On serait prêts à partager le lit des Iraniens si on ne nous demandait pas de coucher avec eux... »

C'était vrai, Hood devait le reconnaître.

« Et Fenwick se trouvait bien à leur mission diplomatique, poursuivit Herbert. Ça au moins, on en est sûrs.

– C'est à peu près la seule chose, remarqua Hood. Bob, vous avez dit que Fenwick avait été envoyé à New York. A-t-il dit par qui ?

– Oui, répondit Herbert, et je ne crois pas que vous allez apprécier. Fenwick a dit que c'était sur ordre du président.

– Ordre écrit ?

– Bien sûr que non. »

Évidemment... C'était la procédure adoptée quand un responsable ne voulait pas laisser de trace dans les cas risquant de déboucher sur une situation explosive.

« Merde, fit Hood. Bon, écoutez, quelqu'un d'autre pourrait avoir trempé dans cette histoire avec l'Iran.

– Bien sûr, admit Herbert. Le vice-président. Le secrétaire général de la présidence...

– Appelez le bureau de Cotten. Tâchez de trouver ce qu'il a à dire. J'arrive dès que possible.

– Je nous commande des pizzas », répondit Hood.

Hood raccrocha pour se concentrer sur la conduite au milieu des embouteillages.

Pour l'heure, c'était une diversion bienvenue.

18.

Gobustan, Azerbaïdjan, mardi, 1 : 22

Les autres hommes s'étaient endormis sur les couchages élimés achetés d'occasion à Bakou. Mais Maurice Charles était toujours réveillé, toujours assis à la table en bois dans la cabane de berger. Même s'il n'avait jamais de difficultés à trouver le sommeil avant une mission, il avait du mal à attendre que d'autres aient fait le travail. Surtout quand la réussite de la mission en dépendait. D'ici là, pas question pour lui de se reposer. Impossible.

Quand enfin le téléphone bipa, il ressentit presque comme un électrochoc. Ça y était. La dernière tâche encore pendante avant l'heure H.

Charles se rendit à la table avec les équipements. Posée à côté du StellarPhoto Judge 7, une unité Zed-4, développée par le KGB en 1992. Le système de téléphonie cryptée avait la forme et la taille approximative d'un gros bouquin relié. Le petit combiné plat était encastré sur la tranche de l'appareil. C'était une amélioration remarquable par rapport aux émetteurs-récepteurs que Charles avait utilisés au début de sa carrière. Ces derniers avaient une portée de quatre kilomètres. Le Zed-4 en revanche recourait à un réseau de satellites pour récupérer les transmissions cellulaires émises sur toute la planète. Une batterie de filtres et d'amplificateurs audio éliminait quasiment toute rupture ou perte de signal.

Le Zed-4 était en outre très bien protégé des interceptions. La plupart des téléphones équivalents, y compris les Tac-Sat utilisés par les Américains, utilisaient un cryptage basé sur un nombre de 155 chiffres. Pour craquer un tel code, des espions devaient le décomposer en ses deux facteurs premiers. Même en recourant à des ordinateurs aussi puissants que le Cray 916, il faudrait des semaines. La CIA avait réussi à réduire ce délai à quelques jours en récupérant du temps de traitement sur des ordinateurs personnels mis en réseau. Dès 1997, l'agence avait commencé à utiliser les serveurs Internet pour répartir ce calcul sur ces machines. Elle s'appropriait une petite partie de leur mémoire pour travailler sur le problème à l'insu de l'utilisateur. Exploitant en réseau des millions de PC, la CIA avait été ainsi en mesure de consacrer des gigaoctets de puissance de calcul supplémentaire à ce problème. Mais cela engendrait également une difficulté pour les contre-programmeurs, puisqu'il devenait dès lors impossible de fermer l'accès au SFS, le système électronique furtif utilisé par la CIA pour le traitement des données. D'où la création du Zed-4, à partir d'un code de cryptage complexe sur un nombre de 309 chiffres. Même le SFS n'avait pas assez de puissance pour casser ce code en un temps raisonnable.

Charles répondit à la troisième sonnerie. « Si bémol », annonça-t-il. C'était le nom de code du récepteur.

« Do naturel, répondit son interlocuteur.

– Allez-y, dit Charles.

– Je suis de l'autre côté de la rue, en face de la cible. Ils sont en train de l'évacuer par une porte dérobée.

– Pas d'ambulance ?

– Négatif.

– Qui l'accompagne ?

– Deux hommes. Les deux en civil. »

Charles sourit. Les Américains étaient tellement prévisibles. S'il y avait plus d'un agent, ils se conformaient invariablement au manuel. « Comment être un soldat ou un espion », règle numéro 53 : toujours placer l'homme au-dessus de la mission. Une théorie qui remontait au moins à la cavalerie du temps du Far West. Chaque fois que les tribus indiennes les plus agressives (comme les Apaches) étaient poursuivies, ces derniers s'arrêtaient pour attaquer des colons. Les guerriers violaient toujours une des femmes, en s'arrangeant pour la laisser à un endroit bien en vue des cavaliers. Invariablement, ceux-ci la renvoyaient au fort sous bonne escorte. Ce qui non seulement retardait la progression de la colonne mais saignait ses effectifs.

« Les renforts sont en place ?

– Affirmatif, monsieur.

– Alors, emparez-vous d'eux, ordonna Charles.

– Comme si c'était fait, répondit l'autre avec confiance. Terminé. »

La ligne fut coupée. Charles raccrocha.

Et voilà. L'ultime pièce du puzzle. Il avait laissé à un agent la vie sauve pour mieux éliminer les autres. Une injection dans le cou, une pneumonie infectieuse foudroyante et l'ensemble de la troupe locale se retrouvait HS. Dorénavant, il n'aurait plus d'obstacles pour l'empêcher de rassembler les pièces et d'achever la mission.

Charles avait encore un coup de téléphone à passer avant de se mettre au lit. Sur une ligne protégée à Washington, pour l'un des rares hommes à savoir qu'il était impliqué dans la mission.

Un homme qui ne suivait pas le manuel, lui.

Un homme qui l'avait aidé à concevoir le plan le plus audacieux de l'ère moderne.

19.

Bakou, Azerbaïdjan,
mardi, 1:35

Le trajet jusqu'à l'hôpital ne prit qu'un peu moins de dix minutes. L'établissement était le seul que l'ambassade américaine daignât juger répondre aux critères de qualité des systèmes de soins occidentaux. Ils avaient passé un accord avec le Dr Kanibov, l'un des rares médecins de ville à parler anglais. Ce praticien de cinquante-sept ans était payé au noir pour être disponible à tout moment afin de traiter les urgences et les orienter vers des spécialistes qualifiés si nécessaire.

Tom Moore ignorait si ça allait être le cas. Tout ce qu'il savait, c'est que Pat Thomas l'avait réveillé vingt minutes plus tôt. Thomas avait entendu David Battat gémir sur sa couchette. Quand Thomas était allé le voir, il l'avait trouvé trempé de sueur et secoué de tremblements. L'infirmière de l'ambassade l'avait examiné et avait pris sa température. Il avait 40,5° de fièvre. L'infirmière suggéra aussitôt qu'il avait dû subir un choc à la tête lors de son agression. Plutôt que d'attendre une ambulance, Thomas et Moore avaient chargé Battat dans une des voitures de service de l'ambassade garée dans le parking grillagé et l'avaient conduit eux-mêmes à l'hôpital. L'infirmière avait averti le Dr Kanibov qu'ils avaient sans doute un cas de commotion cérébrale.

Comme si on avait besoin de ça en ce moment... Se retrouver réduits à un seul homme, songea Thomas en conduisant la voiture dans les rues sombres et désertes du quartier des affaires et des ambassades. C'était déjà bien assez compliqué d'avoir des effectifs trop réduits pour effectuer les tâches habituelles de renseignement. Mais pour retrouver le Harponneur, l'un des terroristes les plus insaisissables de la planète, ils étaient loin du compte. Thomas espérait juste que son coup de fil à Washington leur procurerait une coopération opportune avec l'agence russe de Saint-Pétersbourg.

« Débit sanguin très réduit, commenta Kanibov en s'adressant à l'un des aides-soignants. Oxygène. » Il examina la bouche de Battat. « Traces de mucus. Aspirez-moi ça, puis donnez-moi sa température buccale.

– Qu'est-ce qu'il a, selon vous ? demanda Thomas.

– Je n'en sais rien encore.

– L'infirmière de l'ambassade a parlé d'une commotion cérébrale.

– Si c'était le cas, son visage serait livide, pas congestionné », fit le médecin avec irritation. Il considéra Thomas et Moore. « Écoutez, messieurs, vous pouvez patienter ici ou bien rentrer et attendre...

– On reste ici, l'informa Thomas. Du moins, jusqu'à ce que vous ayez déterminé ce dont il souffre.

– Très bien », fit le médecin tandis qu'ils emmenaient le malade sur une civière.

Thomas s'avisa que pour une salle d'urgences, celle-ci semblait étrangement silencieuse. Chaque fois que l'un de ses trois gamins se faisait un bobo, que ce soit à Washington ou à Moscou, l'ambiance régnant aux urgences évoquait celle de l'aile ouest de la Maison-Blanche : un chaos bruyant et affairé. Il imagina que les cliniques des quartiers plus pauvres de Bakou devaient plus ressembler à ce tableau. N'empêche, ce calme était déroutant, mortel.

Il regarda Moore. « Bon, il est inutile qu'on reste tous les deux traîner ici. L'un de nous devrait rentrer dormir un peu.

– Je ne dormais pas, répondit Moore. J'étais en train d'établir ces contacts dont on a discuté et de consulter les dossiers.

– Et vous avez trouvé quelque chose ? demanda Thomas.

– Rien.

– Raison de plus pour que vous retourniez à l'ambassade. David est sous ma responsabilité. J'attendrai ici. »

Moore réfléchit. « Bon, d'accord. Vous appelez dès que vous avez du nouveau.

– Bien sûr. »

Moore lui donna une petite tape de réconfort sur l'épaule, puis il retraversa le hall. Il ouvrit la porte, regagna sa voiture, contourna l'avant pour s'asseoir au volant.

Un instant après, la tête de Thomas Moore était violemment projetée vers la droite et il s'effondrait sur l'asphalte.

20.

Washington, DC,
lundi, 18 : 46

Paul Hood arriva à l'Op-Center où il fut accueilli par Bob Herbert et Mike Rodgers. Il téléphona en outre à Liz Gordon en lui demandant de l'attendre pour pouvoir lui parler un peu plus tard. Il voulait avoir son opinion sur ce dont pouvait éventuellement souffrir le président, d'un point de vue clinique.

Alors qu'il se rendait à son bureau, Hood tomba sur Ann Farris. Elle l'accompagna dans le dédale exigu et sinueux des boxes pour rejoindre l'aile réservée aux responsables du centre. Comme l'avait noté Herbert sur le ton de la blague, le jour de son entrée dans le service, c'était l'endroit où les boxes étaient dotés d'un plafond.

« Des trucs intéressants en cours ? s'enquit Ann.

– La pagaille habituelle, répondit Hood. Sauf que ce coup-ci, ça se passe à Washington, pas à l'autre bout de la planète.

– C'est vraiment grave ?

– Je n'en sais encore rien. Il semblerait qu'on ait une brebis galeuse quelque part à la NSA. » Hood ne voulait pas encore évoquer l'éventualité de problèmes mentaux chez le président. Non par manque de confiance en Ann, mais Megan Lawrence lui avait parlé en toute confidentialité. Pour l'heure, il voulait limiter le plus possible le nombre de ceux qui étaient dans le secret. « Et vous, comment ça se passe de votre côté ?

– L'efficacité dans la rigueur habituelle, répondit-elle avec un sourire désarmant.

– Bref, le calme plat.

– Exactement », confirma Ann. Elle attendit une seconde avant de demander : « Vous comptez rester ici un petit moment ?

– Une heure ou deux. Je n'ai aucune raison de retourner à l'hôtel. Sinon pour poireauter en regardant une mauvaise série télévisée.

– Puis-je vous suggérer une invitation à dîner ?

– La soirée risque d'être longue.

– Je n'ai rien de prévu, moi non plus. Mon fils est chez son père, cette semaine. Je n'ai rien qui m'attende à la maison en dehors d'un chat trop gâté et des mêmes mauvaises séries. »

Hood sentit soudain son cœur s'accélérer. Il avait grande envie de répondre oui à la jeune femme. Mais il était encore un homme marié, et sortir avec une collègue divorcée pouvait lui causer des ennuis, juridiques comme éthiques. Et l'Op-Center n'avait pas besoin de ce genre de soucis. La section renseignement excellait dans son boulot : s'il sortait dîner avec Farris, tout le monde serait au courant dès demain. Par ailleurs, s'il avait ce genre de projet en tête, il n'arriverait pas à se concentrer sur la crise en cours au niveau de l'exécutif.

« Ann, ce serait bien volontiers, dit-il avec franchise. Mais je ne sais pas encore quand j'aurai terminé ici. Un autre jour, peut-être ?

– Bien sûr », fit-elle avec un petit sourire triste. Elle lui effleura le dos de la main. « Alors, bonne réunion.

– Merci. »

Ann repartit et Hood continua seul.

Il se sentait nul. Il n'avait pas fait ce qu'il voulait vraiment faire, à savoir sortir dîner avec Ann. Et il l'avait blessée.

Il s'arrêta. Il avait envie de faire demi-tour, de la rattraper, de lui dire qu'il acceptait son invitation. Mais une fois embringué dans cette voie, il ne serait plus question de revenir en arrière. Alors, il poursuivit son chemin pour gagner son bureau.

Sitôt dans ses murs, il sonna Rodgers et Herbert par l'interphone. Le général répondit qu'il arrivait tout de suite. Herbert était sur son ordinateur et dit qu'il serait là d'ici quelques minutes.

Rodgers arriva, l'air très professionnel. Le général avait toujours voulu diriger l'Op-Center. S'il nourrissait un quelconque ressentiment de se l'être vu confier puis brutalement ôter des mains, il n'en laissait rien paraître. Rodgers était avant tout un type bien, qui avait l'esprit d'équipe.

Le général Rodgers avait passé l'essentiel de la journée à superviser les activités de l'Op-Center pendant que Paul Hood était accaparé par le président et cette initiative auprès de l'ONU. Hood était en train d'informer son assistant du coup de fil de Fenwick reçu par Herbert quand celui-ci entra dans son fauteuil roulant. Le chef du renseignement avait le visage congestionné, légèrement en sueur. Il s'était dépêché pour arriver.

« Comment sont vos relations avec Sergueï Orlov de l'Op-Center russe ? » demanda aussitôt Herbert.

La question surprit Hood. « Cela fait bien six mois que je ne lui ai pas parlé. Pourquoi ?

– Je viens de recevoir un message retransmis par notre ambassade à Bakou, expliqua Herbert. L'un des gars de la CIA sur place, un certain Tom Moore, est à présent persuadé que Bakou a reçu la visite du Harponneur. Et il se demande ce que ce salopard fabrique là-bas...

– Cela pourrait avoir un rapport avec ce dont vous veniez de m'informer, intervint Rodgers en s'adressant à Hood. Cette conversation de Bob avec Fenwick...

– Et les craintes de l'Iran vis-à-vis d'une agression terroriste de l'Azerbaïdjan », compléta Hood.

Rodgers acquiesça.

« J'admets que c'est une possibilité, dit Herbert. Paul, s'il s'agit bien du Harponneur, Moore voudrait l'intercepter à son entrée en Russie ou l'empêcher d'en ressortir. Il espère que l'Op-Center russe pourra lui donner un coup de main.

– Comment ? Ça fait des années qu'Orlov et moi avons mis en commun nos dossiers. Or nous n'avions rien sur le Harponneur.

– Son centre venait d'ouvrir à l'époque, observa Herbert. Lui ou ses collaborateurs ont peut-être découvert entre-temps quelque chose dans les archives de l'ex-KGB. Un élément dont ils ne nous auraient pas parlé.

– C'est possible », admit Hood. L'Op-Center manquait de personnel, et la situation de son homologue russe était encore pire. Gérer un flot continu d'informations s'avérait délicat.

« En sus de renseignements sur le Harponneur, poursuivit Herbert, Moore espérait que les agents d'Orlov seraient à même de surveiller les frontières nord et nord-ouest de la Russie. Il pensait que le Harponneur pourrait tenter de quitter la région en transitant par la Scandinavie. »

Hood regarda sa montre. « Il est aux alentours de trois heures du matin là-bas.

– Est-ce que vous pouvez le joindre chez lui ? demanda Herbert. C'est important. Vous le savez. »

Herbert avait raison. Indépendamment du désir personnel de son supérieur de voir le terroriste capturé, jugé et châtié, le Harponneur était un individu qui méritait d'être mis hors d'état de nuire.

« Je vais l'appeler, dit Hood.

– Mais avant, dites-m'en un peu plus sur le président Lawrence, intervint Rodgers. Comment ça s'est passé, à la Maison-Blanche ?

– On fait le point ensemble sitôt que j'ai parlé avec Orlov », promit Hood tout en ouvrant d'un clic son calepin téléphonique crypté pour y rechercher le numéro personnel du Russe. « Mais, à première vue, la situation est mauvaise des deux côtés. Soit le président souffre d'une forme de dépression due à l'épuisement, soit on se retrouve avec sur les bras un groupe de hauts fonctionnaires qui maœuvrent en secret dans son dos...

– Voire les deux, ajouta Herbert.

– Voire les deux, admit Hood. J'ai demandé à Liz Gordon de venir un peu plus tard pour envisager ce dont pourrait souffrir le président. »

Avant de composer le numéro personnel d'Orlov, Hood appela le bureau de traduction de l'Op-Center. Il eut Orly Turner. Orly était une des quatre interprètes du centre. Sa spécialité : le russe et les langues slaves. Hood lui demanda de prendre en duplex sa communication. Même si Orlov parlait relativement bien l'anglais, Hood voulait éviter tout malentendu, tout retard au cas où il faudrait expliciter acronymes ou termes techniques.

« Vous voulez savoir ce que me dit mon petit doigt ? intervint Herbert.

– Et quoi donc ? fit Hood tout en composant le numéro d'Orlov.

– Que tous ces trucs sont liés, poursuivit Herbert. La mise hors jeu du président, les tractations secrètes de Fenwick avec les Iraniens, l'apparition du Harponneur à Bakou. Tout cela s'inscrit dans un tableau général qu'on n'est pas encore parvenus à décrypter. »

Sur ces mots, Herbert quitta le bureau. Hood n'était pas loin de partager son avis... En fait, son petit doigt allait même plus loin.

Il lui disait que le tableau général était encore plus vaste qu'ils ne se l'imaginaient.

21.

Bakou, Azerbaïdjan, mardi, 3:58

Lorsque Tom Moore s'effondra, Pat Thomas courut vers la porte de l'hôpital. À peine l'avait-il franchie qu'il aperçut le sang qui coulait par saccades de la tempe de son collègue. Thomas sauta en arrière à l'instant où un coup de feu pulvérisait la porte vitrée. La balle pénétra dans sa cuisse gauche et le jeta au sol. Un deuxième projectile érafla le carrelage rouge à quelques centimètres à peine devant son pied. Thomas recula à plat dos, en se propulsant à l'aide de ses mains et du talon droit. La blessure le brûlait atrocement, chaque mouvement était un supplice. Il laissait derrière lui un long sillage de sang.

Il fallut plusieurs secondes avant que le personnel de l'hôpital se rende compte de ce qui se passait. Une des infirmières, une jeune femme, se précipita pour aider l'Américain à se reculer. Plusieurs aides-soignants vinrent lui prêter main-forte et le transportèrent derrière le guichet des admissions. Une autre infirmière appela la police.

Un médecin au crâne dégarni s'agenouilla auprès de Thomas. Il portait des gants chirurgicaux blanc cassé et cria des ordres en azéri au reste du personnel médical placé devant le comptoir. Dans le même temps, il sortit de sa poche de blouse un canif avec lequel il entreprit de découper avec soin le pantalon autour de la blessure.

Thomas fit la grimace quand l'étoffe kaki céda. Il regarda le médecin dévoiler la blessure.

« Je vais m'en tirer ? »

Le toubib chauve ne répondit pas. Soudain, il fit mine de se lever. Mais au lieu de se mettre debout, il enfourcha les deux jambes de l'Américain et s'assit sur la blessure, lui provoquant des élancements jusqu'à la taille. Thomas voulut hurler mais son cri s'étrangla. Une seconde après, le docteur glissa une main derrière la nuque du blessé pour la maintenir, avant de lui enfoncer sa lame à travers la gorge. Le métal entra sous la peau juste sous le menton, lui clouant la bouche. La lame continua de monter jusqu'à ce que Thomas en sente la pointe sous la langue.

Il s'étrangla en crachant du sang, la bouche fermée. Il leva les mains pour essayer de repousser son agresseur. Mais il était trop faible. Avec calme et promptitude, le chauve ramena le couteau en arrière, puis il continua vers le bas, jusqu'au larynx. Qu'il trancha d'un geste vif de gauche à droite en suivant la ligne du maxillaire d'une oreille à l'autre. Alors il retira sa lame, se leva et laissa sa victime s'affaler. Puis il rempocha son couteau et s'éloigna sans un regard en arrière.

L'Américain gisait au sol, les bras inertes, agitant faiblement les doigts. Il sentait le sang chaud s'écouler des deux côtés de sa gorge et le froid envahir la chair autour de la blessure. Il voulut pousser un cri mais sa voix n'était qu'un murmure gargouillant. Puis il se rendit compte que sa poitrine se soulevait sans que l'air y pénètre. Il avait la gorge emplie de sang.

Ses pensées étaient confuses. Sa vision s'obscurcit. Il songea à son vol pour Bakou, à sa rencontre avec Moore. Il se demanda comment allait ce dernier. Puis il pensa à ses enfants. Pendant quelques instants, il se retrouva avec eux en train de jouer au ballon sur la pelouse devant la maison.

Puis ils disparurent.

22.

Saint-Pétersbourg, Russie, mardi, 4:01

Le général Sergueï Orlov se tenait debout, les pieds dans la neige, dans la bourgade de Narian Mar au bord de l'océan Arctique, quand le pépiement d'un oiseau le fit sursauter. Il se retourna et se retrouva nez à nez avec son réveil.

De retour dans son deux-pièces à Saint-Pétersbourg.

« Et merde... », souffla-t-il, alors que le téléphone continuait de sonner. L'ancien cosmonaute ne rêvait pas souvent de la ville où il avait grandi. Et il détestait qu'on l'en arrache, qu'on l'arrache à l'amour de ses parents.

« Sergueï ? grommela sa femme Macha d'une voix endormie.

– Je réponds », lui dit-il, en décrochant le combiné du téléphone sans fil. Il le plaqua contre son torse pour étouffer la sonnerie. « Rendors-toi.

– D'accord », fit-elle.

Orlov écouta avec envie le froissement douillet des draps comme sa femme se blottissait de nouveau de son côté. Il sortit du lit, saisit le peignoir accroché au bord de la porte et l'enfila tout en passant dans le séjour. Même si c'était une erreur, il savait qu'il aurait du mal à retrouver le sommeil.

Il décrocha finalement. « Allô ? fit-il avec une trace d'irritation.

– Général Orlov ? » fit la voix à l'autre bout de la ligne. Une voix masculine.

« Oui ? » répondit Orlov en se massant vigoureusement les yeux de sa main libre. « Qui est à l'appareil ?

– Général, c'est Paul Hood. »

Orlov fut soudain tout à fait réveillé. « Paul ! s'écria-t-il presque. Paul Hood, mon ami. Comment allez-vous ? J'avais entendu que vous aviez démissionné. Et j'ai appris ce qui s'est passé à New York. Vous allez bien ? »

Orlov se dirigea vers un fauteuil tandis qu'au bout du fil l'interprète traduisait. Il maîtrisait assez bien l'anglais, résultat d'années passées comme ambassadeur de bonne volonté dans le cadre du programme spatial russe après qu'il eut cessé de voler. Mais il préféra laisser la femme traduire, par précaution.

Il s'assit. Avec un peu moins d'un mètre soixante-dix, des épaules étroites, une carrure trapue qui avaient fait de lui le cosmonaute idéal, il n'en avait pas moins de la présence. Ses yeux bruns au regard vif, ses pommettes hautes, son teint basané étaient, avec son esprit aventureux, sa part d'héritage mandchou. Quant à sa claudication marquée, elle était due à une mauvaise fracture de la jambe gauche consécutive à une mise en torche de son parachute à l'issue de ce qui devait être son ultime mission spatiale.

« Moi, ça va, répondit Hood. Je suis revenu sur ma démission. »

Pendant que Turner traduisait, Orlov alluma la lampe près du fauteuil. Il prit un stylo et un calepin qui traînaient sur la table basse.

« À la bonne heure ! lança-t-il.

– Écoutez, général, poursuivait Hood, je suis vraiment confus de vous appeler chez vous à une heure si matinale.

– Ce n'est pas grave, Paul. Que puis-je pour votre service ?

– Le terroriste qui se fait appeler le Harponneur... Nous avons déjà eu l'occasion d'en parler tous les deux.

– Je m'en souviens, répondit Orlov. On était à sa recherche à l'époque où on enquêtait sur ces attentats terroristes à Moscou, il y a déjà plusieurs années.

– Général, nous pensons qu'il se trouve en Azerbaïdjan. »

Orlov crispa ses lèvres épaisses. « Ça ne m'étonnerait pas. On pensait l'avoir localisé à Moscou avant-hier. Un garde du mausolée de Lénine croyait même l'avoir identifié avec certitude. Il a averti la police mais, le temps qu'ils arrivent, le suspect avait disparu.

– Voulez-vous dire que les flics l'ont perdu ou bien que le suspect se savait surveillé et qu'il a réussi à s'éclipser ?

– La police est en général efficace pour les filatures, répondit Orlov. Non, le sujet a tourné au coin d'une rue et s'est volatilisé. Peut-être a-t-il réussi à changer de vêtements... Je n'en sais rien. La station de métro Kievskaïa se trouve non loin de l'endroit où il a été vu pour la dernière fois. Il pourrait bien y être descendu.

– C'est fort probable, nota Hood. C'est là qu'un des membres de notre ambassade dit l'avoir repéré.

– Soyez plus explicite, je vous prie.

– Nous avions appris nous aussi qu'il se trouvait à Moscou. Le membre de notre ambassade a filé l'individu qu'il pensait être le Harponneur jusque dans le métro. Ils ont emprunté une correspondance. L'homme est monté dans une autre rame et il est descendu à la station Paveletskaïa où il s'est littéralement volatilisé. »

Cette fois, Orlov était plus qu'intéressé. « Vous êtes sûr que c'était à Paveletskaïa ?

– Oui. Ça a une importance ?

– Peut-être.

– Général Orlov, reprit Hood, de quelque manière qu'il ait quitté Moscou, il est tout à fait possible qu'il y soit revenu, à moins qu'il ne se soit dirigé vers Saint-Pétersbourg. Pensez-vous pouvoir nous aider à le localiser ?

– Je serais ravi de capturer ce monstre, répondit Orlov. Je vais contacter Moscou et voir ce qu'ils ont. Dans l'intervalle, voulez-vous transmettre à mon bureau toutes les informations dont vous disposez ? J'y serai dans moins d'une heure.

– Merci, général. Et encore une fois, excusez-moi de vous avoir réveillé. Mais je ne voulais pas perdre une minute.

– Vous avez bien fait, lui assura Orlov. Ça m'a fait plaisir de vous entendre. Je vous rappelle un peu plus tard dans la journée. »

Orlov se leva et retourna dans la chambre. Il reposa le téléphone sur sa base, déposa un baiser sur le front de sa chère Macha endormie, puis, sans bruit, ouvrit la penderie et en sortit son uniforme qu'il apporta dans le séjour. Puis il retourna chercher le reste de ses habits. Il se vêtit rapidement et en silence, puis laissa un mot à son épouse. Au bout de presque trente ans de mariage, Macha avait fini par s'habituer à le voir partir ou rentrer au beau milieu de la nuit. Quand il était pilote de chasse, Orlov était souvent appelé en mission à des heures incongrues. Durant ses années de cosmonaute, il était fréquent qu'il passe sa tenue avant le lever du jour. Avant son premier vol orbital, il avait laissé à sa femme un billet rédigé ainsi : « Mon tendre amour, je quitte la Terre pour quelques jours. Peux-tu venir me récupérer au centre spatial dimanche matin ? Ton époux qui t'aime. P-S : j'essaierai de t'attraper une étoile filante. »

Bien sûr, Macha était là au rendez-vous.

Orlov quitta l'appartement et descendit par l'escalier au garage en sous-sol. Au bout de trois ans, le gouvernement avait fini par lui accorder une voiture puisqu'on ne pouvait pas se fier aux autobus. Et avec la situation en Russie et dans les pays voisins, entre l'instabilité dans les républiques et le banditisme qui sévissait dans toutes les grandes villes, il était souvent impératif qu'il puisse rejoindre au plus vite le QG de son Op-Center.

C'était le cas à présent. Le Harponneur était de retour en Russie.

23.

Washington, DC,
lundi, 19:51

Liz Gordon entra dans le bureau de Hood juste après sa conversation téléphonique avec Orlov. Carrure trapue, œil vif, cheveux bruns courts et frisottés, elle mâchait une nicorette et tenait à la main sa sempiternelle tasse de café. Mike Rodgers était resté pour la discussion.

Hood décrivit à Liz comment il avait trouvé le président durant leur entretien. Hood lui donna également un bref aperçu des éventuelles activités clandestines susceptibles d'expliquer ce qui passait sinon pour un délire du chef de l'État.

Quand Hood eut terminé, Gordon alla chercher le pot à café au coin du bureau pour remplir sa tasse. Même si Hood avait nourri quelques doutes sur l'utilité d'un ou d'une psychiatre à son entrée à l'Op-Center, il avait été impressionné par son expertise. Et surtout par sa minutie. Elle procédait avec une rigueur mathématique. Cela, plus ses qualités de compassion, avait fait d'elle un élément de plus en plus indispensable et respecté. Hood n'avait eu aucune hésitation à lui confier sa fille.

« Le comportement du président ne me semble pas extrême, commenta Gordon, aussi nous pouvons éliminer les cas sérieux de démence qui se traduiraient par une perte complète ou quasi complète des capacités intellectuelles. Ce qui nous laisse avec un syndrome délirant mais plus insaisissable, qu'on peut en gros diviser en six catégories. D'abord, les délires dus à une affection telle que l'épilepsie ou une lésion cérébrale. Ensuite ceux provoqués par une substance chimique, médicament ou drogue. En trois, les illusions somatiques, qui impliquent une forme d'hypersensibilité corporelle – anorexie mentale ou hypochondrie, par exemple. Ce que vous m'avez décrit n'évoque rien de tout cela. Par ailleurs, le médecin du président n'aurait pas manqué de le noter lors d'un de ses examens de routine. Nous pouvons de même éliminer les illusions de grandeur – la mégalomanie – puisque celle-ci se manifesterait en public. Or, nous n'avons rien constaté de semblable.

« Les deux seules possibilités restantes sont les délires allusifs et le délire de persécution, poursuivit la psychiatre. Les premiers sont en fait une forme atténuée de délire de persécution où des remarques innocentes sont prises pour des critiques. Ce ne semble pas être le cas. Mais je ne serais pas aussi catégorique pour ce qui est du délire de persécution proprement dit.

– Pourquoi ? demanda Hood.

– Parce que le sujet fait les plus grands efforts pour le dissimuler, expliqua Gordon. Il croit que les autres cherchent d'une manière ou de l'autre à lui nuire ou à l'empêcher d'agir. Le sujet imagine souvent un complot quelconque. Si le président redoute que des gens le menacent, il ne sera pas enclin à se confier à qui que ce soit.

– Mais le stress pourrait s'exprimer par brèves bouffées délirantes, observa Rodgers.

– Exactement, confirma Gordon. Des phases de pleurs, de prostration, d'emportement... tous symptômes décrits par Paul.

– Il semble vouloir se confier à moi, observa Hood.

– C'est exact et tout aussi caractéristique du syndrome. Le délire de persécution est une forme de paranoïa. Mais comme on dit : "Même les paranoïaques ont des ennemis."

– Est-ce qu'on devrait faire quelque chose ? s'enquit Hood. Sans tenir compte de l'opinion de son épouse, nous devons agir comme si le président ne pouvait plus, vu son état, continuer à remplir sa tâche.

– Quoi qu'il en soit, tout ceci m'évoque toutefois un stade très préliminaire de l'affection, nota Gordon. Je doute que les effets soient permanents. »

Le téléphone de Hood se manifesta.

« S'il s'agit d'un complot et que vous pouvez le démasquer rapidement, poursuivit la psychiatre, nous avons tout lieu de croire que le président pourra rester aux commandes après une brève période de repos. Quoi qu'il ait pu se passer, cela ne devrait pas avoir de conséquences à court ou à long terme. »

Hood acquiesça tout en répondant au téléphone. « Oui ?

– Paul, c'est Bob.

– Quoi de neuf ?

– Un gros pépin. Je viens d'avoir un coup de fil du fonctionnaire de la CIA qui avait relayé la demande que m'avait adressée Tom Moore depuis Bakou. Moore et

Pat Thomas, l'agent de la CIA descendu de Moscou, viennent de se faire liquider. Ils conduisaient à l'hosto David Battat – le gars agressé par le Harponneur durant sa planque. Moore s'est fait descendre par un tireur embusqué alors qu'il ressortait et Thomas s'est fait égorger dans le hall même de l'hôpital.

– Par qui ?

– On l'ignore.

– Personne ne l'a aperçu ?

– Apparemment non. Ou si c'est le cas, on ne l'a pas revu.

– Où est Battat en ce moment ?

– Toujours à l'hôpital, raison pour laquelle le fonctionnaire m'a appelé, dit Herbert. L'ambassade avait demandé une protection policière mais nous ne savons pas encore s'ils ont ou non trempé dans l'attentat. La CIA – qui manque déjà d'effectifs – redoute que Battat soit le suivant sur la liste, et d'ici peu. Nous n'avons personne à Bakou mais j'ai pensé...

– Orlov, le coupa Hood. Je le rappelle tout de suite. »

24.

Khachmas, Azerbaïdjan, mardi, 4:44

Maurice Charles avait horreur de se répéter.

Lorsqu'il arrivait quelque part en voiture, il préférait en repartir en train ou en bus. S'il prenait l'avion vers l'ouest, il aimait bien aller vers l'est en car ou en voiture. S'il portait un chapeau le matin, il l'ôtait l'après-midi. Ou alors il en changeait ou se teignait les cheveux. S'il détruisait un véhicule à l'aide d'une bombe à fragmentation, il faisait sauter la cible suivante au plastic. S'il avait effectué une surveillance le long d'un rivage, il allait se mettre quelque temps à l'abri à l'intérieur des terres. Dans n'importe quel domaine, la répétition était le meilleur moyen de se faire repérer. Les motifs répétitifs permettaient à n'importe quel imbécile d'anticiper vos gestes. Ses seules exceptions étaient les grandes métropoles où on pouvait le repérer. S'il trouvait un itinéraire relativement obscur dans ce genre d'agglomération, il l'empruntait au contraire plusieurs fois. Le risque de se faire repérer et identifier était plus grand que celui de réutiliser un tunnel ou un chemin détourné.

Comme Charles avait arpenté les champs pétrolifères de la Caspienne par la voie des airs, il décida d'y retourner en bateau. Les satellites américains et peut-être russes devraient, à l'heure qu'il était, rechercher un avion. Lui et ses hommes prendraient le bateau (qui porterait sur ses flancs un autre nom que la veille). Un des membres de l'équipe avait déjà pris les dispositions en ce sens à Bakou. Le yacht devait les attendre à Khachmas, ville côtière située à quatre-vingts kilomètres au nord de Bakou. Un équipage avait été engagé dans la capitale pour convoyer le bateau, sous les ordres d'un des marins iraniens de Charles. Non seulement Khachmas se trouvait plus près de leur cible mais il était improbable que quelqu'un les y reconnaisse à bord.

Après un bref sommeil (il n'avait pas besoin de plus), Charles était monté avec ses camarades dans une camionnette garée derrière la cabane de bergers. Leur matériel était déjà à bord. Ils redescendirent de Gobustan vers la capitale, en empruntant des routes parfaitement désertes à cette heure matinale. Même si Charles n'était pas au volant, il ne dormit pas. Il s'était installé à l'arrière, le calibre 45 en travers des genoux. Si jamais quelqu'un s'approchait du véhicule pour une raison quelconque, il voulait avoir l'œil ouvert.

La camionnette entra dans une Khachmas endormie à quatre heures trente du matin. Ils avaient parcouru cent dix kilomètres sans arrêt. Ni rencontre incongrue.

La *Rachel*, désormais rebaptisée le *Saint-Elme*, les attendait au mouillage, tout près de la côte, dans une marina délabrée. On avait congédié l'équipage qui avait amené le bateau. Ils étaient repartis à bord de leur propre navire, un chalutier qui avait accompagné le yacht dans son convoyage vers le nord.

Charles avait chaussé des lunettes à amplification nocturne pour monter la garde pendant qu'on transférait l'équipement à bord. Quand ce fut terminé, l'un des membres de l'équipe repartit avec la camionnette. Le véhicule serait repeint sur place et conduit dans une autre ville. Finalement, le yacht à moteur largua les amarres.

La traversée jusqu'à l'objectif devait prendre cinquante minutes. Détail important, le soleil se lèverait juste lorsqu'ils arriveraient. Quand il travaillait en mer, Charles préférait éviter tout éclairage artificiel : les lumières étaient trop faciles à repérer dans le noir et elles se reflétaient sur les eaux. Il n'aimait pas non plus travailler en plein jour quand les combinaisons de plongée brillaient trop. Non, le petit jour était l'idéal. Ils auraient tout juste le temps de faire leur boulot avant de repartir sans être vus.

Il quitterait alors l'Azerbaïdjan et ne ferait plus rien que profiter de la vie pendant un mois ou deux. Savourer les ramifications internationales de son acte. Goûter, comme chaque fois, le fait de constater qu'aucun leader international, aucune armée, aucune entreprise n'avait de plus grand impact que lui sur la marche du monde.

25.

Saint-Pétersbourg, Russie, mardi, 4:47

Après la chute de l'URSS, nombre de responsables politiques à Moscou s'étaient mis à redouter le *Ministerstvo Bejopasnosti Russkyi*, le ministère de la Sécurité de la nouvelle Russie. Plus encore même qu'au temps où le KGB de sinistre mémoire écoutait régulièrement leurs lignes téléphoniques ou ouvrait leur courrier. Les politiciens redoutaient que les dirigeants de l'ancien service de renseignements soviétique n'aident les communistes chassés du pouvoir à reprendre celui-ci, voire ne tentent de s'en emparer eux-mêmes. Pour ces raisons, le nouveau régime installé au Kremlin avait créé un service de renseignements autonome, en dehors de Moscou, hors d'atteinte immédiate du MBR. On avait choisi de le baser à Saint-Pétersbourg. Et, suivant l'adage que l'on n'est jamais mieux caché qu'en pleine lumière, leur Op-Center avait été installé dans l'un des lieux les plus visités de Russie : le musée de l'Ermitage.

L'Ermitage avait été édifié par la Grande Catherine pour lui servir de retraite. L'ensemble était formé de plusieurs palais dont, en particulier, l'imposant bâtiment néo-classique de pierre blanche baptisé le Palais d'Hiver. C'est là que la tsarine pouvait admirer ses trésors : joyaux, tableaux de maître, dessins et sculptures de sa collection personnelle qu'elle s'était procurés quasiment au rythme d'un tous les deux jours entre 1762 et 1772. Quand Catherine avait ouvert sa résidence au public patricien, son seul commentaire était qu'elle voulait faire le plaisir de ses visiteurs. Elle avait toutefois précisé qu'« ils ne devraient pas tenter d'endommager, briser ou détériorer quoi que ce soit ». L'Ermitage était ainsi resté dépositaire des collections impériales jusqu'en 1917. Après la révolution d'Octobre, le palais avait été ouvert à tous, ses collections agrandies pour incorporer les œuvres d'autres écoles ainsi que l'art moderne. Il abrite aujourd'hui plus de huit mille tableaux, quarante mille gravures et cinq cent mille dessins ou estampes. Par la taille de ses collections, il n'est désormais dépassé que par le musée du Louvre.

L'Op-Center russe avait été construit en sous-sol, sous un studio de télévision. Même si ce studio émetteur avait initialement servi de couverture à l'installation du centre de contre-espionnage, ses paraboles diffusaient les programmes culturels du musée sur toute la planète. La plupart du temps, toutefois, ces liaisons techniques perfectionnées permettaient surtout à l'Op-Center russe d'être en liaison satellitaire pour la surveillance des communications tant intérieures qu'internationales. Par ailleurs, les allées et venues du personnel du musée et des touristes contribuaient à masquer la présence des agents de l'Op-Center. En outre, le Kremlin avait estimé que dans l'hypothèse d'une guerre ou d'une révolution, personne n'oserait bombarder l'Ermitage. Même si un ennemi n'avait aucun scrupule en matière d'art ou de préoccupation esthétique, tableaux et scuptures demeuraient une monnaie d'échange aussi négociable que des devises.

Il faisait encore nuit noire quand Orlov arriva au musée. Comme à cette heure l'Ermitage était encore fermé, il y entra en empruntant la discrète porte d'accès aux studios, sur la façade nord-est du bâtiment. Il en profita pour jeter un œil vers le nord, par-delà les eaux sombres de la Neva. Sur la rive d'en face se dressaient les bâtiments imposants de l'académie des Sciences et du musée d'Anthropologie. Juste à côté, on trouvait l'École navale de Frounzé. En plus de se consacrer à l'entraînement des cadets, l'école logeait la douzaine de soldats composant la force d'intervention spéciale du centre, baptisée *Molot,* « marteau » en russe.

Il y avait un garde installé derrière un bureau à l'entrée du studio de télé. Orlov le salua au passage. Le vieil homme se leva et le salua. Le général s'approcha d'une porte qu'il ouvrit en pianotant sur un clavier numérique. Une fois à l'intérieur, il traversa le hall d'accueil encore plongé dans l'obscurité et descendit une brève volée de marches. En bas, il composa le code à quatre chiffres du jour sur un nouveau clavier et la porte s'ouvrit avec un déclic. Chaque soir, en fin de journée, le chef de sécurité du centre lui donnait la combinaison du lendemain. Quand Orlov referma la porte sur lui, l'éclairage de plafond s'alluma automatiquement. Une seconde volée de marches descendait encore plus bas. Il l'emprunta et se retrouva devant un nouveau clavier numérique qui lui ouvrit enfin accès au centre opérationnel.

L'ensemble était formé d'un très long corridor commandant des bureaux de part et d'autre. Celui d'Orlov était situé au bout, quasiment sous les berges de la Neva. Il lui arrivait parfois d'entendre des péniches passer au-dessus de lui.

D'habitude, il n'arrivait pas avant neuf heures du matin. L'équipe de permanence de nuit était symbolique et ils s'étonnèrent de voir arriver si tôt le général. Il salua les hommes sans s'arrêter. Sitôt entré dans son antre, il referma la porte et se dirigea vers le bureau. Celui-ci faisait face à la porte. Aux murs, il avait accroché des photos prises de l'espace. Il n'y avait aucun portrait de lui. Même s'il était fier de ses exploits, il n'aimait pas se complaire dans le passé. Tout ce qu'il y voyait, c'était l'étendue de ses échecs : comment il avait espéré marcher sur la Lune et commander une mission vers Mars ; rêvé de voir le corps des cosmonautes grandir et se développer. Peut-être que s'il avait exploité sa renommée de manière plus constructive, il aurait pu concrétiser tous ces désirs. Peut-être que s'il avait protesté contre la guerre en Afghanistan... Ce conflit avait épuisé les ressources et l'orgueil de sa patrie et hâté la déconfiture de l'Union.

Il n'y avait aucune photo de lui parce que le général Orlov préférait regarder de l'avant. L'avenir ne recelait aucun regret, que des promesses.

Il y avait un courrier électronique vocal de Paul Hood. Le message était laconique : juste qu'il s'agissait d'une affaire urgente. Orlov s'assit et relança l'ordinateur. Tout en ouvrant son logiciel de messagerie pour composer automatiquement le numéro de Hood, il récapitula les événements qui avaient conduit l'Op-Center américain à l'aider à empêcher un quarteron d'officiers russes d'extrême droite de renverser le gouvernement. La contre-attaque avait coûté à l'Américain l'un de ses principaux responsables de l'action sur le terrain, le lieutenant-colonel Charles Squires[1]. Depuis, les deux Op-Center avaient à l'occasion échangé des informations. Mais sans jamais aboutir à un véritable partenariat intégré, ce qui avait été pourtant le plus cher désir de Hood et d'Orlov. Malheureusement, comme tant d'autres vœux émis par ce dernier, les bureaucrates n'y étaient pas encore préparés. La méfiance entre les deux pays restait trop vivace.

Hood décrocha dès la première sonnerie.

« Allô ?

– Paul, c'est Sergueï. »

La traductrice de l'Op-Center était sur le qui-vive. Il ne lui fallut que quelques secondes pour prendre la communication.

« Général, j'ai besoin de compter sur vous, et dans les plus brefs délais. » Le ton pressant de Hood ne laissait pas place à la discussion.

« Bien sûr, dit Orlov.

– Notre équipe à la recherche du Harponneur s'est fait décimer à l'hôpital de Bakou. Cela s'est produit il y a un peu plus d'une heure. Deux de nos hommes ont été tués. Le premier a été abattu par un tireur embusqué à l'extérieur de l'établissement. Le second s'est fait égorger dans le hall. Le dernier est un patient. Il s'appelle David Battat et il souffre d'une fièvre non identifiée. »

Orlov prit le temps de coucher le nom par écrit.

---

1. Cf. *Op-Center 2. Image virtuelle, op. cit.*

« La police est déjà sur place mais nous ignorons qui est le meurtrier, précisa Hood. Il ou elle pourrait encore être dans l'hôpital.

– Ce pourrait être également un policier, remarqua Orlov.

– Tout juste. Général, avez-vous quelqu'un à Bakou ?

– Oui, effectivement, répondit Orlov sans hésiter. Dans quelle chambre se trouve M. Battat ?

– La 57.

– J'envoie quelqu'un tout de suite. N'en parlez à personne. »

Hood le lui promit.

Orlov raccrocha.

Les trois principaux services de contre-espionnage russe avaient leur propre personnel. Il s'agissait du MBR, déjà cité, du GRU, le Glavnoïe Rzviedivatelnoïe Upravlerie, la Direction générale du renseignement qui dépendait de l'armée, et enfin du MVD, le Ministerstvo Vnutrennikh Del, le ministère de l'Intérieur. L'Op-Center russe n'avait pas les moyens financiers d'entretenir son propre réseau d'espionnage et de contre-espionnage, aussi était-il contraint de partager ses effectifs avec d'autres agences russes de moindre importance. Celles-ci étaient sous la coupe du Sisteme Obyedinennovo Uchtschotïa Dannitch o Protivnini, le SOUD, Système intégré d'identification des ennemis. Le SOUD procurait également des hommes au SVR, le Sloujba Vnechneï Rajviedki, Service du renseignement extérieur ; au FSK, le Federalnaïa Sloujba Kontrreajviedki, le Service fédéral de contre-espionnage ; et au FSO, Federalnaïa Sloujba Okhrani, Service fédéral de protection.

Orlov accéda prestement aux fichiers du SOUD. Il entra le code de priorité maximale, Rouge Treize. Cela voulait dire que la requête ne venait pas seulement d'un officier supérieur (d'où le niveau treize) mais impliquait une urgence de sécurité nationale : appréhender le Harponneur. Le code autorisait Orlov à obtenir les noms, la localisation et le numéro de téléphone des agents en service sur toute la planète. Même s'ils étaient déjà engagés dans d'autres opérations, il avait le droit de les réquisitionner.

Orlov ouvrit le fichier de Bakou, Azerbaïdjan.

Il y trouva ce qu'il cherchait.

Hésita un instant.

Le général Orlov s'apprêtait à demander à un agent opérant dans la clandestinité d'essayer de venir en aide à un espion américain. Si les Américains avaient l'intention de monter une opération à Bakou, c'était le meilleur moyen de brûler et neutraliser le renseignement russe sur place. Mais pour imaginer une telle chose, il aurait fallu qu'Orlov croie Paul Hood capable de le trahir.

Orlov passa l'appel.

26.

Washington, DC,
lundi, 21 : 00

À l'issue de son entretien avec Orlov, Paul Hood raccrocha, furieux.

Il était furieux contre le système, la communauté du renseignement, et surtout contre lui-même. Les morts n'appartenaient pas à son service. L'homme en danger n'était pas un de ses agents. Mais ils avaient échoué et le Harponneur avait réussi, en partie à cause des méthodes de travail des espions. Le Harponneur commandait une équipe. La plupart des agents américains travaillaient aussi en équipe. En théorie, cela aurait dû leur fournir un soutien logistique. En pratique, cela les forçait surtout à opérer dans le cadre d'une bureaucratie. Une bureaucratie avec ses règles de conduite, une bureaucratie qui devait rendre des comptes à des directeurs qui étaient à mille lieues du terrain. Personne ne pouvait lutter à armes égales avec un type comme le Harponneur, lesté de ce genre de fardeau. Et Hood se sentait coupable de soutenir un tel système. Il était aussi coupable que ses homologues de la CIA, de la NSA ou d'ailleurs.

Le plus ironique était que Jack Fenwick avait apparemment enfreint ces fameuses règles. Et la tâche incombait à Hood de découvrir en quoi.

Voilà les bureaucrates qui inspectent d'autres bureaucrates, songea-t-il, amer. Évidemment, il ferait sans doute mieux de penser à autre chose. Il se sentait fatigué, frustré, à cause de la situation créée avec Battat. Et en plus, il n'avait même pas trouvé le temps d'appeler chez lui pour prendre des nouvelles de sa fille.

Rodgers était resté avec Hood entre son premier coup de fil à Orlov et le moment où ce dernier l'avait rappelé. En attendant le retour de Bob Herbert, Rodgers était juste sorti chercher un soda. Hood décida d'en profiter pour appeler chez lui. Cela n'améliora pas son humeur.

Il faisait précisément ce que Sharon lui avait toujours reproché : travailler tard. Appeler à la maison presque à contrecœur. Il décela la colère dans la voix de sa femme, cette façon de parler sans desserrer la bouche, la sécheresse de ses réponses.

« Je suis en pleine lessive, dit Sharon. Harleigh est au sous-sol à jouer au solitaire sur l'ordinateur. Alexander est dans sa chambre, il fait ses devoirs, il a un contrôle d'histoire.

– Comment t'a semblé Harleigh, aujourd'hui ?

– À ton avis ? C'est ta propre psychologue qui a dit qu'il faudrait qu'on soit patients avant de pouvoir noter un changement quelconque. Si même on doit en noter un... Mais surtout, ne t'en fais pas, Paul, je saurai maîtriser la situation.

– Je ne bouge pas d'ici, Sharon. Je veux t'aider.

– Tu m'en vois ravie. Tu veux que j'aille te chercher Alexander ?

– Ne le dérange pas s'il travaille. Dis-lui juste que j'ai appelé.

– Bien sûr.

– Bonne nuit. »

Il sentit Sharon hésiter. Cela ne dura qu'un instant mais il lui parut une éternité. « B'nuit, Paul. » Et elle raccrocha.

Hood resta à fixer le combiné durant plusieurs secondes. À présent, il était un salaud en plus d'un bureaucrate. Il reposa le combiné dans son logement, croisa les mains et attendit le retour de Rodgers. Et là, une espèce de déclic se produisit en lui. Non pas comme une horloge ou un dispositif à retardement. Plutôt comme une came et une roue à rochet. Et à chaque cran, il sentait un ressort se bander un peu plus en lui. Le désir de faire quelque chose... et pas seulement de débattre ou de téléphoner aux Russes pour leur demander de l'aide. Hood avait envie d'agir. Il y avait un truc qui ne tournait pas rond, et il avait besoin de savoir quoi.

Rodgers et Herbert revinrent ensemble. Ils trouvèrent un Hood en contemplation devant le mur de son bureau où naguère encore étaient accrochés photos et plaques commémoratives, souvenirs de ses années dans la fonction publique. Des portraits avec les grands de ce monde ou avec ses administrés. Des photos de lui en train de poser des premières pierres, de couper des rubans ou de participer à quelque manifestation de bienfaisance.

Sa putain de vie de putain de bureaucrate. Comme un élément du problème, pas de la solution.

« Ça va ? s'inquiéta Herbert.

– Impec, répondit Hood.

– Vous avez du nouveau ? insista Herbert.

– Non. Mais j'ai envie que ça bouge.

– Vous connaissez mon avis sur la question. À quoi pensiez-vous ?

– À Battat », répondit Hood. Ce n'était pas entièrement vrai. Il pensait qu'il n'aurait jamais dû revenir sur sa démission. Il aurait dû quitter l'Op-Center et ne plus se retourner. Il se demanda s'il n'avait pas en fait démissionné pour lui seul et pas pour consacrer plus de temps à sa famille, comme il l'avait cru. Mais enfin, il était de nouveau en selle, et il n'allait pas se défiler.

Battat était l'étape suivante de ses réflexions. « Cet homme a été hospitalisé pour une maladie inconnue, dans un endroit où rôdent deux assassins... ça ne m'a pas vraiment l'air d'une coïncidence.

– Certes non, admit Herbert. Avec mon groupe de réflexion, on a examiné le problème. »

Le groupe de réflexion auquel il faisait allusion était formé de quatre directeurs adjoints du renseignement confiés à l'Op-Center par le contre-espionnage militaire, la NSA et la CIA. Trois hommes et une femme dont les âges s'échelonnaient de trente-neuf à cinquante-sept ans. Si l'on y ajoutait les talents de Darrell McCaskey qui assurait la liaison avec le FBI et Interpol, l'Op-Center avait la meilleure équipe de renseignements qu'on puisse mobiliser à Washington.

« Et voilà les conclusions auxquelles nous avons abouti, poursuivit Herbert. La CIA est certaine à quatre-vingt-dix-neuf pour cent que le Harponneur est passé par la capitale russe pour se rendre à Bakou. Un fonctionnaire des Affaires étrangères pense l'avoir identifié dans un avion pour Moscou, mais ç'aurait pu être voulu.

– Pourquoi ? s'enquit Rodgers.

– Ce ne serait pas la première fois qu'un terroriste chercherait volontairement à se faire reconnaître, expliqua Herbert. Déjà, en 1959, l'espion soviétique Igor Slavosk s'était délibérément exhibé dans la gare de Grand Central, à New York, pour mieux attirer l'attention de la police et piéger le FBI dans son appartement de Jane Street. Quand les agents s'y sont présentés, l'appartement a sauté. Slavosk est revenu sur les lieux, a récupéré les insignes et les cartes qui lui ont permis de se faire confectionner des faux parfaits. Faux dont il s'est servi pour s'introduire au siège du FBI à Washington. Alors oui, il est fort possible que le Harponneur cherche à laisser des traces de son passage.

– Venez-en au fait », coupa Hood, avec une impatience croissante. Le malheureux Bob Herbert n'y était pour rien : simplement, il constituait une cible facile. Hood aurait voulu qu'Orlov rappelle au plus vite. Et entendre confirmer que tout se passait bien à l'hôpital. Avoir de bonnes nouvelles, pour changer.

« Pardon, fit Herbert. Bref, le Harponneur trouve le moyen de faire savoir qu'il se rend à Bakou où il a prévu une opération quelconque. Il sait qu'il y a sur place du personnel de la CIA attaché à l'ambassade. Il sait en outre que le service préférerait ne pas exposer ses hommes car la police du ministère local de la Sécurité intérieure doit sans doute surveiller le personnel diplomatique, redoutant qu'il se livre à des opérations d'espionnage. Aussi la CIA fait-elle venir un de ses agents de Moscou.

– Battat, dit Hood.

– Oui », confirma Herbert. Il semblait légèrement mal à l'aise. « Or, il se trouve que David Battat était le chef du bureau de la CIA à New York. C'est lui qui avait engagé Annabelle Hampton.

– La stagiaire que nous avons interpellée durant le siège de l'ONU[1] ? »

Herbert acquiesça. « Battat était à Moscou, à l'époque. On a vérifié ses antécédents. Il est sans tache. Un de nos contacts à la CIA m'a dit qu'il avait été expédié à Bakou en guise de pénitence pour sa boulette à New York. »

Hood hocha la tête. « Bien. Donc, nous retrouvons Battat à Bakou.

– Battat sort effectuer un repérage pour guetter l'arrivée du Harponneur et c'est là qu'il se fait mettre hors jeu, poursuivit Herbert. Non pas éliminer, ce que le Harponneur aurait pu faire sans aucun problème. Il semble qu'il ait été infecté par un virus ou un composé chimique destiné à le neutraliser à un moment précis. Un truc assez sérieux pour nécessiter son hospitalisation.

– Sous la garde de ses collègues de la CIA.

– Tout juste. En guise de jolies infirmières.

– Ce qui laisse au Harponneur les mains libres pour se livrer à ses petites manigances.

– En gros, c'est ça. Aucune puissance, en dehors des États-Unis, de la Russie et sans doute de l'Iran, n'entretient de personnel de renseignement à Bakou.

– À cause du pétrole de la mer Caspienne ? » intervint Rodgers.

1. Cf. *Op-Center 6. État de siège, op. cit.*

Herbert acquiesça. « Si le Harponneur a frappé également des agents de Moscou et de Téhéran, nous n'en avons eu aucun écho. »

Hood réfléchit à cette observation et murmura : « L'Iran...

– Pardon ? fit Herbert.

– C'est la deuxième fois aujourd'hui qu'on parle de l'Iran.

– Mais pas pour la même..., commença Herbert avant de s'arrêter.

– Pas pour la même raison ? insista Hood.

– Merde, non, admit Herbert au bout d'un moment. Non...

– Attendez, intervint Rodgers. Je manque quelque chose, ou quoi ?

– Vous pensez que ce petit jeu de renvoi d'appel téléphonique pourrait partir du Harponneur à Téhéran pour atteindre la NSA et la CIA, via Jack Fenwick ? dit Herbert.

– C'est bien possible, admit Hood.

– Ce qui mettrait Fenwick en cheville avec les Iraniens pour un coup impliquant le Harponneur...

– Le genre de plan qu'il aimerait mieux cacher au président », fit remarquer Hood.

Herbert hochait la tête. « Pas question de voir arriver un truc pareil. Je n'ai pas envie de collaborer avec l'espèce d'enculé qui a assassiné ma femme.

– Bob, je veux que vous vous calmiez », dit Hood.

Herbert regarda, furibond, le bureau de Paul Hood.

« Si le Harponneur nous mitonne un coup tordu à Bakou, on devrait encore pouvoir arriver à le coincer, reprit Hood. Mais uniquement si on se concentre sur ce qu'on fait. »

Herbert ne réagit pas.

« Bob ?

– J'ai entendu. Je suis concentré. »

Hood lança un regard vers Rodgers. Une minute plus tôt, il avait envie de tout plaquer. À présent qu'un de ses amis accusait le coup, l'envie était retombée. Il ne voulait plus qu'une chose : aider Herbert.

Pourquoi n'éprouvait-il jamais le même sentiment avec Sharon quand elle était en colère ?

« Mike... il faut vraiment qu'on arrive à mettre le doigt sur ce que manigance Fenwick et, si possible, avec qui.

– Ça, je m'en charge, promit Rodgers. Mais je peux déjà vous dire un truc : j'ai retrouvé sur mon ordinateur deux courriers électroniques datant d'il y a six mois. Ils étaient signés de Jack Fenwick et de Burt Gable.

– Et leur objet ? demanda Hood.

– C'étaient des réactions à un rapport officiel du Pentagone, répondit Rodgers. Le rapport traitait de la menace minime qu'induirait une éventuelle alliance militaire des Russes avec des pays voisins n'ayant pas appartenu à l'ex-Union soviétique. Fenwick et Gable étaient en désaccord avec ses conclusions.

– Le chef de l'Agence pour la sécurité nationale et le secrétaire général de la Maison-Blanche opposés l'un et l'autre au rapport, chacun de leur côté, observa Hood.

– Tout à fait, confirma Rodgers. Le texte en a été remis à tous les membres du Congrès ainsi qu'à plusieurs chefs militaires.

– Je me demande si les deux hommes ont eu l'occasion d'en débattre en ligne, fit Hood. Quelle était la date exacte des messages ?

– Ils avaient juste quelques heures d'écart, indiqua Rodgers. Ils ne semblent pas avoir été le fruit d'un effort concerté. Mais l'un comme l'autre marquaient une vive désapprobation.

– J'imagine qu'il importe peu de savoir s'ils ont ou non émis leur opinion de manière indépendante ou s'ils ont découvert après coup cette convergence de vues, reprit Hood. La question est de savoir ce qu'ils en ont fait par la suite. S'ils ont décidé de se réunir pour agir de concert.

– Qu'est-ce qui vous porte à le croire ? demanda Herbert en s'immisçant dans la conversation.

– Le nom de Gable est apparu aujourd'hui lors de mon entretien avec le président, expliqua Hood. Lui et l'assistant de Fenwick, Don Roedner, étaient chargés d'informer la commission parlementaire de l'avancement du projet avec l'ONU.

– Or ils n'en ont rien fait.

– Non, effectivement ». Hood pianota lentement sur son bureau. « Bref, on se retrouve avec deux problèmes : les activités de Fenwick à New York, et celles du Harponneur à Bakou.

– À supposer même qu'elles soient indépendantes, observa Herbert. L'une et l'autre initiatives ont en commun la filière iranienne. Le Harponneur a déjà travaillé pour Téhéran. »

Hood opina. « Et s'il bossait à nouveau pour eux ?

– Contre l'Azerbaïdjan ? fit Herbert.

– C'est possible, concéda le général. Les Iraniens ont deux zones de conflit potentiel avec ce pays. Les réserves pétrolières de la Caspienne et la zone frontalière du Haut-Karabakh.

– Mais pourquoi Fenwick irait-il s'embringuer dans une histoire pareille ? s'étonna Herbert. Juste pour prouver que le Pentagone se trompe ? Et après ?

– Je n'en sais rien », admit Hood. Il regarda Rodgers. « Contactez-le et tâchez de lui tirer les vers du nez. Non seulement au sujet de l'Iran mais sur ses raisons d'avoir menti au président.

– Dites-lui que vous détenez des informations dont vous ne pouvez l'entretenir que de vive voix, ajouta Herbert.

– Parfait, reprit Hood. Et demandez à Liz de nous sortir un profil psychologique du président. Établi d'après les observations de première main, y compris les miennes, qui tendent à démontrer que le chef de l'État est en train de perdre les pédales. Mettez-le discrètement sous le nez de Fenwick, en prenant des airs de conspirateur. Et sondez-le pour voir s'il aurait entendu des bruits là-dessus... »

Rodgers acquiesça et sortit.

Hood considéra Herbert. « Si l'Iran a mis une aventure militaire sur ses tablettes, ils doivent avoir opéré des mouvements de troupes ou de matériel. Le NRO devrait avoir relevé quelque chose. Est-ce que Stephen Viens s'est remis au turf ?

– La semaine dernière. »

Le NRO, *National Reconnaissance Office*, était le Service de reconnaissance aérienne, responsable de la plupart des satellites-espions américains. Dépendant du ministère de la Défense, le NRO était dirigé par des personnels de la CIA, des militaires et des civils du ministère. Son existence avait été rendue publique en 1992, vingt ans après sa création. Stephen Viens était un vieux copain de lycée de Matt Stoll, le chef informaticien de l'Op-Center. Il leur avait déjà filé un sérieux coup de main pour recueillir des données quand des services plus officiels comme le renseignement militaire, la CIA et la NSA se battaient comme des chiffonniers pour obtenir du temps d'observation sur satellite. Viens avait été accusé de détournement de fonds lors d'opérations de renseignements confidentielles mais il avait été blanchi par la suite.

« Bien, dit Hood. Tâchez de voir si Viens peut nous trouver quelque chose. Le NRO pourrait avoir repéré une activité en Iran sans pour autant déceler de danger immédiat.

– Je m'y mets », promit Herbert.

Le chef du renseignement repartit dans sa chaise roulante. Hood se carra contre le dossier de son fauteuil et contempla le téléphone. Il aurait bien voulu avoir des nouvelles d'Orlov. Avoir la confirmation qu'il avait collé quelqu'un sur l'affaire et que Battat allait s'en tirer. Qu'ils avaient enfin mis un coup d'arrêt aux mauvaises nouvelles et pouvaient commencer à retourner la situation à leur avantage.

Il le faut. Une menace planait sur leur tête. Un truc énorme, dangereux. Il ignorait encore quoi ou qui était derrière. Il ignorait si les pièces du puzzle rassemblées par l'Op-Center s'accordaient ensemble. Il n'avait qu'une certitude : quoi que ce puisse être, il fallait y mettre le holà.

27.

Bakou, Azerbaïdjan,
mardi, 5 : 01

David Battat se sentait glacé et pris de vertige. Il entendait son cœur cogner contre ses tympans, il le sentait au fond de sa gorge. Il était conscient d'être transporté sur une civière. Il y avait des visages au-dessus de lui. Des lumières défilaient par saccades. Puis il sentit qu'on le soulevait. On le déposait sur un lit, qui se mit à avancer à son tour. Il n'était pas attaché mais il y avait des barrières métalliques de chaque côté.

Battat ferma les yeux. Il ne savait pas ce qui lui était arrivé. Il se souvint de s'être réveillé à l'ambassade, agité de tremblements et couvert de sueur. Moore et Thomas l'avaient fourré dans une voiture, puis il avait dû se rendormir. Pour s'éveiller de nouveau, cette fois sur un brancard.

Il entendit des gens s'agiter autour de lui. Il toussa, rouvrit les yeux. Un homme aux cheveux blancs le contemplait.

« Monsieur Battat, est-ce que vous pouvez m'entendre ? » criait l'homme.

Battat acquiesça.

« Nous allons vous déshabiller et vous passer une blouse, expliqua l'homme de l'art. Ensuite nous allons vous poser une perfusion. Est-ce que vous comprenez ? »

Nouvel acquiescement. « Que... que m'est-il arrivé ?

– Vous êtes malade », lui dit le toubib tandis que deux infirmières arrivaient. Elles entreprirent de le soulever et de le dévêtir. « Vous avez une forte fièvre. Nous devons la faire baisser.

– D'accord. » Que pouvait-il dire d'autre ? De toute façon, même s'il l'avait voulu, il aurait été incapable de résister. Mais il n'arrivait pas à comprendre comment il avait pu tomber malade. Jusqu'ici, il s'était toujours senti en pleine forme.

L'équipe médicale s'affaira durant plusieurs minutes. Battat n'était pas vraiment conscient de ce qu'on lui faisait. Tout ce qu'il savait, c'est qu'on le bougeait, le retournait, le tâtait. Il sentit une piqûre au bras droit, au niveau du coude, puis toute douleur disparut. Il avait toujours des frissons, et il avait froid. La sueur avait trempé son oreiller, mais la fièvre le réchauffa bientôt. Il y enfouit la tête, assourdissant le bruit des gens alentour. Il referma les paupières et laissa divaguer son esprit.

Bientôt, il se retrouva dans le silence et le noir. Il commença à se sentir un peu mieux, à avoir un peu plus chaud. Il n'avait plus ce martèlement dans les oreilles. Il était conscient mais rêvassait. Son esprit récapitula les jours passés. Il avait des visions floues et fugitives de l'ambassade moscovite, du voyage jusqu'à Bakou, du rivage, de la douleur soudaine de l'agression. Une piqûre au cou. Il perdit la notion du temps, de sa présence dans la chambre d'hôpital. Seule subsistait cette impression bizarre, pas désagréable, de dériver. Ils avaient dû mettre un truc dans sa perfusion. Un relaxant quelconque.

Puis Battat entendit un déclic. Comme le chien d'une arme à feu. Il ouvrit les yeux. Il y avait une fenêtre à gauche mais elle était close. Il regarda vers le pied du lit. La dernière fois, la porte était entrouverte. À présent, elle était close. Un toubib ou une infirmière avait dû la refermer. La chambre était encore plus calme qu'auparavant. C'était chouette. Il referma les yeux. Les visions avaient disparu, ne restait que l'obscurité. Battat s'enfonça bientôt dans un sommeil sans rêves.

Il y eut un nouveau déclic. Le bruit le réveilla et il rouvrit les yeux. La porte était toujours fermée. Mais à présent, il y avait quelqu'un dans la chambre. Il entrevit une silhouette sombre à contre-jour devant la porte.

Battat ne savait trop s'il était réveillé.

« Salut », lança-t-il. Il entendit le son de sa voix. Oui, il était bien réveillé.

Lentement, la silhouette s'approcha de lui. Quelqu'un avait dû venir voir comment il allait.

« Tout va bien, murmura Battat d'une voix pâteuse. Vous pouvez allumer la lumière. Je ne dors pas. »

La silhouette ne dit rien. Battat n'aurait su dire si c'était un homme ou une femme. L'individu semblait porter une blouse de médecin. Et il tenait un objet long et mince. Battat crut deviner la forme d'un couteau.

« Est-ce que vous parlez anglais ? »

Il y avait un moniteur contre la paroi derrière lui. La lueur verte de l'écran éclaira faiblement la silhouette lorsqu'elle s'immobilisa à son chevet. C'était un homme. Et il tenait bien un couteau. La longue lame luisait dans la pénombre.

« Qu'est-ce que c'est ? » demanda Battat. L'idée s'immisça lentement dans son esprit embrumé que le nouveau venu ne devait pas être un médecin. Battat voulut bouger mais ses bras étaient comme remplis de sable humide.

Le bras de l'homme s'éleva.

« À l'aide ! dit Battat en essayant de hausser la voix. Au secours... »

Et puis l'homme disparut.

Quelques secondes plus tard, des bruits montèrent du sol. Grognements étouffés, dialogue assourdi, puis un long et lent gémissement. Et enfin le silence.

Battat voulut se redresser sur un coude. Son bras tremblait, il retomba.

Soudain, quelqu'un se redressa près du lit.

« Il pourrait y en avoir d'autres, dit l'ombre. Il faut qu'on parte. »

La voix aiguë, à l'accent prononcé, était féminine. Que de monde, dans cette piaule !

« Je pensais que c'était une chambre individuelle... », observa Battat.

D'un geste vif et sûr, la femme rabaissa la barrière sur le côté du lit, débrancha la perfusion, rassit Battat en lui maintenant le dos.

« Est-ce que vous pouvez marcher ?

– Si vous me lâchez... quoique... je ne suis même pas sûr de tenir assis. »

L'inconnue le laissa se rallonger et s'écarta du lit. C'était une femme grande et mince, large d'épaules. Il put constater qu'elle était en uniforme de la police.

Elle se dirigea vers la fenêtre, écarta les rideaux, tourna le loquet, fit coulisser le panneau. Une brise fraîche et salée entra dans la chambre, lui donnant le frisson. La femme regarda dehors. Puis elle saisit un peignoir accroché derrière la porte et revint vers le lit. Elle rassit Battat et lui passa le peignoir autour des épaules.

« Que faites-vous ? » demanda-t-il. Sans la perfusion, il se sentait déjà un peu moins dans le cirage. La position assise lui flanquait également un début de migraine.

« Ne parlez pas.

– Mais... attendez...

– Ils ont tué vos compagnons, et ils essaient de vous tuer, coupa-t-elle. On m'a envoyée vous récupérer.

– Tués ?

– Silence ! » siffla-t-elle.

Battat se tut.

Sa migraine s'accrut quand elle l'aida à se relever. Elle récupéra ses vêtements, puis posa son bras gauche autour de son épaule pour l'aider à gagner la fenêtre. Pendant qu'ils progressaient cahin-caha, Battat essayait de réfléchir à ce qu'elle venait de lui annoncer. Moore et Thomas étaient-ils morts ? Si oui, ce devait être le Harponneur. Peut-être s'imaginait-il qu'ils en savaient plus qu'en réalité. Mais dans ce cas, qui avait envoyé cette femme le sauver ? Et quelle certitude avait-il qu'elle n'était pas complice du Harponneur ? Elle pouvait fort bien l'amener quelque part pour mieux permettre au tueur de finir son boulot.

Mais Battat savait qu'il avait tout intérêt à lui faire confiance. Il n'était certainement pas en état de résister. D'ailleurs, elle se montrait prévenante à son égard.

Et puis, si elle avait voulu le tuer, elle aurait pu le faire quand il était couché. Ou laisser l'autre inconnu s'en charger.

Quand ils eurent gagné la fenêtre, la femme lui dit de se pencher contre l'appui. Ce qu'il fit, chancelant. Elle le tenait toujours d'une main pour l'aider à se maintenir debout tout en se faufilant pour le contourner. Elle atterrit souplement au milieu du parterre au pied de la fenêtre et l'aida à sauter à son tour. Elle lui remit le bras autour de l'épaule, puis s'accroupit. Ils restèrent ainsi quelques secondes, aux aguets.

Battat s'était remis à trembler et claquer des dents. Mais au moins, il se sentait un peu plus réveillé. Au bout d'un moment, ils reprirent leur progression. Il se sentit traîné dans la nuit. Ils avaient émergé à l'arrière de l'hôpital pour prendre à présent la direction du nord. Ils s'arrêtèrent devant un véhicule. Battat constata, surpris, que ce n'était pas une voiture de police mais une petite Hyundai noire.

La fille n'était sans doute même pas flic. Battat n'aurait su dire si c'était un bien ou un mal. Mais alors qu'elle l'aidait à s'étendre sur la banquette arrière avant de se mettre au volant, il avait au moins une certitude : s'il arrivait à rester conscient, il ne tarderait pas à le savoir.

28.

Washington, DC,
lundi, 22 : 03

Le rouquin était assis derrière un vaste bureau. L'obscurité régnait dans la pièce, à l'exception de la lumière d'une lampe à abat-jour vert et du témoin rouge sur le boîtier du téléphone. Preuve que le brouilleur était en service.

« D'aucuns s'interrogent sur le voyage de Fenwick, annonça le rouquin.

– Qui ça ? demanda son correspondant à l'autre bout du fil.

– Les services de renseignements de l'Op-Center.

– L'Op-Center n'est pas proche du président, observa l'autre. Ils n'ont pas l'influence de la CIA...

– Je n'en suis pas si sûr, objecta le rouquin.

– Comment cela ?

– Je me suis laissé dire que le directeur Hood avait demandé et obtenu un entretien privé avec le chef de l'État, il y a quelques heures à peine.

– Je suis au courant.

– Comme du sujet de leur discussion ? insista le rouquin.

– Non. Encore des retombées de l'affaire à l'ONU, j'imagine. As-tu des raisons d'imaginer autre chose ?

– Paul Hood a eu une brève entrevue avec la première dame, la nuit dernière, poursuivit le rouquin. J'ai vérifié dans son dossier. Ils se connaissent depuis longtemps.

– D'une manière qu'on pourrait exploiter ? suggéra l'autre.

– Négatif. Relation toute platonique. Toujours est-il qu'elle a pu déceler un changement dans le comportement de son époux. Peut-être s'en est-elle ouverte à Hood. Je n'en sais rien.

– Je vois », fit l'autre.

Long silence. Le rouquin patienta. Cette apparition non prévue de l'Op-Center le préoccupait. Ils avaient surveillé de près tous les autres services. Ses partenaires et lui avaient compté sur la période de transition entre Paul Hood et le général Rodgers pour que l'Op-Center s'occupe d'abord de ses problèmes internes. Hélas, ce n'était pas ce qui s'était produit. Mais avec l'imminence de l'heure H, ils ne pouvaient plus se permettre de distraire quelqu'un pour assurer une surveillance. Le Harponneur s'était chargé de veiller à tout de son côté. À leur tour.

« Le reste de la documentation est-il prêt ? » demanda finalement l'autre.

Le rouquin jeta un œil à sa montre. Il faudrait vraiment qu'il passe aux lunettes pour lire de si près, mais cette idée ne lui plaisait pas. Ce n'était pas la seule. Alors il écarta légèrement le bras. « D'ici une petite heure.

– Parfait, dit l'autre. Je ne veux plus la moindre action dirigée contre l'Op-Center. Ce n'est plus le moment. Et faute d'une planification soigneuse, on risque de se faire plus de tort que de bien.

– Je suis d'accord, convint le rouquin.

– Poursuivons le plan initial. Si l'Op-Center continue à surveiller Fenwick ou le président sans savoir au juste ce qu'on prépare, ça devrait les tenir occupés. Assure-toi juste que Fenwick ne fait ou ne dit rien qui soit susceptible de leur dévoiler de nouvelles informations.

– Entendu, répondit le rouquin. J'avertis Fenwick. »

L'autre le remercia et raccrocha.

Le rouquin reposa le combiné dans son berceau. Il rappellerait Fenwick dans une minute. L'affaire était sérieuse, sans précédent. Il devait se remémorer que s'il faisait tout cela, c'était pour une bonne raison : garantir que les États-Unis survivraient au nouveau millénaire.

Malgré ce petit revers, tout se poursuivait à peu près comme prévu. Des journalistes avaient appelé son bureau pour s'informer de la nouvelle initiative avec l'ONU, une initiative dont seul le président semblait jusqu'ici informé. Les membres de la commission parlementaire et même les responsables des Nations unies paraissaient tomber des nues. Un reporter particulièrement obstiné avait encore appelé le soir même pour demander si le président « n'aurait pas imaginé toute cette histoire, lui aussi ». Et Red Gable, le secrétaire général de la présidence, avait reconnu : « Tout à fait entre nous, je n'en sais rien, Sam. Je ne sais pas quelle mouche l'a piqué. »

Même si la remarque avait été énoncée en privé, Gable savait bien que son opinion serait reprise dans les médias. Le journaliste rappela à Red que c'était la troisième fois en une semaine que le président commettait une sérieuse boulette. La première avait eu lieu lors d'un petit déjeuner de presse. Il avait discuté d'un projet de loi de subvention à l'agriculture supposé être en discussion au Congrès. Or, il n'en était rien. La deuxième, pas plus tard que l'avant-veille, c'était lors d'une conférence de presse. Sa remarque préliminaire évoquait une affaire de droits civils censément traitée par la Cour suprême. Là non plus, il n'en était rien. Ce que Gable s'était bien sûr abstenu d'indiquer au journaliste, c'était que l'ensemble des documents fournis au chef de l'État lors de ses points journaliers n'étaient pas ceux qu'il aurait dû normalement avoir entre les mains. Les vrais. Gable avait opéré la substitution pour remettre les originaux à leur place dans les dossiers du président, une fois que celui-ci eut fait ces déclarations erronées. Quand le chef de l'État avait demandé qu'on les lui fasse parvenir, il s'était interrogé sur l'origine d'une telle confusion. Les enquêtes aussitôt diligentées par Gable et ses assistants avaient bien sûr fait chou blanc.

Gable ne sourit pas. Impossible. La situation était trop sérieuse. Mais il était ravi. Le journaliste, comme bon nombre de ses collègues, était préoccupé par la santé mentale du chef de l'État. D'ici demain après-midi, cette inquiétude aurait gagné le reste du pays. Certains événements sur le point de se dérouler à Washington comme à l'autre bout de la planète avaient été orchestrés avec soin. Ils allaient faire l'objet de supputations inexactes de la part de tout le monde, à une seule exception, celle du troisième membre de leur groupe, le plus important : le vice-président. Le président pour sa part soutiendrait la thèse de l'attaque d'une plate-forme de forage iranienne par l'Azerbaïdjan. Il préconiserait que les États-Unis se tiennent à l'écart du conflit car il s'agissait d'un problème strictement local. Alors que l'Iran procéderait à des concentrations de troupes dans la région, le vice-président se démarquerait publiquement du chef de l'exécutif, affirmant sa méfiance vis-à-vis de l'Iran et conseillant avec fermeté l'envoi d'une force militaire américaine en mer Caspienne. Fenwick soutiendrait cette initiative. Il rapporterait qu'au cours de ses entretiens avec les Iraniens, l'imminence de tels événements avait été vaguement évoquée. Il ajouterait que l'Iran avait demandé aux États-Unis de ne pas intervenir tandis qu'ils renforceraient leur emprise sur les réserves pétrolières de la région.

Les Iraniens démentiraient, bien sûr. Mais personne en Amérique ne les croirait.

La divergence entre président et vice-président provoquerait une crise ouverte à la tête de l'État.

Et lorsque les cohortes iraniennes du Harponneur seraient retrouvées mortes (en fait tuées par le Harponneur en personne) avec photos à l'appui, et qu'on retrouverait sur leurs corps d'autres preuves de sabotage, cela conforterait le bien-fondé de la thèse de Cotten et de Fenwick.

Dès lors, la presse pourrait mettre ouvertement en doute les facultés de jugement du chef de l'État. Washington serait en émoi, colportant les rumeurs les plus folles sur sa santé mentale. Des sénateurs comme Barbara Fox devraient bien se résoudre à soutenir une motion réclamant qu'on engage une procédure de destitution. Les scandales sexuels étaient une chose, les troubles psychiatriques en étaient une autre, beaucoup plus grave. Des voix s'élèveraient pour demander à Lawrence de se retirer. Pour le bien du pays, il n'aurait d'autre choix que de démissionner.

Le vice-président Cotten prendrait les rênes du pouvoir. Il proposerait à Jack Fenwick de devenir son nouveau vice-président. Le Congrès s'empresserait d'avaliser ce choix. Dans l'intervalle, l'armée américaine serait intervenue en mer Caspienne. Pour aider les Azerbaïdjanais à protéger leurs puits.

Au cœur de la tourmente, le président Cotten saurait faire preuve de fermeté.

Et puis, il se produirait un autre événement. Un événement qui exigerait de l'Amérique une réponse si ferme, si dévastatrice, que les fondamentalistes religieux cesseraient à tout jamais d'attaquer des cibles placées sous la protection des États-Unis.

Au bout du compte, songea Gable, la carrière d'un président valait bien un tel sacrifice.

29.

Bakou, Azerbaïdjan, mardi, 6:15

La première fois qu'il avait découvert Bakou, à quarante-sept ans, Ron Friday s'était cru débarqué en plein Moyen Âge.

Ce n'était pas une question d'architecture. Le quartier des ambassades était situé dans une partie très moderne de la ville. Les immeubles auraient aussi bien pu avoir été téléportés directement de Washington, Londres, Tokyo ou n'importe quelle autre grande métropole contemporaine. Mais Bakou ne ressemblait en rien à ces autres cités où il avait déjà vécu si longtemps. Une fois sorti du quartier des ambassades et des affaires, Bakou avouait nettement son âge. Une bonne partie des bâtiments devaient exister déjà à l'époque où les caravelles de Colomb touchaient aux Amériques.

Ce n'était pourtant pas l'architecture qui faisait paraître Bakou si antique, si féodale. C'était cette notion d'entropie qui habitait la population. L'Azerbaïdjan était resté depuis tellement longtemps gouverné de l'extérieur que, maintenant que son peuple était libre et indépendant, il semblait comme déboussolé, privé de motivations. S'il n'y avait pas eu les pétrodollars, nul doute que ces gens se seraient bien vite enfoncés dans la misère du tiers monde.

C'était du moins l'impression de Friday. Heureusement, quand l'ancien éclaireur de l'armée américaine aurait achevé sa mission ici avec ses hommes, l'Azerbaïdjan ne serait plus tout à fait aussi indépendant.

Friday pénétra dans son immeuble et se dirigea vers l'escalier de marbre. Construit dix ans plus tôt, le bâtiment en briques de six étages était situé à deux rues de l'ambassade. L'Américain gravit les marches. Il vivait au dernier étage mais il évitait les ascenseurs. Même quand il se retrouvait avec ses collègues de l'ambassade qui logeaient également ici, il montait toujours à pied. Dans une cabine, il se sentait à l'étroit, vulnérable.

Friday se dirigea vers son appartement. Il n'arrivait pas à croire qu'il était ici depuis bientôt six mois. Cela lui paraissait bien plus long, et il n'était pas mécontent que son contrat touche bientôt à sa fin. Non parce que Williamson n'avait plus besoin de lui. Tout au contraire, Friday avait prouvé sa valeur auprès de la diplomate, surtout dans ses efforts pour atténuer les prétentions de l'Azerbaïdjan sur les gisements pétroliers de la Caspienne. À ce titre, la période où il avait été avocat d'une multinationale du pétrole lui avait bien servi. Cependant son véritable patron allait avoir besoin de lui ailleurs, dans une autre région sensible. Et il allait veiller à ce que Friday y soit muté au plus vite.

L'Inde ou le Pakistan... peut-être. C'était là qu'il avait envie d'aller. Là-bas aussi, il y avait des conflits pétroliers à régler, en mer d'Oman ou dans le désert de Thar, à la frontière désertique entre l'État indien du Rajasthan et le Pakistan. Mais surtout, c'était sur le sous-continent indien que le prochain conflit majeur était appelé à débuter, sans doute par un échange nucléaire. Friday voulait être sur place pour contribuer à manipuler la politique régionale. C'était son rêve depuis qu'il était étudiant. Et surtout depuis qu'il avait eu l'occasion de travailler pour l'Agence pour la sécurité nationale.

Friday introduisit la clé dans la serrure et prêta l'oreille. Il entendit le chat. Il avait son miaulement habituel pour l'accueillir : signe qu'aucun intrus ne l'attendait derrière la porte.

Friday avait été recruté par la NSA alors qu'il faisait son droit. L'un de ses professeurs, Vincent Van Heusen, avait été agent de l'OSS durant la Seconde Guerre mondiale. À l'issue du conflit, Van Heusen avait contribué à la rédaction de la loi sur la sécurité nationale de 1947 qui devait conduire à la création de la CIA.

Le professeur Van Hausen avait discerné en Friday certaines des qualités que lui-même possédait quand il était jeune. Entre autres, l'esprit d'indépendance. Friday l'avait appris en grandissant dans les forêts du Michigan, partagé entre sa scolarité dans une petite école de campagne et les week-ends de chasse en compagnie de son père – chasse au fusil mais aussi à l'arc. Sitôt décroché son diplôme de l'université de New York, Friday était entré comme stagiaire à la NSA. Quand, un an après, il avait commencé à travailler dans l'industrie du pétrole, il était également devenu espion. En même temps qu'il nouait des contacts en Europe, au Moyen-Orient et autour de la mer Caspienne, Friday détenait le nom des agents de la CIA opérant dans les pays concernés. À intervalles réguliers, on lui demandait de les surveiller – en fait, d'espionner les espions – pour s'assurer qu'ils ne travaillaient que pour les États-Unis.

Friday avait finalement quitté le secteur privé cinq ans plus tôt, las de travailler pour l'industrie pétrolière. Ses employeurs étaient devenus plus intéressés par leurs profits internationaux que par la vitalité de l'Amérique et de son économie. Mais ce n'était pas la raison essentielle de sa démission. S'il avait quitté le privé, c'était par patriotisme. Il voulait désormais travailler à plein temps pour la NSA. Il avait assisté à la dégradation des opérations de renseignements à l'étranger. L'espionnage par satellite avait remplacé la surveillance humaine effectuée sur place. Le résultat était une efficacité bien moindre de la collecte d'informations. À ces yeux, cela s'assimilait à aller s'approvisionner à l'abattoir au lieu de chasser soi-même le gibier. La viande de boucherie n'avait pas ausi bon goût. L'expérience était moins gratifiante. Et le temps passant, le chasseur se ramollissait.

Friday n'avait aucune intention de se ramollir. Aussi, quand son contact à Washington l'avait averti que Jack Fenwick désirait lui parler, il avait eu hâte de le rencontrer. L'entretien avait eu lieu au bar de l'hôtel Hay-Adams. C'était durant la semaine d'investiture du président, aussi le bar était-il bondé et leur présence était quasiment passée inaperçue. C'est à cette occasion que Fenwick lui avait suggéré un plan si audacieux que Friday avait cru au début à une blague. Ou à une sorte d'épreuve.

Puis il avait accepté de rencontrer d'autres membres du groupe. Et dès alors, il y avait cru.

Sûr qu'il y croyait. Ils l'avaient envoyé ici et, par le truchement de ses contacts en Iran, il avait été mis en relation avec le Harponneur. Les Iraniens ne se doutaient pas que, dans l'affaire, ils allaient se faire doubler. Qu'une fois qu'on leur aurait fourni un prétexte pour intervenir en mer Caspienne, un nouveau président des États-Unis leur tomberait dessus.

Et le Harponneur, dans tout ça ? C'était bien le cadet de ses soucis. Le terroriste et lui avaient juste collaboré étroitement pour organiser l'agression contre Battat et le programme d'intoxication de la CIA.

Friday avait encore sa tenue de la veille. Au cas où quelqu'un l'apercevrait, cela conforterait son alibi. L'un des nombreux alibis qu'il avait élaborés au cours des années pour masquer ses rendez-vous obligés avec les agents.

Ou les cibles.

Friday était heureux que le Harponneur eût placé un de ses hommes à l'hôpital, en renfort. Ils avaient espéré que Friday serait en mesure d'éliminer Moore et Thomas alors que ceux-ci étaient à l'extérieur. Mais l'ambulance s'était garée de telle manière qu'elle l'avait empêché de viser Thomas. Friday espérait que l'assassin iranien avait pu descendre l'autre type. Il aurait été certes plus simple que Friday puisse éliminer les trois hommes à la sortie de l'ambassade. Mais cela aurait risqué de le trahir. L'ambassade n'était pas si grande que cela et quelqu'un aurait pu le reconnaître. Et il y avait des caméras de surveillance partout. Cette procédure avait été en définitive plus simple et plus propre.

Après avoir tiré, Friday avait abandonné l'arme que lui avait donnée le Harponneur. C'était un fusil Hecker & Koch G3 de fabrication iranienne. Il en avait d'autres à sa disposition si nécessaire. Friday l'avait jeté dans un étang près de l'hôpital. Il savait que la police locale allait fouiller le secteur à la recherche d'indices et qu'elle le retrouverait sans doute. C'était voulu. Pour qu'ainsi on associe l'arme à Téhéran. Friday et ses complices tenaient à ce que l'opinion internationale fût convaincue que l'Iran avait assassiné deux diplomates américains. Les Iraniens le démentiraient, bien sûr, mais personne en Amérique ne les croirait. La NSA y veillerait.

Les Iraniens qui collaboraient avec le Harponneur avaient dialogué par téléphone mobile ces derniers jours. Ils avaient discuté de l'attaque contre la plate-forme pétrolière et décrit les deux pylônes qui devaient être détruits : la « cible un » et la « cible deux ». Ce que les Iraniens ignoraient, c'est que le Harponneur avait fait en sorte que ces communications soient interceptées par la NSA. Puis enregistrées et modifiées numériquement. Désormais, sur ces bandes, les cibles dont discutaient les Iraniens n'étaient plus des pylônes mais des employés de l'ambassade.

Passant un coup de fil de son côté, le Harponneur avait ajouté que ces morts devaient être un avertissement, visant à dissuader les Américains de poursuivre toute action contre l'Iran dans les guerres du pétrole qui s'annonçaient. Il soulignait par ailleurs que si Washington persistait à vouloir intervenir, des diplomates américains seraient assassinés dans le monde entier.

Bien entendu, cette menace allait entraîner un retour de flammes. Après la démission du président Lawrence, le nouveau chef de l'exécutif exploiterait ces meurtres de sang-froid comme un cri de ralliement. Ce n'était pas un leader mollasson comme l'actuel président. Un homme prêt à collaborer avec l'ONU et à leur déléguer ainsi une partie du pouvoir national. Les assassinats comme les attaques contre les puits de pétrole souligneraient que les États-Unis n'avaient pas achevé la tâche entamée au siècle précédent : effectuer une frappe décisive, à grande échelle, contre les groupes terroristes et les régimes qui les protégeaient.

Friday entra dans son appartement. Il vit aussitôt clignoter la diode rouge sur le répondeur téléphonique. Il pressa la touche de lecture. Il n'y avait qu'un message, de Williamson. La diplomate lui demandait de passer d'urgence à l'ambassade. Elle ajoutait qu'elle avait essayé en vain de le joindre sur son cellulaire.

Évidemment qu'elle ne risquait pas de le trouver. Son mobile était resté dans son veston, lequel était jeté sur une chaise dans une autre pièce. Il ne l'avait pas entendu sonner parce qu'il était dans la chambre d'une fille rencontrée au bar International.

Friday la rappela à l'ambassade. Williamson ne perdit pas de temps à lui demander où il était passé. Elle se contenta de lui annoncer la mauvaise nouvelle : Tom Moore avait été abattu par un tueur embusqué à la sortie de l'hôpital. Et Pat Thomas égorgé par un assassin introduit dans l'établissement.

Friday se permit un petit sourire satisfait. L'assassin du Harponneur avait réussi.

« Par chance, poursuivait la diplomate, David Battat a réussi à empêcher d'agir l'homme qui s'apprêtait à le tuer. »

L'expression de Friday s'assombrit aussitôt. « Comment ?

– On l'a retrouvé égorgé avec son propre couteau.

– Mais Battat était malade...

– Je sais, coupa l'ambassadrice. Soit il était en plein délire, soit il a pris peur. Après avoir éliminé le tueur, il a quitté l'hôpital par la fenêtre de sa chambre au rez-de-chaussée. La police est en ce moment à sa recherche. Jusqu'ici, ils ont récupéré le fusil employé par l'assassin de M. Moore. Des détecteurs de métaux ont permis de le repérer dans un étang.

– Je vois », fit Friday. L'assassin ne parlait pas anglais. Même si Battat était lucide, il n'avait rien pu apprendre de lui.

Mais Fenwick et le Harponneur seraient furieux si Battat était toujours en vie. « Je ferais bien de me joindre aux recherches.

– Non, coupa Williamson. J'ai besoin de vous ici, à l'ambassade. Pour assurer la liaison entre la police locale et Washington. Je dois m'occuper des implications politiques.

– Lesquelles ? » demanda Friday, l'air innocent. Oh, il sentait qu'on allait s'amuser.

« La police a trouvé le fusil qui, d'après eux, aurait servi à abattre Moore. Je ne veux pas en dire plus sur une ligne non protégée. Je vous expliquerai tout de vive voix. »

Enfin une bonne nouvelle... L'ambassadrice adjointe avait conclu qu'il s'agissait d'assassinats politiques, pas de meurtres crapuleux.

« J'arrive tout de suite.

– Soyez prudent, conseilla la diplomate.

– Toujours. » Friday raccrocha, se retourna, ressortit de l'appartement. « Toujours. »

30.

Bakou, Azerbaïdjan,
mardi, 6:16

Le Harponneur et ses hommes atteignirent la plate-forme de forage juste un peu avant l'aube. Le bateau coupa ses moteurs à trois cents mètres du pylône le plus proche. Puis le Harponneur et quatre de ses plongeurs iraniens se glissèrent dans l'eau. Ils étaient en combinaison avec des bouteilles d'air comprimé. Ils rejoignirent la plate-forme en nageant sous l'eau.

Deux des hommes transportaient des pochettes étanches qui contenaient un puissant explosif sous forme d'hydrogel. Le Harponneur avait déjà injecté dans les minces bâtons de couleur bleue de la pentranitroaniline, substance chimique sensible à la chaleur. Quand le soleil se lèverait, il provoquerait un réchauffement du mélange. Ses rayons directs déclencheraient l'explosion.

Les deux autres hommes traînaient un radeau gonflable. Cela leur procurerait un semblant de stabilité pendant qu'ils travailleraient sous la plate-forme. La plupart de celles-ci étaient équipées de capteurs posés sur les pylônes et de détecteurs de mouvements placés au ras de la ligne de flottaison. Éviter les pylônes et passer sous les détecteurs était le moyen le plus sûr de s'introduire dans le périmètre. Une fois les explosifs placés, il serait virtuellement impossible au personnel sur place d'intervenir à temps.

Le Harponneur était équipé d'un fusil à harpon et de lunettes à amplification nocturne. Le fusil lui servirait à enrouler autour des traverses de soutien courant sous la plate-forme les cordes portant les tubes cylindriques de deux centimètres remplis d'hydrogel. Il n'avait pris qu'une douzaine de bâtons d'explosifs. Il avait appris depuis longtemps que pour détruire une cible de grande taille, il n'était pas indispensable d'utiliser une arme de taille proportionnée. Dans un corps à corps, un direct pouvait repousser l'adversaire. Mais on pouvait le neutraliser plus vite, plus efficacement et de manière mieux maîtrisée, en lui pressant un doigt sur la gorge, juste entre larynx et clavicule. Un ciseau de la pointe du pied au pli du genou terrassait plus efficacement quelqu'un qu'un coup de batte de base-ball. D'ailleurs, la meilleure façon de parer une attaque à la batte était de se rapprocher de l'agresseur.

Les plates-formes iraniennes dans la Caspienne sont en majorité du modèle semi-submersible. Elles reposent sur quatre robustes jambages croisillonnés d'épaisses traverses qui s'enfoncent sous les eaux. Une plate-forme se dresse au-dessus des jambages. Le système de pompage (qui comprend la tête de forage sous-marine) est fixé à la tour montée sur la plate-forme. L'astuce pour détruire une telle installation n'est pas de détruire les pylônes mais d'affaiblir le centre de la structure. Ensuite, son propre poids fait le reste. Les hommes du Harponneur avaient réussi à subtiliser une copie des plans de la plate-forme. Il savait précisément où disposer l'hydrogel.

Le commando parvint sans encombre sous le ventre de la structure. Même s'il faisait sombre dans l'eau, les parties les plus élevées de la charpente reflétaient les premières lueurs de l'aube. Tandis que le Harponneur examinait la cible, deux hommes gonflaient le radeau tandis que les deux autres fixaient deux bâtons d'hydrogel sous l'extrémité de trois harpons, en les scotchant dos à dos, pour ne pas gêner l'introduction du projectile dans le canon du fusil. En outre, cette disposition évitait de déséquilibrer le harpon. Il aurait certes été possible d'effectuer la manœuvre à bord mais le Harponneur avait préféré maintenir l'hydrogel au sec le plus longtemps posssible. Même si l'humidité n'était pas censée affecter l'explosif, elle ralentirait la réaction avec la chaleur. Or, vu leur disposition, ces paquets ne seraient soumis à la lumière directe du soleil que pendant une demi-heure. Il devait donc s'assurer qu'ils soient assez secs et réchauffés pour exploser dans le délai imparti.

Le radeau était une plate-forme hexagonale d'une capacité de six places. Le Harponneur n'avait pas besoin de six hommes. Mais cette taille assurait une meilleure stabilité : elle tendait à rendre les radeaux moins sensibles aux vaguelettes. C'était essentiel quand on était allongé sur le dos pour faire feu. Il avait retiré le dessus pour l'alléger. Ils s'étaient débarrassés de l'étui de transport. Le Harponneur grimpa à bord pendant que ses hommes s'accrochaient aux flancs pour mieux stabiliser l'embarcation.

Le fusil à harpon était en acier inoxydable laqué noir mat pour diminuer les reflets. Les harpons aussi étaient noirs. L'arme était formée d'un tube d'un mètre de long muni d'une poignée jaune portant le mécanisme. Seuls trente centimètres du harpon dépassaient à l'extrémité. En temps normal, un filin y était attaché pour permettre de hisser la prise. Le Harponneur l'avait ôté alors qu'il était encore à bord.

Sous la plate-forme, quinze mètres au-dessus du niveau de la mer, on remarquait des rangées d'amortisseurs acoustiques hauts de quinze centimètres. Ces épais tampons de caoutchouc avaient été disposés là pour atténuer la propagation des bruits dus à l'activité sur la plate-forme et ainsi diminuer la pollution acoustique. Le Harponneur avait choisi ses cibles en étudiant les plans. Il allait tirer deux flèches. La première s'enfoncerait dans un des tampons caoutchoutés placés au nord-est de la tour de forage. Laquelle était située à l'angle sud-ouest de la plate-forme. Lors de l'explosion, le lourd derrick basculerait vers le centre de la structure. L'autre flèche allait être tirée en ce point précis. Cette seconde explosion, ajoutée à l'impact du derrick, romprait l'intégrité de la plate-forme et produirait son effondrement. Tout ce qu'elle supportait glisserait vers l'intérieur pour sombrer dans la mer.

Le Harponneur n'avait pas besoin de la troisième flèche pour détruire la structure, mais il s'abstint de le dire à ses hommes.

Le terroriste chaussa ses lunettes de vision nocturne et s'étendit sur le dos. Le fusil avait un recul considérable, équivalant à celui d'une arme à feu de calibre 12. Une sacrée secousse. Mais il avait l'épaule solide. Il visa, tira. Il y eut un toussotement métallique et le harpon disparut dans la nuit.

Le projectile toucha la cible avec un chuintement assourdi. Le Harponneur se repositionna aussitôt pour le second tir. Qui fit mouche, lui aussi. Il fit signe à ses hommes de retourner au bateau. Dès qu'ils eurent plongé, le terroriste retira le ruban adhésif du troisième harpon, reprit une de ses sacoches étanches, y remit les bâtons d'hydrogel. Puis il se laisssa glisser dans l'eau et suivit les autres.

Une fois remontés, les hommes jetèrent par-dessus bord le cadavre de Sergueï Tcherkassov. Auparavant, ils avaient brûlé le corps : ainsi croirait-on qu'il avait été tué dans l'explosion. Les photos prises dans l'avion étaient déjà glissées dans sa poche. Pour les Iraniens du bateau, il était évident qu'on attribuerait l'attentat aux Russes et aux Azerbaïdjanais.

Le Harponneur avait une autre idée.

Tcherkassov jeté à la mer, le bateau s'éloigna. Ils étaient presque hors de portée visuelle quand la plate-forme explosa.

Le Harponneur surveillait la scène à l'aide de jumelles à forte puissance. Il vit le panache de fumée rouge-jaune jaillir sous la plate-forme. Vit la tour de forage vibrer puis basculer lentement vers le centre de la structure. Peu après, la détonation assourdie de la première explosion atteignait leur navire.

Tous les Iraniens à bord poussèrent des vivats. Le terroriste en fut un rien surpris. Ils avaient beau croire avoir agi pour le bien de leur nation, ils se réjouissaient quand même de la mort d'au moins une bonne centaine de leurs compatriotes.

Juste avant que le derrick ne touche la plate-forme, le second paquet d'hydrogel explosa. Le Harponneur s'était arrangé pour que les deux sautent presque en même temps. Afin d'éviter que le derrick, en percutant la structure, ne déloge le harpon enfoncé dans le tampon de caoutchouc et le jette à la mer. Un deuxième nuage de fumée rouge et jaune se forma, bientôt aplati et dispersé quand le derrick heurta la plate-forme. La distance atténua le crissement du choc. Des débris s'envolèrent dans le ciel matinal, faisant fuir au loin les mouettes.

Toute la structure en fut ébranlée. Cela rappela au terroriste une séquence d'archive vue dans son enfance : un peuplier fendu en deux par la foudre et qui était tombé sur une ligne à haute tension. L'arbre avait rebondi dessus avant de choir à nouveau sur les fils. Ceux-ci avaient résisté un moment avant d'arracher les pylônes de part et d'autre. C'était exactement la même chose : la plate-forme résista quelques secondes après la chute du derrick. Puis, avec lenteur, la structure d'acier et de béton s'affaissa à l'endroit où la seconde explosion l'avait affaiblie. La plate-forme se plia vers l'intérieur. Bâtiments préfabriqués, grues, cuves, canalisations et même l'hélicoptère se mirent à glisser vers la faille. Leur poids s'ajouta à la contrainte structurelle. Le Harponneur arriva à percevoir le bruit affreux des collisions au loin, à distinguer la fumée qui montait et les éclats de bois et de métal qui volaient dans les airs.

Et puis ce furent les derniers instants : l'excès de masse au centre de la plate-forme dépassa ses capacités de résistance. Elle se fendit et jeta tout ce qu'elle supportait à la mer. Le bateau était désormais trop loin pour permettre au Harponneur de bien distinguer les détails. De cette distance, l'effondrement évoquait une cataracte, surtout à l'endroit où la pluie de débris blancs et argentés touchait les flots, expédiant dans les airs un geyser d'eau et d'écume.

Alors que l'épave de la plate-forme disparaissait sous l'horizon, le Harponneur ne distinguait plus désormais qu'une énorme boule de brume flottant dans l'air d'un nouveau jour.

Il se détourna, accepta les congratulations de son équipe. Ils le traitaient comme le héros d'un match de foot, mais lui se faisait plutôt l'effet d'un artiste. Recourant au médium des explosifs sur une toile de béton et d'acier, il avait créé une destruction parfaite.

Il descendit dans sa cabine pour se laver. Il avait toujours besoin de se laver après une création. C'était un acte symbolique d'achèvement, une façon de se préparer à l'œuvre suivante. Qui était proche. Toute proche.

Quand le bateau accosta, le Harponneur dit à l'équipage qu'il voulait descendre à terre. Il expliqua aux Iraniens qu'il voulait s'assurer que la police d'Azerbaïdjan n'était pas encore au courant de l'explosion. Sinon, ils risquaient de fouiller tous les navires qui entreraient au port, à la recherche d'éventuels terroristes mais aussi de témoins oculaires de la catastrophe.

Les hommes jugèrent que c'était une bonne idée.

Le Harponneur ajouta que s'il n'était pas revenu dans les cinq minutes, ils devraient lever l'ancre et gagner la pleine mer. Le terroriste indiqua que si la police interrogeait les témoins et les empêchait de quitter le secteur, il trouverait bien un moyen de leur échapper.

Les hommes acquiescèrent. Le Harponneur descendit à terre.

Six minutes plus tard, une terrible explosion ébranlait le port. Le Harponneur avait introduit un détonateur dans l'un des bâtons d'hydrogel. Il avait réglé la minuterie avant de l'abandonner dans sa cabine, sous une des couchettes. Les preuves de l'attentat étaient toujours à bord. Cela prendrait du temps mais au bout du compte, les enquêteurs finiraient par retrouver des traces d'hydrogel sur l'épave comme sur la plate-forme et ils en concluraient que les Iraniens, avec l'aide d'un terroriste russe, avaient attaqué leur propre installation. L'Iran démentirait, bien sûr, d'où un nouveau regain de tension. Pour leur part, les États-Unis soupçonneraient les Russes et les Iraniens de collusion pour s'emparer des puits de la Caspienne. Dès lors, il serait impossible d'éviter l'irrémédiable.

Le Harponneur monta dans l'utilitaire repeint et s'éloigna du port. Pas trace de forces policières. Pas encore. À l'heure qu'il était, la police de Bakou devait s'être précipitée vers le port pour enquêter sur l'explosion. Du reste, rien encore ne laissait soupçonner qu'un navire avait attaqué la plate-forme pétrolière ou qu'il était revenu à Bakou. Ils s'en apercevraient plus tard, après avoir découvert le corps du Russe et reçu les photos satellitaires de la région transmises par les Américains.

Le Harponneur se dirigea vers la vieille ville. Il remonta Inshaatchilar Prospekti pour rejoindre les hôtels situés sur Bakihanov Koutchassi. L'avant-veille, il avait pris une chambre sous un nom d'emprunt. Ivan Ganiev, consultant en télécoms. Un nom et une profession qu'il avait choisis avec soin. Si jamais il était interpellé par la douane ou la police, il pourrait expliquer ainsi pourquoi il voyageait avec cet équipement high-tech. En outre, passer pour un Russe offrait ici un autre avantage. Celui de pouvoir plus aisément quitter le pays le moment venu.

Il avait laissé dans la chambre des effets personnels et de l'argent, et il était parti en accrochant à la porte une pancarte « ne pas déranger ». Il comptait se débarbouiller, se teindre les cheveux puis faire un bon somme. À son réveil, il se collerait une moustache postiche, mettrait des lentilles de contact puis appellerait un taxi pour se rendre à la gare. Un chauffeur était toujours l'otage parfait au cas où on était découvert et cerné. Sinon, il comptait utiliser son faux passeport pour quitter les lieux.

Il gara la fourgonnette dans une ruelle près de l'hôpital. Puis sortit de sa poche un étui de fil dentaire. Il le passa avec insistance entre deux dents jusqu'à faire abondamment saigner la gencive avant de cracher sur le plancher du véhicule, le tableau de bord et le coussin du siège. C'était le moyen le plus rapide de provoquer une hémorragie sans laisser la moindre cicatrice, toujours compromettante en cas d'examen. Du reste, il n'avait pas besoin de laisser beaucoup de sang : juste des traces pour donner du boulot à la médecine criminelle. Quand il eut terminé, il sortit, dévissa le bouchon d'essence, introduisit dans le réservoir une plaquette portant une puce électronique miniaturisée. Puis il remit le bouchon.

Ses préparatifs achevés, le Harponneur récupéra le sac à dos qui contenait son téléphone mobile Zed-4 et sortit. Lorsque les autorités découvriraient le véhicule, elles y trouveraient des indices le liant aux Iraniens du bateau. Y compris des empreintes digitales sur le volant, dans la boîte à gants, sur les poignées de portières. Elles en déduiraient qu'un ou plusieurs terroristes s'étaient échappés. Les traces de sang suggéreraient que l'un d'eux était blessé. La police perdrait du temps à examiner les registres d'admission aux hôpitaux.

Dans l'intervalle, le Harponneur aurait regagné Moscou. Puis il quitterait la Russie et s'accorderait une petite pause. Peut-être des vacances dans un pays où il n'avait jamais encore accompli d'acte terroriste. Un endroit où on ne risquerait pas de venir le chercher.

Un endroit où il pourrait se reposer en lisant les journaux.

Et apprécier une fois encore l'impact, sur le monde, de ses créations artistiques.

31.

Washington, DC,
lundi, 23:11

Paul Hood se sentait inquiet, perplexe et las.

Bob Herbert venait de s'entretenir avec Stephen Viens du Service national de reconnaissance. Viens était resté tard au bureau pour classer la paperasse qui s'était accumulée durant son absence. Et alors qu'il était sur place, un satellite du NRO avait détecté une explosion en mer Caspienne. Il avait aussitôt appelé Herbert, puisque celui-ci voulait savoir s'il se passait des événements inhabituels dans la région. Et Herbert à son tour avait appelé Paul.

« D'après nos dossiers, les coordonnées de l'explosion correspondent à celle de la plate-forme pétrolière iranienne Majidi-2, expliqua Herbert.

– Pourrait-il s'agir d'un accident ? demanda Hood.

– C'est ce qu'on est en train de vérifier. On a recueilli de faibles signaux radio en provenance de la plate-forme, ce qui indique qu'il pourrait y avoir des survivants.

– Pourrait ?

– Une bonne partie de ces installations sont dotées de balises de détresse pour guider les engins de sauvetage. Ce pourrait être ce qu'on détecte. Le signal audio est trop instable pour qu'on puisse éliminer d'office un enregistrement automatique.

– Pigé. Bob, j'ai comme un mauvais pressentiment. Fenwick se rend à la mission iranienne, et juste après, un puits iranien subit une attaque.

– Je sais, concéda Herbert. J'ai essayé de l'appeler, mais aucune réponse. Je me demande si la NSA était au courant de l'imminence d'un attentat et si Fenwick n'aurait pas refilé le tuyau aux Iraniens à New York.

– Si oui, pourquoi n'auraient-ils pas essayé de prévenir l'attaque ?

– Pas forcément, expliqua Herbert. Cela fait un bail que Téhéran cherche une bonne raison de renforcer sa présence militaire en mer Caspienne. Une attaque des Azerbaïdjanais leur fournirait le prétexte idéal. Ce n'est pas si différent de la thèse de certains historiens selon qui Roosevelt aurait laissé attaquer Pearl Harbor pour avoir une raison d'entrer en guerre.

– Mais dans ce cas, pourquoi avoir trompé le président ?

– Pour rendre un démenti plus plausible ? suggéra Herbert. Le président aurait été victime d'une campagne d'intox.

– D'accord, mais jamais Jack Fenwick n'irait de son propre chef se lancer dans une initiative de cette ampleur.

– Et pourquoi pas ? Vous oubliez l'Irangate et les manœuvres en douce d'Oliver North...

– Certes, mais un militaire de haut rang peut avoir ce genre de culot... pas un Jack Fenwick, protesta Hood. J'ai consulté son dossier. Ce type est tout sauf un aventurier. Plus réglo, tu meurs. C'est lui qui a instauré des protections en cascade au sein même de la NSA. Il a réussi à soutirer du Congrès une augmentation de budget de quinze pour cent pour l'an prochain. Quand la CIA n'en a obtenu que huit et nous six...

– Impressionnant.

– Ouais, fit Hood. Et il ne me fait pas vraiment l'effet du type à courir ce genre de risque. Pas sans parapluie.

– Eh bien ? dit Herbert. Qui sait s'il n'en a pas trouvé un. »

Merde, songea Hood. *C'est peut-être bien vrai.*

« Réfléchissez-y, poursuivit Herbert. Il arrive à décrocher une enveloppe budgétaire deux fois plus grosse que les autres services. Qui d'autre jouit d'une telle influence auprès des parlementaires ? Sûrement pas le président Lawrence. Il n'est pas assez prudent aux yeux de la commission budgétaire.

– Certes, admit Hood. Bob, tâchez de voir si Matt peut avoir accès à l'agenda et aux communications téléphoniques récentes de Fenwick. Qu'on essaie de savoir qui il a rencontré, avec qui il a discuté ces derniers jours, voire ces dernières semaines.

– Sans problème. Mais d'ici à en tirer des conclusions... Le chef de la NSA voit *a priori* quasiment tout le monde.

– Tout juste, renchérit Hood.

– Là, je suis largué...

– Justement, si Fenwick a maille à partir avec une opération clandestine, il aura sans doute eu des réunions avec son équipe en dehors du bureau. Peut-être qu'en notant ceux qu'il a vus officiellement, on pourra en déduire par élimination qui il aura rencontré en douce.

– Pas mal, Paul, apprécia Herbert. J'aurais dû y penser.

– Mais ce n'est pas cela qui me tracasse », poursuivit Hood. Un bip coupa leur conversation. « Excusez-moi, Bob, on m'appelle... Vous voulez bien en touchei un mot à Mike ?

– C'est comme si c'était fait », répondit Herbert.

Hood passa sur l'autre ligne. Sergueï Orlov était à l'autre bout du fil.

« Paul, dit aussitôt le Russe. Bonne nouvelle : on tient votre homme.

– Comment ça, vous le tenez ? » Son homologue russe était censé se contenter de veiller sur lui.

« Nos agents sont arrivés à temps pour lui éviter de rejoindre ses camarades, expliqua Orlov. L'assassin a été neutralisé et abandonné dans sa chambre d'hôpital. Votre homme a été transféré ailleurs. Il est en sûreté, désormais.

– Général, je ne sais quoi vous dire... à part merci.

– Cela suffira amplement, rit Orlov. Mais bon, quel est le programme à présent ? Est-ce qu'il peut nous aider à capturer le Harponneur ?

– J'espère bien, fit Hood. Il doit encore être là-bas. Sinon, il n'aurait pas été obligé d'attirer nos hommes dans un piège pour les assassiner. Général, êtes-vous au courant de ce qui s'est passé en mer Caspienne ?

– Oui... la destruction d'une plate-forme iranienne. On va sans doute accuser l'Azerbaïdjan, qu'il y soit ou non pour quelque chose. Vous en savez plus, de votre côté ?

– Pas encore, admit Hood. Mais l'agent que vous avez sauvé, peut-être. Si le Harponneur est derrière cet attentat, il faut qu'on le sache. Pouvez-vous faire en sorte que l'agent américain me rappelle ici ?

– Oui », répondit Orlov.

Hood le remercia encore une fois et promit de rester près du téléphone.

Orlov avait raison. Les soupçons allaient retomber sur les Azerbaïdjanais. C'étaient eux qui disputaient aux Iraniens la présence dans cette région. Eux qui avaient le plus à y gagner. Toutefois, le Harponneur s'était jusqu'ici contenté d'opérer à la solde de pays du Moyen-Orient. Et si l'Azerbaïdjan n'était pour rien dans cette agression ? Si un autre pays essayait de lui faire porter le chapeau ?

Hood reprit la communication avec Herbert. Il brancha Mike Rodgers sur la même ligne pour les mettre tous les deux au courant. À la fin de ses explications, il y eut un léger silence.

« Alors là, je sèche, admit Herbert. Il faut absolument qu'on en sache plus.

– Je suis bien d'accord, renchérit Hood. Mais on en sait peut-être déjà trop...

– Que voulez-vous dire ? s'étonna Herbert.

– Ce que je veux dire, c'est qu'on a la NSA qui collabore avec l'Iran, expliqua Hood. Un président qui est tenu à l'écart par la NSA. Un terroriste qui prête la main à l'Iran pour éliminer des agents de la CIA en Azerbaïdjan. Une attaque contre une plateforme pétrolière iranienne au large des côtes d'Azerbaïdjan. Ça fait un sacré paquet d'informations... Peut-être qu'on n'arrive pas à les ranger dans le bon ordre.

– Paul, est-ce qu'on sait qui, à la CIA, a découvert en premier la présence du Harponneur à Bakou ? intervint Rodgers.

– Non, admit Hood. Un point pour vous.

– Je mets quelqu'un là-dessus illico », dit Herbert.

Hood et Rodgers attendirent que leur collaborateur ait passé son appel. Hood essayait de trouver un enchaînement logique à tous ces faits, mais sans plus de succès qu'auparavant.

Inquiet, perplexe, et las... Mauvaise combinaison, surtout quand on avait dépassé la quarantaine. Dans le temps, il était capable d'enchaîner les nuits blanches sans problème. C'était bien fini.

Herbert revint en ligne. « J'ai quelqu'un qui appelle le bureau du directeur, code Rouge Un. On aura [illegible] sous peu. »

Le code Rouge Un était synonyme d'urgence absolue ayant trait à la sécurité de l'État. Malgré la rivalité entre services, on refusait rarement ce genre de coup de main.

« Merci, fit Hood.

– Paul, vous connaissez l'histoire de l'homme qui n'existait pas ? demanda Rodgers.

– Pendant la Seconde Guerre mondiale ? J'ai lu le bouquin au lycée. Il faisait partie d'un plan d'intoxication des Alliés.

– Exact. Un groupe d'espions britanniques récupère le corps d'un sans-abri et lui fabrique une fausse identité. Ils lui mettent dans les poches des documents révélant que les Alliés s'apprêtent à débarquer en Grèce, puis s'arrangent pour que les Allemands récupèrent le cadavre. Cela a contribué à détourner les forces de l'Axe de la Sicile. Si je mentionne cela, c'est parce qu'un des pivots de l'opération était un général britannique du nom de Howard Tower. C'était un pivot au sens où lui aussi avait été victime d'une intoxication.

– Comment cela ? s'enquit Hood.

– Les communiqués du général Tower étaient interceptés par les Allemands, poursuivit Rodgers. Le renseignement britannique y avait veillé.

– Là, il y a un truc qui m'échappe, intervint Herbert. Pourquoi se met-on à parler de la Seconde Guerre mondiale ?

– Quand Tower a eu vent de l'histoire, il s'est collé un pistolet contre la tempe et s'est fait sauter la cervelle, expliqua Rodgers.

– Parce qu'on s'était servi de lui ?

– Non, parce qu'il était [illegible]

– Je ne pige toujours pas, avoua Herbert.

– Paul, vous avez dit que le président semblait bouleversé quand vous lui avez parlé, poursuivit Rodgers. Et quand vous avez rencontré son épouse, elle vous a décrit un homme qui semblait au bord de la dépression nerveuse.

– Exact, convint Hood.

– Ça ne veut peut-être rien dire, protesta Herbert. On parle de la présidence des États-Unis. C'est le genre de tâche à donner un coup de vieux à n'importe qui.

– Attendez, Bob, coupa Hood. Mike a peut-être mis le doigt sur quelque chose. » Il sentait l'inquiétude le tenailler. Une inquiétude grandissante. « Le président n'avait pas l'air fatigué quand je l'ai vu. Il avait surtout l'air perturbé.

– Ça ne me surprend pas, nota Herbert. On le laisse en dehors du coup, et il fait apparemment une gaffe vis-à-vis de l'ONU. Il y a de quoi être embarrassé.

« Ne me dites pas “je vous l’avais bien dit”, fit-il.

– Pourquoi ? s’étonna Hood.

– Un haut responsable de la CIA à Washington a été informé de la présence du Harponneur par la NSA, leur expliqua Herbert. La NSA n’ayant aucun agent à Bakou, ils ont aussitôt prévenu la CIA. Qui a expédié sur place David Battat.

– Que le Harponneur savait exactement où trouver, compléta Rodgers. Au lieu de le tuer, il s’est contenté de l’empoisonner d’une façon ou de l’autre. Et ensuite, Battat a servi d’appât pour attirer Moore et Thomas à l’hôpital.

– Apparemment, renchérit Herbert.

– Paul, vous m’avez posé une question, tout à l’heure, intervint Rodgers. Vous vouliez savoir qui d’autre serait indispensable pour réussir une opération d’intoxication psychologique contre le président. C’est une bonne question, mais ce n’est pas la première à laquelle on doit répondre.

– Non ? demanda Hood. Laquelle, alors ?

– Qui profiterait le plus d’une incapacité mentale du président ? Et dans le même temps, qui serait le mieux placé pour contribuer à alimenter une telle campagne d’intox ? »

Le malaise de Hood empira. Car la réponse était évidente . le vice-président des États-Unis.

– Mais il y avait un autre élément, insista Hood. L'impact psychologique cumulatif de la désinformation. Et si ce n'était pas pour une question de stratégie politique ou par suite d'une confusion entre services que le président avait été induit en erreur ? S'il y avait une autre raison ?

– Laquelle ? demanda Herbert.

– Si la désinformation n'était pas une fin mais un moyen ? Si quelqu'un cherchait à convaincre Lawrence qu'il perd les pédales ?

– Pour parler vulgairement, si quelqu'un cherchait à lui faire prendre des vessies pour des lanternes ?

– Tout juste.

– Mouais... Faudra des arguments convaincants pour que j'avale une histoire pareille, protesta Herbert. Ce genre de manœuvre est d'emblée voué à l'échec : il y a trop de monde autour du président...

– Bob, on a déjà conclu que ce n'est pas un truc que Fenwick voudrait ou surtout pourrait faire de son propre chef, nota Hood.

– OK, mais pour réussir un coup pareil, il lui faudrait une petite armée de complices bien placés dans l'entourage du président, poursuivit Herbert.

– Qui donc ? Le secrétaire de la Maison-Blanche ?

– Pour commencer, confirma Herbert. Il assiste quasiment à toutes les réunions de travail du président.

– D'accord, concéda Hood. Gable était déjà sur ma liste des types peu fiables. Qui d'autre ? Qui serait absolument indispensable pour qu'un tel plan réussisse ? »

Avant que Herbert ait pu répondre, le téléphone bipa. Il prit l'appel et revint en ligne moins d'une minute plus tard.

32.

Washington, DC,
lundi, 23 : 24

Le vice-président Charles Cotten se trouvait dans le salon du rez-de-chaussée de sa résidence. L'hôtel particulier était situé sur la partie du terrain de l'Observatoire de la Marine donnant sur Massachusetts Avenue. À vingt minutes en voiture des deux bureaux du vice-président : l'un à la Maison-Blanche, l'autre dans le bâtiment voisin, l'ancien immeuble du gouvernement. La résidence était à deux pas de la cathédrale. Ces derniers temps, Cotten s'y rendait plus souvent qu'à l'accoutumée.

Pour prier.

Une secrétaire frappa à la porte et entra. Elle lui annonça que sa voiture était prête. Le vice-président la remercia et quitta le fauteuil en cuir. Il emprunta le couloir sombre aux murs couverts de boiseries et se dirigea vers l'entrée. À l'étage, sa femme et ses enfants étaient endormis.

Ma femme et mes enfants. Des mots qu'il n'aurait jamais cru faire un jour partie de sa vie. Quand il était sénateur de New York, Cotten avait eu la réputation d'un fieffé coureur de jupons. À chaque sortie, une nouvelle égérie. La presse les avait baptisées les « Cocotten ». On ne comptait plus les allusions grivoises à son existence agitée. Et puis, il avait rencontré Marsha Arnell lors d'une soirée de bienfaisance au musée d'Art moderne de Manhattan, et soudain tout avait changé. Marsha avait vingt-sept ans, onze de moins que lui. Elle était peintre et spécialiste en histoire de l'art. Elle était en train d'expliquer à un groupe d'invités comment le travail d'illustrateurs comme Frank Frazetta, James Bama ou Richard Corben définissait une nouvelle façon d'appréhender l'Amérique : la force du visage et de la silhouette humaine se mêlait aux paysages issus du rêve et du fantastique. Cotten avait été fasciné par la voix de la jeune femme, par ses idées, cette vision d'une Amérique optimiste et pleine d'élan.

Quatre mois plus tard, il l'épousait.

Durant près de dix ans, Marsha et leurs filles jumelles avaient constitué l'essentiel de l'existence de Charles Cotten. Elles étaient son point d'ancrage, son cœur et leur avenir demeurait toujours présent à ses pensées.

C'était pour elles que le vice-président avait élaboré son plan. Afin de préserver l'Amérique pour sa famille.

Et il était manifeste que les États-Unis étaient en grand danger. Pas seulement à cause des menaces terroristes, même si celles-ci se concrétisaient de plus en plus souvent. Non, le danger menaçant le plus sa patrie était celui d'être peu à peu mise sur la touche. Son armée pouvait détruire plusieurs fois la planète, mais les autres pays savaient pertinemment qu'elle n'en ferait rien, aussi ne craignaient-ils plus l'Amérique. L'économie américaine était encore relativement solide, mais c'était le cas de bien d'autres. L'euro était une monnaie forte, et l'Alliance sud-américaine, avec sa nouvelle devise, l'ASA, gagnait en pouvoir et en influence. L'Amérique centrale et le Mexique envisageaient de former une nouvelle confédération. Le Canada était attiré par les sirènes de l'Union européenne. Toutes ces entités politiques ou économiques n'avaient pas à subir le poids du soupçon et du ressentiment qui était le lot de l'Amérique partout dans le monde. La raison ? L'Amérique était un géant que chacun désirait voir terrassé. Non pas détruit : elle était trop indispensable à la politique internationale. Non, se disait Cotten, ce qu'ils veulent simplement, c'est nous humilier. Pour nos adversaires, nous sommes des voyous qui fourrons notre nez partout, et pour nos alliés, un grand frère par trop condescendant.

Autant d'états d'âme qui préoccupaient bien peu les autres pays durant les périodes de dépression ou de guerre mondiale. Envahir la France pour la libérer du joug hitlérien, OK. Mais la survoler pour aller bombarder la Libye, pas question. Maintenir une présence militaire en Arabie Saoudite pour protéger le pays des visées de Saddam Hussein, OK. Mais faire décoller des avions de Riyad pour protéger les troupes américaines postées dans la région, pas question.

On ne nous respecte plus, s'emportait Charles Cotten. On ne nous craint plus. Il fallait que cela change. Et bien avant que Michael Lawrence ne quitte la Maison-Blanche, dans trois ans. À ce moment, il serait trop tard pour agir.

Le problème n'était pas dû à Lawrence lui-même. Il se trouvait simplement qu'il était le dernier à porter le flambeau de l'isolationnisme triomphant. Quand il était sénateur, Cotten avait déjà ressenti l'urgence de voir une Amérique mieux intégrée au reste du monde.

Une Amérique telle que décrite jadis par Theodore Roosevelt. N'hésitant pas à manier le bâton s'il le fallait. Mais capable aussi de parler avec douceur. Une Amérique qui sache faire usage de la diplomatie comme de la pression économique. Qui soit résolue à recourir éventuellement au chantage et à l'assassinat politique plutôt que de s'aventurer dans des mini-guerres aussi médiatiques qu'impopulaires.

Quand on lui avait proposé de se joindre à Michael Lawrence pour briguer la magistrature suprême, Cotten avait accepté d'emblée. L'opinion aimait bien le style du candidat et son slogan : « Je suis à vos côtés », son image d'homme revenu de la jungle politicienne pour se mettre au service des gens. Mais le futur président avait voulu contrebalancer ce côté direct et indépendant en s'appuyant sur un homme qui avait ses entrées au Congrès et qui était à l'aise dans les hautes sphères internationales.

Cotten sortit de la résidence et monta en voiture. Le chauffeur referma la portière. La limousine s'ébranla dans le silence de la nuit. Cotten se sentait sur des charbons ardents. On n'allait pas apprécier ce que lui et ses alliés s'apprêtaient à faire. Il se remémora la première fois qu'il les avait abordés, chacun tour à tour. Lâchant des remarques comme en passant. Faute de réaction de son interlocuteur, il n'insistait pas. Dans le cas contraire, il poussait son avantage, précisait son point de vue. Cotten réalisa que ce devait être un peu comme lorsqu'un homme marié voulait séduire une femme. Un mot de trop, une erreur sur la personne, et tout pouvait être perdu.

Chaque homme s'était engagé pour la même raison : par patriotisme. L'avènement d'une Amérique qui dirige la communauté internationale, au lieu de réagir à celle-ci. Une Amérique qui récompense la paix par la prospérité et châtie les fauteurs de troubles non pas avec des sermons martelés à tous les échos mais par une mort froide et solitaire. Lawrence n'était cependant pas prêt à sauter le pas de la guerre légitime au meurtre illégal, même si cela devait sauver des vies. Seulement, à l'aube du XXIe siècle, le temps des guerres était révolu. À court terme, elles n'engendraient que des souffrances et, à long terme, que des haines. Le monde était devenu trop petit, trop peuplé pour les bombes. Si répugnant que cela puisse paraître, il fallait opérer un changement. Pour le bien du pays et de ses enfants. Pour le bien de ses propres enfants.

La limousine filait dans les rues vides. Washington était toujours si déserte la nuit. Seuls veillaient les espions et les conjurés. Ça lui faisait tout drôle de s'imaginer dans ce rôle. Lui qui avait toujours joué franc-jeu. Quand on se passionnait pour une cause, on la défendait ouvertement. Si on n'en était pas capable, c'est sans doute qu'elle n'en valait pas la peine. Mais là, c'était différent. Cette affaire exigeait la plus extrême discrétion. Seuls ceux qui étaient directement impliqués dans son organisation et son exécution devaient être au courant.

Cette fois, ils étaient au pied du mur. L'ultime étape, songea Cotten. D'après l'entourage présidentiel, l'annonce fantaisiste d'une initiative avec les Nations unies avait sérieusement ébranlé Lawrence. Bien plus que les autres rumeurs dont l'avaient abreuvé Fenwick et Gable pour mieux les démentir ensuite – en général lors d'un conseil de cabinet ou d'une réunion au Bureau Ovale.

« Non, monsieur le président, disait alors Cotten d'une voix douce, en simulant l'embarras devant la confusion de l'intéressé, il n'y a jamais eu de rapport du Pentagone indiquant que la Russie et la Chine auraient échangé des tirs d'artillerie sur la frontière de l'Amour... Comment, monsieur, le directeur du FBI aurait menacé de donner sa démission ? Première nouvelle. Quand cela s'est-il produit ?... Voyons, monsieur le président, vous ne vous souvenez pas ? Nous étions convenus que M. Fenwick procurerait à l'Iran ces informations inédites. »

Cette question de la fourniture d'informations inédites à l'Iran avait été cruciale pour la mise en œuvre de la dernière phase de l'opération. Jack Fenwick avait confié à l'ambassadeur d'Iran que, d'après les services de renseignements américains, l'Azerbaïdjan préparait une agression. Ils ne pouvaient préciser quelle serait la cible mais il devait s'agir d'un attentat au cœur de Téhéran. Fenwick avait garanti aux Iraniens qu'en cas de riposte de leur part, les États-Unis se garderaient d'intervenir. Son pays désirait resserrer ses liens avec la république islamique, pas l'entraver dans l'exercice de son droit légitime à se défendre.

On pousserait bien entendu Lawrence à adopter une politique moins accommodante. Et quand il se rendrait compte du pétrin dans lequel son erreur de jugement avait mené le pays, il serait contraint à la démission.

Le fait que Lawrence eût tout ignoré de la rencontre était sans importance. Lors de la réunion secrète de ce soir avec le « cabinet de crise » – Gable, Fenwick et le vice-président –, les trois hommes convaincraient le président qu'il avait à tout moment été tenu informé.

Ils lui exhiberaient les notes qu'il avait vues et signées. Ils lui présenteraient l'agenda que sa secrétaire tenait sur ordinateur. Les rendez-vous auraient été ajoutés après son départ en fin de journée. Puis ils enchaîneraient aussitôt sur la crise en cours. En assurant le chef de l'État de leur soutien inconditionnel. Au matin, Michael Lawrence se trouverait publiquement engagé sur la voie d'une confrontation avec deux des pays les moins stables qui se puissent imaginer.

Le lendemain, s'appuyant sur des sources proches de la NSA, le *Washington Post* ferait sa une et son édito sur la santé mentale du président. Même si l'article devait s'appuyer sur le fiasco avec l'ONU, il présenterait également en exclusivité des révélations détaillées sur ses absences et ses trous de mémoire de plus en plus manifestes. L'opinion ne pourrait tolérer une telle instabilité de la part du chef de l'État. Surtout à la veille d'engager le pays dans une guerre.

Dès lors, tout s'enchaînerait très vite. Aucune disposition constitutionnelle ne prévoyait l'éventualité d'un congé maladie présidentiel. Et il n'y avait aucun remède immédiat pour les troubles psychiatriques. Lawrence serait obligé de démissionner. Si ce n'était pas sous la pression de l'opinion, ce serait par un vote du Congrès. Cotten deviendrait président. L'armée américaine se retirerait aussitôt de la Caspienne pour éviter une confrontation avec l'Iran et la Russie. Au contraire, grâce à des opérations d'espionnage, elle prouverait que l'Iran avait été depuis le début l'instigateur de toute cette machination. Les Iraniens protesteraient, bien sûr, mais la crédibilité de leur gouvernement se verrait sérieusement compromise. Dès lors, usant de voies diplomatiques, les États-Unis trouveraient le moyen d'encourager les modérés à y prendre plus de pouvoir. D'un autre côté, s'étant vu épargner une sévère raclée par l'Iran et la Russie, l'Azerbaïdjan se retrouverait en dette vis-à-vis de l'Amérique.

Une fois écarté le spectre de la guerre, le président Cotten s'assurerait d'un autre point : le partage exclusif entre l'Azerbaïdjan et l'Amérique des ressources pétrolières de la Caspienne. Le Moyen-Orient perdrait à tout jamais le moyen d'exercer son chantage sur les États-Unis. Que ce soit dans ses ambassades ou à la pompe à essence.

L'ordre ainsi restauré, l'influence et la crédibilité de l'Amérique à leur apogée, le président Charles Cotten s'adresserait alors aux nations du monde. Elles seraient invitées à participer au combat permanent des États-Unis pour la paix et la prospérité. Quand les peuples tâteraient enfin pour la première fois de la prospérité et du libéralisme économiques, ils chasseraient leurs anciens gouvernements. Même la Chine rouge finirait par se joindre au mouvement. Inéluctable. Eux aussi étaient avides et les caciques du parti communiste n'étaient pas éternels. Si les États-Unis cessaient de les provoquer et fournissaient au gouvernement chinois un ennemi public crédible, Pékin serait affaibli et contraint d'évoluer.

Tel était le monde que Charles Cotten voulait pour l'Amérique. Le monde qu'il désirait pour ses propres enfants. Il y avait pensé pendant des années. Il avait œuvré pour y parvenir. Il avait prié pour son avènement.

Et très bientôt, il l'aurait.

33.

Bakou, Azerbaïdjan, mardi, 8:09

David Battat était étendu sur le grand lit inconfortable d'un petit studio chichement meublé. Sur sa gauche, il y avait une fenêtre. Malgré les stores tirés, la lumière du petit jour filtrant entre les lattes illuminait la pièce.

Battat frissonnait mais il se sentait mieux. Sa ravisseuse (hôtesse, sauveuse, il n'avait pas encore décidé...) s'affairait dans la cuisinette tout à droite. Elle était en train de préparer des œufs, des saucisses et du thé quand le téléphone s'était mis à sonner.

Battat espéra qu'elle n'en aurait pas pour trop longtemps. Ça sentait rudement bon, mais c'était le thé surtout qui lui faisait envie. Il avait besoin de se réchauffer. De trouver un moyen d'arrêter ces frissons. Il devait avoir la grippe. Il se sentait faible, ses sens étaient cotonneux. Mais il avait surtout le crâne et la poitrine oppressés. Comme jamais encore lorsqu'il avait été souffrant. Enfin, une fois qu'il aurait bu et mangé quelque chose, il serait un peu plus capable de se concentrer, d'essayer de comprendre ce qui lui était arrivé à l'hôpital.

La femme s'approcha du lit. Avec le téléphone. Elle mesurait plus d'un mètre soixante-dix, avec un visage mince et hâlé, aux pommettes saillantes et aux yeux bleus, encadré d'épais cheveux bruns qui lui cascadaient sur les épaules. Battat était prêt à parier qu'elle avait du sang balte. Elle lui tendit le combiné.

« Il y a quelqu'un qui veut vous parler, lui dit-elle dans un anglais à l'accent prononcé.

– Merci », fit Battat. Sa propre voix n'était qu'un coassement enroué. Il prit le sans-fil. Il ne se fatigua même pas à demander qui était à l'appareil. Il le découvrirait bien assez tôt.

« Allô ?

– David Battat ? dit le correspondant.

– Oui...

– David, c'est Paul Hood, le directeur de l'Op-Center.

– Paul Hood ? » Battat était perplexe. L'Op-Center l'avait retrouvé ici et lui demandait... des comptes ? « Monsieur, je suis désolé pour ce qui est arrivé, commença-t-il, confus. Mais j'ignorais qu'Annabelle Hampton travaillait avec...

– Il ne s'agit pas du siège de l'ONU, le coupa Hood. David, écoutez-moi. Nous avons tout lieu de croire que la NSA vous a tendu un piège, à vous et à vos collègues. »

Il fallut un moment à Battat pour digérer ce que son interlocuteur venait de lui annoncer. « Un piège pour nous faire assassiner ? Mais pourquoi ?

– Je ne peux pas encore vous le dire, répondit Hood. L'important, pour l'heure, c'est que vous êtes hors de danger. »

La jeune femme s'approcha avec une tasse de thé qu'elle déposa sur la table de chevet. Battat s'appuya sur un coude afin de se hisser en position assise. Elle l'y aida en lui glissant sous le bras ses mains vigoureuses.

« Ce que je veux savoir, c'est ceci, poursuivait Hood. Si nous pouvons localiser le Harponneur, vous sentez-vous en état de nous aider à l'éliminer ?

– S'il y a un moyen quelconque de coincer ce type, je suis votre homme », promit Battat. Cette seule perspective lui redonnait de l'énergie.

« À la bonne heure. Nous travaillons là-dessus en équipe avec un service de renseignements russe. J'ignore encore quand nous aurons du nouveau. Mais dès que ce sera le cas, je vous tiendrai informés, vous et votre nouvelle partenaire. »

Battat tourna les yeux vers la jeune femme. Elle était retournée dans le coin-cuisine pour verser les œufs dans deux assiettes. La dernière fois qu'il avait opéré sur le terrain, les Russes étaient l'ennemi. Ils se retrouvaient embringués dans une drôle d'histoire.

« Avant que je raccroche, avez-vous autre chose à nous dire sur le Harponneur ? demanda Hood. Un détail que vous auriez pu voir ou entendre alors que vous étiez à sa recherche ? Une remarque émise par Moore ou Thomas ?

– Non. » Battat but une gorgée de thé. Il était plus fort que celui qu'il buvait d'habitude. Une vraie décharge d'adrénaline. « Tout ce que je sais, c'est que quelqu'un m'a étranglé par-derrière. L'instant d'après, j'étais au sol. Quant à Moore et Thomas, ils étaient aussi intrigués que moi.

– Intrigués... ?

– Que le Harponneur m'eût laissé la vie sauve, expliqua Battat.

– À supposer qu'il se soit agi de lui. Écoutez, fit Hood, prenez le temps de récupérer. Nous ignorons encore où il peut à nouveau se manifester ou de combien de temps vous disposerez pour le coincer. Mais on a besoin que vous soyez prêt à intervenir.

– Je le serai », promit Battat.

Hood le remercia et raccrocha. Battat posa le téléphone sur la table de nuit. Puis il rebut une gorgée de thé. Il se sentait encore faiblard, mais il avait un peu moins de frissons.

La jeune femme s'approcha avec une assiette recouverte d'une cloche. Battat la regarda la poser en équilibre sur ses jambes puis déposer les couverts et une nappe en papier sur la table de nuit. Elle semblait lasse.

« Je m'appelle David Battat.

– Je sais, fit-elle.

– Et vous, vous êtes... ?

– À Bakou, je suis Odette Kolker. » Il y avait dans son ton quelque chose de définitif. Battat en déduisit deux choses : un, qu'il ne s'agissait pas d'une Azerbaïdjanaise recrutée par les Russes. Et deux, qu'il n'obtiendrait pas son nom véritable. Pas d'elle en tout cas.

« Enchanté. » Et il tendit la main. « Je vous suis en outre des plus reconnaissant pour tout ce que vous avez fait.

– De rien. »

La jeune femme lui serra la main, d'une poigne ferme mais sans enthousiasme. Ce faisant, Battat nota plusieurs petites taches de sang sur la manche blanc cassé du corsage de sa tenue de flic. Il ne remarqua aucune lacération sur la main ou la partie visible de l'avant-bras. Le sang ne devait pas être le sien.

« Vous êtes vraiment de la police ?

– Oui, répondit-elle.

– Et vous étiez de service de nuit ?

– Non. J'ai été appelée exprès. » Elle esquissa un sourire. « Et je ne peux pas prétendre à toucher des heures sup. »

Battat but une nouvelle gorgée de thé et lui rendit son sourire. « Je suis désolé qu'on ait dû vous réveiller. » Il déposa l'assiette sur la table de nuit et retira la cloche qui la recouvrait. « Je ne devrais pas occuper ainsi votre lit...

– Non, c'est pas un problème. Je dois reprendre mon service dans moins d'une heure. Et puis, j'ai l'habitude d'avoir des hôtes de passage...

– Un des risques du métier.

– Exactement. À présent, si vous voulez bien m'excuser, je vais aller manger. Vous devriez faire pareil. Manger et vous reposer.

– Entendu, promit Battat.

– Vous voulez du sel, autre chose ?

– Non, merci, ça ira. »

Odette lui tourna le dos et regagna à pas lents le coin-cuisine.

Moins d'une heure auparavant, elle avait tué un homme. Et voilà qu'elle servait à un autre le petit déjeuner. Drôle de métier. Oui vraiment, drôle de métier.

34.

Washington, DC,
mardi, 0 : 11

« Salut, Paul. »

La voix de Sharon était pâteuse, glaciale, à l'autre bout du fil. Hood jeta un œil à l'horloge au bas de son écran. « Salut, fit-il, avec lassitude. Tout va bien ?

– Pas vraiment. Je rentre juste de l'hôpital.

– Que s'est-il passé ?

– Pour te la faire courte, Harleigh a craqué, il y a environ une heure et demie. J'ai appelé une ambulance... je ne savais pas quoi faire d'autre.

– T'as bien fait. Comment est-elle ?

– Le Dr Basralian lui a administré un calmant. Elle dort, à présent.

– Quel est son diagnostic ? insista Hood. Est-ce un problème physique... ?

– Il ne peut pas encore dire. Ils vont lui faire des examens dans la matinée. Il m'a expliqué qu'il arrive qu'un épisode traumatique puisse avoir des répercussions physiques. Affecter la fonction thyroïdienne, provoquer une poussée d'adrénaline. Cela dit, je n'ai pas appelé dans l'intention que tu laisses tomber ce que tu fais pour passer la voir... C'était juste pour te mettre au courant.

– Merci, fit Hood. Mais je passerai malgré tout dès que possible.

– Pas besoin, s'entêta Sharon. Tout baigne. Je te ferai signe s'il y a du nouveau.

– D'accord, si c'est ce que tu veux.

– Oui. Le temps de me retourner... Mais dis-moi, Paul, est-ce qu'il y a un problème ?

– Avec quoi ?

– La planète.

– Toujours, répondit Hood.

– J'ai d'abord essayé le motel, expliqua Sharon. Comme tu n'y étais pas, je me suis dit que tu devais encore être parti éteindre un incendie quelque part. »

Hood n'aurait su dire au juste comment prendre cette remarque. Il essaya de n'y lire aucune intention cachée.

« Il y a un problème au Moyen-Orient, confia-t-il enfin. Ça pourrait être grave.

– Alors, je ne te retiens pas. Tâche juste de ne pas te tuer à la tâche, Paul. Tu n'es plus un môme. Tu as besoin de sommeil. Et les petits ont besoin de toi.

– Je ferai attention », promit-il.

Sharon raccrocha. Quand Hood et sa femme vivaient encore ensemble, Sharon avait l'habitude de s'emporter et de lui en vouloir chaque fois qu'il faisait des heures supplémentaires. À présent qu'ils étaient séparés, elle se montrait calme et préoccupée. Ou peut-être qu'elle se modérait, par égard pour Harleigh. Quelle qu'en soit la raison, Hood y trouvait une ironie bien amère.

Mais il n'eut guère le temps de s'appesantir sur l'injustice de la situation ou même sur l'état de santé de sa fille. Car le téléphone sonna aussitôt après qu'il eut raccroché. L'appel venait d'une autre épouse inquiète.

Celle du président.

35.

Saint-Pétersbourg, Russie, mardi, 8:30

Le général Orlov était fier que son espionne ait réussi à sauver l'Américain. Fier, mais pas surpris.

Odette – *alias* Natalia Basov – travaillait avec lui depuis trois ans. Âgée de trente-deux ans, elle avait commencé sa carrière comme experte en décryptage au sein du GRU, le service de contre-espionnage soviétique. Viktor, son mari, était officier des Spetnatz, les forces spéciales. Quand Viktor avait été tué lors d'une mission en Tchétchénie, elle était tombée dans une profonde dépression. Elle n'avait plus envie de travailler derrière un bureau. Comme le GRU était en cours de démantèlement et de compression d'effectifs, on l'avait orientée sur Orlov. Ce dernier avait été ravi de l'envoyer en mission sur le terrain. Non seulement la jeune femme était une experte en renseignement électronique, mais son mari lui avait enseigné les techniques d'autodéfense du *systema*, la forme d'arts martiaux meurtriers qu'on pratiquait dans les commandos russes. Orlov en connaissait lui-même les rudiments qu'il pratiquait pour se tenir en forme. Le *systema* ne reposait ni sur l'apprentissage de prises ni sur la puissance physique. Il enseignait que lors d'un assaut, c'était votre propre mouvement défensif qui dictait la forme que devrait prendre la contre-attaque. Si l'on vous frappait du côté droit du torse, vous pivotiez instinctivement du même côté pour esquiver le coup. Conséquence : votre flanc gauche se trouvait automatiquement porté en avant. De sorte que votre riposte s'effectuerait du bras gauche. Et pas avec un coup unique mais une triade : peut-être un direct au menton, un coup de coude à la mâchoire, puis un revers de la main, les trois en succession rapide. Dans le même temps, vous vous positionniez pour délivrer la triade suivante. En temps normal, un adversaire unique n'avait guère plus d'une occasion de frapper. Et des adversaires multiples étaient trop occupés à éviter la chute de leurs camarades pour intervenir.

Basov avait parfaitement maîtrisé la technique. Et elle avait fait la preuve de sa valeur en Azerbaïdjan. Les agents d'Orlov lui avaient procuré une fausse identité et elle avait décroché un poste dans la police locale. Cela la mettait en position pour surveiller et interroger les civils mais aussi les autres officiers, les gardes et les veilleurs de nuit des usines ou des bases militaires. Pour apprendre ainsi ce qui se passait dans l'armée comme dans les sphères du pouvoir à Bakou. Devant une belle femme, les hommes étaient plus enclins à se confier, surtout dans les bars. Et à la sous-estimer.

Basov indiqua au général qu'elle et son hôte étaient sains et saufs, mais ce n'est pas ce qui préoccupait dans l'immédiat son interlocuteur. Son principal souci, c'était de retrouver le Harponneur. Basov lui avait annoncé que la radio de la police de Bakou signalait une explosion dans le port. Un bateau avait sauté, entraînant la mort de tout son équipage. Orlov était prêt à parier que le navire avait appartenu au Harponneur. C'était bien son style : éliminer toutes les preuves, en même temps qu'une partie, sinon l'ensemble, de ses collaborateurs. Les morts se verraient sans doute attribuer l'attentat contre la plateforme pétrolière. Orlov s'interrogea sur leur identité. Azerbaïdjanais ? Irakiens ? Russes ? Les volontaires qu'il aurait pu recruter pour un tel boulot ne manquaient pas. Pourvu qu'ils ignorent le sort habituel de ses employés.

La plupart des collaborateurs d'Orlov commencèrent à arriver à huit heures et demie. Le général avait laissé des messages électroniques à deux des membres clés de son équipe de renseignements, Boris et Piotr, pour leur demander de passer le voir au plus tôt. Si le Harponneur était bien l'auteur de l'attentat en mer Caspienne, il n'allait sans doute pas essayer tout de suite de quitter Bakou. Jusqu'ici, le terroriste attendait apparemment un jour ou deux après chacune de ses actions. Et quand il se décidait à bouger, il transitait en général par Moscou. Nul ne savait pourquoi. Malheureusement, le temps que les autorités apprennent sa présence dans la capitale, il avait déjà disparu. Le général Orlov ne voulait pas que ça se reproduise. La question était : comment le retrouver ? Or Paul Hood lui avait peut-être à son insu fourni un indice.

Cheveux gris, taciturne, Boris Grosky était un vieux routier de l'espionnage qui regrettait le temps de la guerre froide. Piotr Korsov était pour sa part un nouveau venu plein d'enthousiasme qui avait étudié au Technion de Haïfa. Il était visiblement ravi de travailler dans un domaine qu'il aimait et sous les ordres d'un homme qui avait contribué en son temps aux débuts de la conquête spatiale. Les deux agents entrèrent dans le bureau sans fenêtres à une minute d'intervalle. Ils s'assirent dans le canapé face à Orlov, Boris une tasse de thé dans la main, Korsov, son ordinateur portable calé sur les genoux.

Orlov les mit au courant. L'intérêt de Grosky se raviva soudain quand le général eut signalé que la NSA et la CIA étaient sans doute impliquées d'une manière ou de l'autre dans l'opération en mer Caspienne.

« Ce que je veux savoir, c'est ceci, poursuivit Orlov. Nous avons déjà intercepté des communications sur téléphone mobile entre agents américains. Nous avons déjà craqué une bonne partie de leurs lignes cryptées.

– Quasiment toutes, confirma Grosky.

– Ils essaient d'éviter les écoutes en altérant la forme du signal toutes les secondes, expliqua Korsov. Tous les changements interviennent sur une bande étroite de quelques mégahertz dans le domaine des ultrahautes fréquences. On a appris à déjouer la plupart de ces astuces.

– La partie délicate est le décodage du message qui est brouillé de manière électronique, ajouta Grosky. Les services américains utilisent des algorithmes très complexes. Nos ordinateurs ne sont pas toujours à la hauteur de la tâche.

– Est-ce que les mêmes correspondants utilisent toujours les mêmes signaux, les mêmes motifs ? » Orlov s'adressait à Korsov.

« D'habitude, oui, répondit ce dernier. Sinon, il y aurait risque d'interférences audio. Les conversations n'arrêteraient pas de se mélanger.

– Est-ce qu'on conserve les enregistrements des appels ?

– Des conversations ? Oui. On continue de travailler dessus, pour essayer de décoder...

– Je parle des signaux, le coupa Orlov.

– Les signaux aussi. On les transmet à Laïka, pour lui permettre d'assurer une veille permanente. »

Laïka était le satellite de veille de l'Op-Center russe. Baptisé en hommage à la première chienne de l'espace, Laïka était un satellite placé en orbite géostationnaire à la longitude de la capitale américaine. Il pouvait intercepter des signaux en provenance des États-Unis, d'Europe et d'une partie de l'Asie.

« Donc, si le Harponneur avait correspondu avec un service de renseignements à Washington, on aurait pu intercepter le signal à défaut d'en décrypter le contenu ?

– Tout à fait, répondit Kosov.

– Parfait. Épluchez-moi les enregistrements de ces quinze derniers jours. Cherchez-y des communiqués entre l'Azerbaïdjan et l'Agence pour la sécurité nationale à Washington. Sortez-moi toutes les informations que vous pourrez trouver.

– Même si on ne les a pas décryptées...

– Même, confirma Orlov. Je veux savoir de quel endroit précis le Harponneur et ses complices auraient pu appeler.

– Et quand vous le saurez, vous ferez quoi ? demanda Grosky.

– J'appellerai nos homologues américains pour leur demander d'examiner leurs photos satellitaires de la région, expliqua Orlov. Le Harponneur a dû transférer des explosifs et mettre en place du personnel. Si on arrive à situer l'emplacement d'où il a appelé, on devrait pouvoir en avoir confirmation sur des photos...

– Avec des indices sur l'endroit où il se terre », acheva Grosky.

Orlov acquiesça.

« On vous livre l'information au plus vite, s'empressa de lancer Kosov. Ça serait un sacré gros coup si on arrivait à coincer ce monstre.

– Sans aucun doute », admit Orlov.

Les hommes ressortirent. Orlov rappela Paul Hood pour le mettre au courant.

Capturer le Harponneur serait un des summums de sa carrière. Mais surtout, il se demanda si cette étroite coopération entre les deux centres opérationnels ne pouvait pas à l'avenir devenir une procédure de plus en plus banale. Si la confiance et le rapprochement ne pouvaient pas conduire à diminuer la méfiance réciproque et accroître la sécurité internationale.

Et là, ce serait un sacré gros coup.

36.

Washington, DC,
mardi, 0 : 30

« Paul, je suis content de vous avoir, dit Megan Lawrence. Je pense que vous devriez venir. Il se passe quelque chose. »

Au bout du fil, la voix de la première dame était ferme, mais Hood la connaissait assez pour reconnaître que c'était celle de la Megan « il faut que je tienne le coup ». Il l'avait déjà entendue durant la campagne électorale, alors que la presse l'interrogeait sur un avortement qu'elle aurait subi avant de rencontrer le président. Comme autrefois, Megan allait trouver l'énergie nécessaire au fond d'elle-même. Si elle devait craquer, ce ne serait qu'une fois passé l'orage.

« Dites-moi tout. » Pour sa part, Hood dut puiser dans ses réserves émotionnelles et psychologiques pour aborder le problème de l'épouse du président. Le coup de fil de Sharon l'avait ébranlé.

« Nous nous apprêtions à aller nous coucher quand Michael a reçu un appel de Jack Fenwick, expliqua Megan. J'ignore ce qu'il lui a dit, mais cela a vraiment dû le secouer. Sa voix est restée calme pendant la conversation et même ensuite, mais j'ai bien vu qu'il avait ce regard...

– Quel genre de regard ? demanda Hood.

– C'est difficile à décrire.

– Méfiant ? Surpris ? Dubitatif ?

– Tout cela à la fois », convint Megan.

Hood comprit. C'était ce qu'il avait lui-même constaté dans le Bureau Ovale. « Où est le président, en ce moment ?

– Il est descendu retrouver Fenwick, le vice-président et Red Gable.

– A-t-il évoqué l'objet de la réunion ?

– Non. Mais il m'a dit de ne pas l'attendre. »

Hood s'avisa qu'elle devait sans doute porter sur la situation dans la Caspienne. Son côté le moins paranoïaque lui serinait qu'il n'y avait peut-être pas de quoi fouetter un chat. Mais le président était en tête à tête précisément avec les individus qui lui avaient déjà fourni des informations erronées. C'était peut-être ce que Megan avait décelé sur les traits de son époux : la crainte que cela se reproduise.

« Paul, quoi qu'il arrive, je pense que Michael devrait s'entourer d'amis, reprit Megan. Des gens qu'il connaît bien et en qui il peut avoir confiance. Pas uniquement des conseillers politiques. »

L'assistante de Hood, Stef Van Cleef, l'appela à l'interphone. Elle lui annonça un appel du général Orlov sur l'autre ligne. Hood lui dit de lui présenter ses excuses mais qu'il le prendrait dans quelques minutes.

« Megan, reprit-il, ce n'est pas que je ne sois pas d'accord. Mais je peux difficilement m'inviter de mon propre chef à une réunion au Bureau Ovale...

– Vous avez l'habilitation de sécurité.

– Pour accéder à l'aile ouest, pas au Bureau Ovale », lui rappela-t-il. Il se tut soudain. Avisa le témoin clignotant sur la base du téléphone. Peut-être qu'en fin de compte, il n'aurait pas à s'inviter.

« Paul ?

– Je suis toujours là. Megan, écoutez-moi. Je vais prendre un autre appel, et ensuite, je file à la Maison-Blanche. Je vous rappelle un peu plus tard à votre numéro personnel pour vous tenir au courant.

– D'accord, fit Megan. Merci. »

Hood raccrocha et prit l'appel d'Orlov. Le général russe l'informa du plan pour tenter de localiser le Harponneur. Il lui annonça en outre la destruction du bateau dans le port de Bakou. Il soupçonnait que les enquêteurs locaux allaient retrouver des corps dans la mer, soit ceux des complices du Harponneur, soit ceux d'individus enlevés dans le but de passer pour tels.

Hood remercia Orlov et l'informa qu'il bénéficierait de la pleine et entière coopération de l'Op-Center. Il ajouta qu'il allait s'absenter quelques heures et que dans l'intervalle il n'aurait qu'à contacter Mike Rodgers s'il y avait de nouveaux développements. Dès qu'il eut raccroché, Hood discuta avec Herbert et Rodgers sur son portable. Il les mit au courant tout en se dépêchant de rejoindre le parking.

« Est-ce que vous voulez que j'avertisse le président de votre arrivée ? lui demanda Rodgers.

– Non. Je ne veux pas donner à Fenwick un prétexte pour abréger la réunion.

– Mais vous leur laissez ainsi plus de temps pour agir, observa le général.

– C'est un risque à prendre, répondit Hood. Si Fenwick et Gable essaient de jouer leur va-tout, je veux leur laisser le temps d'exposer leur thèse. Peut-être qu'ainsi on pourra les prendre la main dans le sac.

– Je persiste à trouver que c'est risqué, protesta Rodgers. Fenwick poussera le président à agir avant qu'il ait eu l'occasion de consulter d'autres conseillers.

– Ce pourrait bien être pour cela qu'ils ont programmé la réunion à une heure pareille, remarqua Herbert. S'il y a un complot quelconque, ils ont dû prévoir son déclenchement alors que c'est ici le milieu de la nuit.

– Si c'est lié à la situation en mer Caspienne, enchaîna Rodgers, alors le président va devoir réagir rapidement.

– Mike, Bob, je ne suis pas en désaccord avec vous, admit Hood. Et je ne veux pas non plus fournir à ces salauds un bon prétexte pour mettre en doute mes éventuelles révélations.

– Il va falloir jouer serré, nota Herbert. Très serré. Je n'ai pas des masses d'infos sur la situation outre-mer.

– Je sais bien, reconnut Hood. Par chance, ça devrait s'améliorer sous peu.

– Je croise les doigts, dit Herbert. Et si jamais ça ne marche pas, j'essaierai d'autres sources.

– Merci, dit Hood. On reste en contact. »

Hood fonça dans les rues désertes pour rejoindre le centre de la capitale fédérale. Il y avait dans la boîte à gants une cannette de Coca qu'il gardait pour les cas d'urgence. Il la sortit, fit sauter la capsule. La caféine était bienvenue. Même chaud, le Coca lui fit du bien.

Rodgers avait raison. Hood prenait un risque. Mais il avait déjà mis en garde le président contre Fenwick. Le coup de fil détourné, la visite à la mission d'Iran, l'échec à communiquer avec la sénatrice Cox et la commission sénatoriale. On pouvait espérer que Lawrence examine avec le plus grand soin toutes les données qu'on lui présenterait. Avec un peu de chance, il prendrait le temps de s'assurer de la validité de ces informations auprès de l'Op-Center.

Mais les espoirs de Paul Hood ne changeaient rien au fait que le président était soumis à un stress d'une intensité inhabituelle. Il n'y avait qu'un moyen d'être sûr de ce que Michael Lawrence allait faire. C'était pour Hood d'aller le voir en lui présentant des éléments nouveaux. Et en profiter pour aider le chef de l'État à faire le tri parmi les infos que Fenwick lui présenterait.

Mais ce n'était pas tout : il fallait aussi espérer que Mike Rodgers se soit trompé sur un point : qu'il ne fût pas trop tard.

37.

Bakou, Azerbaïdjan,
mardi, 9:01

Maurice Charles s'installa dans sa petite chambre de l'hôtel Hyatt. Elle était équipée d'un lit double et d'une imposante penderie abritant la télé et un mini-bar. Il y avait également un bureau sur la gauche et une table de chevet de chaque côté du lit. Un fauteuil était coincé dans l'angle opposé au bureau. Bref, il ne restait pas beaucoup de place mais ce n'était pas un problème pour Charles : il n'aimait pas les suites. Elles offraient trop d'espace. Trop de recoins où un intrus pourrait se planquer.

À peine entré, Charles s'empressa de nouer une corde en nylon à l'un des pieds du bureau installé près de la fenêtre. La chambre était située au deuxième étage du bâtiment qui en comptait neuf. Si pour une raison quelconque il s'y retrouvait pris au piège, la police aurait du mal à monter le long de la façade ou descendre en rappel du toit sans faire de boucan. Ce qui ne laissait comme accès que la porte. Et il s'y était préparé. Il emportait toujours avec lui des bombes de crème à raser qui étaient en fait remplies de méthanol. Répandu au pied de la porte et enflammé, l'alcool brûlait en dégageant une chaleur intense qui repousserait quiconque s'aviserait d'entrer. Cela lui laisserait en outre le temps de canarder d'éventuels visiteurs avant d'utiliser la corde pour descendre par la fenêtre. En outre, le napalm était un poison mortel. Même de brève durée, une exposition à ses vapeurs toxiques pouvait rendre aveugle.

Charles alluma la lampe de chevet et ferma les doubles rideaux. Puis il crocheta la serrure de la porte de communication avec la chambre voisine. Cela lui donnerait une autre issue, au cas où. Enfin, il tira la chaise du bureau, coinça le dossier sous le bouton de la porte. Il pourrait toujours écarter rapidement le siège pour s'échapper. En revanche, si quelqu'un essayait d'entrer par l'autre côté, il penserait que la porte était verrouillée.

Toutes ces mesures de sécurité lui prirent moins d'une demi-heure. Quand il eut fini, Charles s'assit sur le lit. Il ouvrit ses bagages et en sortit son calibre 45 qu'il déposa par terre, à côté du sommier. Il prit dans sa poche un couteau suisse qu'il mit sur la table de nuit. Il avait également amené un sac contenant plusieurs peluches achetées lors de sa première visite à Bakou. Tous les animaux étaient costumés. Si jamais on l'interrogeait, il répondrait qu'ils étaient pour sa fille. Il y avait dans son portefeuille des photos d'une gamine. Ce n'était pas la sienne, mais peu importait. Puis il ouvrit le Zed-4. Il avait un dernier numéro à appeler.

Le numéro correspondait à l'utilitaire abandonné à Bakou. La micropuce qu'il avait introduite dans le réservoir était en fait un détonateur à distance. Son inventeur taiwanais l'avait surnommé le « téléphone cellulaire kamikaze ». Le TCK n'avait d'autre fonction que de capter le signal, accomplir la tâche pour laquelle on l'avait programmé, puis s'autodétruire. Ce modèle particulier de TCK avait été prévu pour chauffer à une température de 65 °C. Certains étaient programmés pour émettre des ultrasons destinés à provoquer des interférences électroniques ou dérouter des chiens policiers. D'autres encore pouvaient servir à engendrer des impulsions électromagnétiques destinées à perturber les radars ou les instruments de navigation.

Cette puce-ci allait fondre sans laisser de traces. En même temps, elle mettrait le feu au réservoir. La police et les pompiers obligatoirement dépêchés sur les lieux pour éteindre l'incendie d'une camionnette auraient juste le temps de sauver du véhicule en flammes le peu d'indices que Charles leur aurait laissés à se mettre sous la dent. Cela incluait les traces de son propre sang. La chaleur de l'incendie provoquerait sa dessiccation, ne laissant que des taches bien visibles sur la poignée de portière en métal, le bouton de la boîte à gants et autres parties qui n'auraient pas brûlé. La police en conclurait que le terroriste blessé avait tenté de détruire l'utilitaire et les preuves avant de s'enfuir. Elle s'imaginerait que la rapidité de sa réaction lui avait permis de sauver ce qu'elle n'était pas censée retrouver.

Charles composa le numéro du TCK. Il attendit que le signal fût monté dans l'espace jusqu'au relais de transmission pour redescendre vers une rue à trois pâtés de maisons seulement de l'hôtel. Il y eut deux clics, puis il entendit à nouveau la tonalité. C'était la preuve que l'appel était parvenu à destination. La puce avait été prévue pour raccrocher dès qu'elle commençait à chauffer.

Charles raccrocha.

Il comptait à présent démonter le Zed-4. L'appareil était de conception modulaire. Lorsqu'il l'aurait mis en pièces détachées, il déshabillerait les animaux déguisés puis, faisant une légère incision dans leur dos à l'aide de son canif, n'aurait plus qu'à y disposer avec soin les éléments du Zed-4 et à rhabiller les peluches. Les bagages transportés par train n'étaient pas soumis au même type de contrôle par résonance magnétique que ceux qui empruntaient la voie des airs. Jamais on ne détecterait les pièces détachées.

Mais déjà, il entendait les sirènes... Il décida d'abréger et rangea directement le Zed-4 dans le sac à dos, ne gardant sorti que le pistolet. Les sirènes s'arrêtèrent exactement à l'endroit prévu.

Près de l'utilitaire en flammes.

Réconforté par le plaisir sans égal du travail bien fait, Maurice Charles procéda aux ultimes préparatifs de son séjour. Il prit un des oreillers et le posa par terre, entre lit et fenêtre, juste devant la table de chevet. Puis il s'allongea sur la moquette, le corps tourné vers le lit, sur sa droite. Le bas du sommier effleurait presque le sol. Mais par-dessous, il pouvait entrevoir la porte. Si jamais quelqu'un s'avisait d'entrer, Charles apercevrait ses pieds. Il ne lui fallait rien de plus.

Il resta habillé et chaussé, au cas où il devrait dégager en vitesse, mais ça ne le dérangeait pas. Plus rien ne pouvait le déranger. C'était le moment qu'il appréciait le plus. Quand il avait mérité son repos et son salaire.

Bientôt, même le bruit des sirènes de la police et des pompiers ne put le distraire d'un sommeil profond, réparateur.

38.

Saint-Pétersbourg, Russie, mardi, 9:31

À neuf heures vingt-deux, Piotr Kossov envoya par message électronique au général Orlov un petit fichier de données. Il contenait la liste des appels codés interceptés entre l'Azerbaïdjan et Washington au cours de ces dernières semaines. La plupart avaient eu lieu entre l'ambassade des États-Unis et la CIA ou la NSA. L'Op-Center russe n'avait pas été en mesure de décrypter ces conversations mais Orlov avait pu sans trop de peine les rayer de sa liste. Toutes ces communications étaient de routine et n'avaient guère de chance de dissimuler un appel du Harponneur.

Dans les derniers jours, il y avait également eu des appels pour la NSA envoyés de Gobustan, un village au sud de Bakou. Tous étaient intervenus avant l'attaque contre la plate-forme pétrolière. Et leur bande passante différait légèrement de celle des appels émis depuis l'ambassade américaine. Cela voulait dire qu'ils émanaient de téléphones cryptés d'un autre modèle. Dans une note jointe au fichier, Korsov précisait qu'il surveillait désormais les nouveaux appels sur l'une ou l'autre ligne.

Orlov n'était pas très optimiste. Il doutait que le Harponneur prévienne par téléphone ses alliés pour leur annoncer qu'il avait réussi. Qui que soient ses commanditaires, ils l'apprendraient de leurs propres sources.

Le fait même qu'une transmission satellitaire sécurisée ait pu jouer un rôle dans cette affaire ne laissait pas d'inquiéter Orlov. C'était le genre de technologie qu'il avait contribué à développer grâce à ses vols spatiaux. Qu'elle soit détournée avec une telle aisance par des terroristes comme le Harponneur l'amenait à se demander au bout du compte si l'on n'aurait pas mieux fait de s'en passer. Le même argument valait du reste pour la recherche nucléaire : elle avait permis le développement d'une énergie abondante et relativement propre, mais elle avait aussi donné naissance à la bombe atomique. Mais là, Orlov n'y était pour rien.

Une fois de plus, il songea, à l'instar de Boris Pasternak dans *Le Docteur Jivago* : « Je n'aime pas les gens qui n'ont jamais trébuché ou ne sont jamais tombés. Leur vertu est sans vie et de peu de valeur. La vie ne leur a pas dévoilé toute sa beauté. » Le progrès devait laisser émerger des monstres tels que le Harponneur. C'était ainsi qu'il révélait ses failles à ses créateurs.

Orlov venait de terminer d'examiner les documents quand sa ligne privée se manifesta. C'était Korsov.

« On a intercepté un ping, fit l'agent, d'une voix tout excitée.

– Quel genre ? » demanda Orlov. Un ping était le terme utilisé par ses agents pour qualifier toute forme de communication électronique.

« Le même que ceux en provenance de Gobustan.

– L'appel venait-il aussi de là-bas ?

– Non, répondit Korsov. Il a été émis de Bakou pour un destinataire tout proche. Également situé à Bakou.

– Proche comment ? insista Orlov.

– Il y avait moins de quatre cents mètres entre les deux. On ne peut pas mesurer les distances inférieures.

– Peut-être que le Harponneur appelait des complices disposant du même équipement, suggéra Orlov.

– J'en doute, rétorqua Korsov. La communication n'a duré que trois secondes. Et autant qu'on puisse en juger, il n'y a eu aucun signal vocal.

– Qu'est-ce qui a été émis ?

– Juste une porteuse. On a introduit dans l'ordinateur les données cartographiques. Grosky est en train de les corréler pour tenter de localiser le signal avec précision.

– Parfait, dit Orlov. Tenez-moi au courant dès que vous l'avez. »

À peine eut-il raccroché qu'il rappela Mike Rodgers pour l'informer du lien apparent entre la NSA et le Harponneur, et de la possible localisation de ce dernier. Puis il prévint Odette. Il espérait que l'Américain qu'elle avait sauvé était prêt désormais à intervenir. Orlov n'avait pas envie d'envoyer la jeune femme affronter seule le Harponneur, mais il y serait bien obligé s'il ne pouvait faire autrement. Parce qu'il ne voulait surtout pas perdre à nouveau le terroriste.

Alors qu'il composait le numéro d'Odette, Orlov se prit à espérer, il sentit revenir son optimisme. La technologie qu'il avait contribué à mettre en œuvre dans l'espace était en fait une arme à double tranchant. Le Harponneur s'était servi d'une liaison satellite cryptée pour chercher à détruire des vies humaines. À présent, avec un peu de chance, cette même liaison allait avoir un usage imprévu.

Servir à localiser le terroriste et l'éliminer.

39.

Téhéran, Iran,
mardi, 10:07

C'est peu après l'aube qu'on avait appelé chez lui le chef du Haut commandement des forces armées de la République islamique d'Iran. Téhéran entretenait des postes d'écoute sur une bonne partie des plates-formes pétrolières de la mer Caspienne. Ce qui permettait d'assurer une surveillance électronique sur les ports de commerce ou les bases navales échelonnés le long des côtes. Chaque poste envoyait une impulsion toutes les cinq minutes pour indiquer que l'appareillage était toujours opérationnel. Le silence soudain du poste numéro 4 fut la première indication pour Téhéran qu'il y avait un problème là-bas.

Un F-14 Tomcat eut ordre immédiat de décoller de la base aérienne de Doshan Tapeh, dans la banlieue de Téhéran. Le Tomcat était l'un des dix appareils survivants sur les soixante-dix-sept qui constituaient jadis le fleuron de l'aviation ultra-moderne du shah. Le chasseur confirma la destruction de la plate-forme. Des experts en accidents accompagnés d'ingénieurs de l'armée furent aussitôt parachutés dans la région par un cargo Kawasaki C-1. Pendant que les navires de sauvetage fonçaient vers le site depuis le quartier général de la flotte de Caspienne situé à Bandar-e Anzelli, les ingénieurs découvrirent des marques de brûlure sur l'épave, trahissant l'usage d'explosifs de forte puissance. Le fait que la partie inférieure de la structure ait été touchée suggérait une attaque par un submersible qui avait réussi d'une manière ou de l'autre à échapper aux sonars. À neuf heures trente, les enquêteurs découvrirent autre chose : le corps du terroriste russe Sergueï Tcherkassov.

L'annonce galvanisa les officiers aux penchants souvent rebelles, tout comme le ministre responsable des Gardiens de la Révolution islamique, le ministre des Affaires étrangères, le ministre de l'Intérieur et celui du Renseignement et de la Sécurité. Les modérés faisaient front commun avec les extrémistes, et dès dix heures du matin, l'ordre avait été lancé : l'armée de la république islamique avait ordre de défendre les intérêts iraniens en mer Caspienne, et de les défendre à tout prix.

En mer, le premier coup devait être porté par la défense anti-sous-marine, avec le renfort des forces aériennes embarquées. Les bataillons d'infanterie de marine stationnés dans la région étaient également mobilisés. La seconde vague était composée de destroyers et de frégates qui patrouilleraient autour des autres plates-formes. Par ailleurs, on équipait en toute hâte de missiles chinois Silkworm les forces défendant la Caspienne.

Dans les airs, des F-6 Shenyang de fabrication chinoise entamèrent des patrouilles régulières, au départ des deux bases aériennes de Doshan Tapeh et de Meharabad. Trois bataillons lance-missiles sol-air installés dans la région étaient également mis en état d'alerte.

Dans le même temps, les ambassades d'Iran à Moscou et Bakou avaient ordre d'avertir les gouvernements russe et azerbaïdjanais que pendant la durée de l'enquête sur l'agression, tout nouveau mouvement contre les intérêts iraniens dans la région serait considéré comme une déclaration de guerre. Les diplomates iraniens furent aussitôt informés par lesdits gouvernements qu'ils n'avaient aucune responsabilité dans l'attentat contre les installations pétrolières iraniennes. Les représentants de Moscou et Bakou ajoutèrent qu'ils jugeaient inopportun tout accroissement de la présence militaire iranienne dans la région. Les deux pays signifiaient par ailleurs leur intention de placer eux aussi leur marine et leur aviation en état d'alerte et de renforcer les patrouilles dans la région.

Dès la fin de la matinée, ces eaux qui la veille encore accueillaient pêcheurs et pétroliers étaient dorénavant riches d'une autre sorte de promesse.

Celle de la mort.

40.

Washington, DC,
mardi, 1:33

Mike Rodgers était dans son bureau quand le général Orlov le contacta. Après avoir appris du Russe les nouvelles du Harponneur, Rodgers appela aussitôt Paul Hood dans sa voiture pour les lui répercuter.

« Comment Orlov est-il si certain de la collusion entre le terroriste et la NSA ? demanda Hood.

– Je lui ai posé la question, admit Rodgers. Orlov m'a réitéré sa quasi-certitude. Même si je doute que le président accorde beaucoup de crédit à l'opinion d'un général russe.

– Surtout si, dans le même temps, certains de ses plus proches conseillers réfutent cette information, observa Hood.

– Paul, si Orlov a raison, nous allons devoir faire plus qu'informer le président, poursuivit Rodgers. Il va falloir procéder à une grande lessive dans les rangs de la NSA. On ne peut pas se permettre de voir des services secrets américains collaborer avec des terroristes qui par le passé s'en sont pris aux intérêts de notre pays et ont tué certains de nos compatriotes.

– N'est-ce pas ce qu'on a fait avec les scientifiques de pointe allemands après la Seconde Guerre mondiale ? rétorqua Hood.

– Le mot clé dans votre phrase est "après", observa Rodgers. Nous n'avons jamais travaillé avec des scientifiques allemands alors même qu'ils étaient en train de construire des missiles pour attaquer la Grande-Bretagne.

– Un point pour vous.

– Paul, ce type est celui qui a contribué à faire tuer la femme de Bob Herbert, poursuivit Rodgers. Si les informations d'Orlov sont exactes, la NSA devra en être tenue responsable.

– J'entends bien, répondit Hood. Bon, écoutez, je suis à la Maison-Blanche dans quelques minutes. Tâchez de voir si vous pouvez me trouver de quoi confirmer ma thèse. Voyez si Bob arrive à récupérer des signaux susceptibles d'appuyer l'hypothèse d'Orlov.

– Il bosse dessus en ce moment. »

Hood raccrocha. Rodgers se leva pour se servir un café. Le pot était posé sur une desserte au fond de son bureau. Le chariot en alu datait des années cinquante. Il l'avait récupéré lors d'une braderie au Pentagone dix ans plus tôt. Il se demanda si les échos des crises passées résonnaient encore quelque part dans le tréfonds de sa structure moléculaire. Disputes et décisions sur la Corée, la guerre froide, le Viêt-nam.

Ou bien disputes pour savoir à qui le tour d'aller chercher café et croissants ?

Ces détails d'intendance aussi, ça faisait partie de la guerre, bien sûr, observa Rodgers. Les temps creux qui laissaient aux décideurs un répit pour souffler.

Faire quelque chose de concret, pour une fois, au lieu de rester dans la théorie. Histoire de se rappeler qu'on traitait de la vie des gens, pas de froides statistiques.

Quand il fut retourné s'asseoir, Rodgers entreprit d'éplucher les dossiers des hauts responsables de la NSA. Il recherchait des individus qui auraient été autrefois liés avec Jack Fenwick ou qui auraient déjà enquêté sur des groupes terroristes au Moyen-Orient. Impossible que le service ait contacté le Harponneur sans l'aide de quelqu'un dans ces groupuscules. S'il s'avérait qu'Orlov avait vu juste, alors Rodgers voulait être prêt à participer à la purge. Prêt à nettoyer un service d'Américains coupables d'avoir collaboré avec le responsable de l'assassinat de compatriotes, civils ou militaires.

Il le voulait plus que tout au monde.

41.

Washington, DC,
mardi, 1:34

La Maison-Blanche est un monument vieillissant qui exige un entretien constant. Le crépi de la colonnade sud s'en va par plaques et le bois des terrasses du second se fendille.

Mais dans l'aile ouest, surtout au Bureau Ovale, il semble que le renouvellement soit perpétuel. Aux yeux des étrangers, le pouvoir constitue une grande partie de l'attrait de cette pièce. Pour ceux du sérail, c'est la notion qu'un nouveau drame toujours intense s'y joue à chaque heure du jour. Qu'il s'agisse de petites manœuvres prudentes contre un rival politique ou d'une mobilisation massive de l'armée en vue d'une offensive peut-être meurtrière, c'est ici que chaque crise s'élabore, se développe et s'achève. Pour quiconque se complaît à déjouer un adversaire, à extrapoler de sages décisions des résultats à court comme à long terme, le Bureau Ovale représente le défi ultime. Toutes les cinq minutes, on remet les pièces sur l'échiquier pour offrir aux joueurs une nouvelle partie. Certains présidents sont vieillis et vidés par le processus. D'autres au contraire y puisent leur énergie.

Naguère encore, Michael Lawrence entrait dans cette dernière catégorie. Les problèmes qui transitaient par son bureau le revigoraient, nulle crise ne l'aurait dompté, même celles qui exigeaient une riposte militaire rapide et des pertes éventuelles. Cela faisait partie des risques de la fonction. La tâche de président consistait à minimiser les dégâts occasionnés par des agressions inévitables.

Or quelque chose avait changé ces derniers jours. Lawrence avait toujours eu l'impression que si stressants que fussent les problèmes, il restait à tout le moins capable de les maîtriser. C'est avec assurance qu'il présidait les réunions. Or depuis quelque temps, ce n'était plus le cas. Il avait même du mal à se concentrer.

Lawrence collaborait avec Jack Fenwick et Red Gable depuis de longues années. C'étaient de vieux amis du vice-président et Lawrence avait toujours fait confiance à Jack Cotten. Il se fiait à son jugement. Sinon, il ne l'aurait pas choisi pour faire équipe avec lui. À ce titre, Cotten s'était plus impliqué dans les activités de la NSA qu'aucun de ses prédécesseurs. Lawrence l'avait voulu. Depuis des années, CIA, FBI et renseignement militaire avaient leur programme autonome. L'exécutif avait besoin lui aussi d'avoir ses yeux et ses oreilles à l'étranger. Lawrence et Cotten s'étaient plus ou moins approprié la NSA pour cette tâche. Les militaires pouvaient toujours profiter de ses caractéristiques propres, à savoir la coordination et la direction centralisées des ressources techniques en communications et collecte de données. Mais sous l'égide de Cotten, le travail de la NSA avait été discrètement étendu pour embrasser l'ensemble des rapports des services de renseignements directement fournis au président. Ou plutôt à Fenwick et Cotten, et seulement ensuite, au président.

Lawrence contempla l'ordinateur portable ouvert sur son bureau. Jack Fenwick parlait de l'Iran. Les données s'accumulaient en provenance de la NSA. Fenwick avait certains faits et beaucoup de suppositions. Il semblait également déborder d'énergie. Il se disait sur le point d'aboutir, même s'il n'avait toujours pas précisé à quoi.

De son côté, Lawrence avait les yeux irrités, sa vision se brouillait. Il avait du mal à se concentrer. Il se sentait las mais aussi distrait. Il ne savait plus qui ou même quoi croire. Les données de la NSA étaient-elles réelles ou falsifiées ? Les renseignements de Fenwick étaient-ils précis ou bien fabriqués ?

Paul Hood soupçonnait Fenwick de machination. Hood semblait en détenir les preuves. Mais si celles-ci n'étaient pas fiables ? Hood traversait une période de stress extrême. Il avait démissionné de son poste à la tête de l'Op-Center, avant de revenir sur sa décision. Il s'était retrouvé dans l'œil du cyclone lors de la prise d'otages à l'ONU. Sa fille souffrait de troubles psychologiques extrêmes consécutifs au traumatisme. Il était sur le point de divorcer.

Et si c'était Hood qui menait le jeu, et pas Fenwick ? se demanda le président. La dernière fois que Fenwick s'était présenté à la Maison-Blanche, il avait admis s'être rendu à la mission d'Iran. Sans hésiter. Il avait du reste tenu à ce que le président soit informé. Le vice-président l'avait confirmé. Et le rendez-vous était d'ailleurs inscrit sur l'agenda électronique du président. Quant au coup de fil en rapport avec l'initiative auprès de l'ONU, Fenwick avait soutenu qu'il n'émanait pas de lui. Il avait ajouté que la NSA allait enquêter. Et si Hood en était l'auteur ?

« Monsieur le président ? » lança Fenwick.

Lawrence le regarda. Son conseiller à la sécurité était assis dans un fauteuil à gauche du bureau. Gable était à droite, le vice-président au centre.

« Oui, Jack ?

– Vous vous sentez bien, monsieur ? demanda Fenwick.

– Oui, oui, poursuivez. »

Fenwick sourit, hocha la tête, reprit.

Le président se redressa dans son siège. Il devait se concentrer sur le problème en cours. Dès qu'il serait sorti de cette crise, il comptait se prendre de brèves vacances. Le plus tôt serait le mieux. Et il inviterait son copain d'enfance et partenaire de golf, le Dr Edward Leidesdorf, avec sa femme. Leidesdorf était un psychiatre qui travaillait à l'hôpital Walter Reed. Le président n'avait pas voulu le consulter officiellement pour son problème car la presse le découvrirait aussitôt. Et dès lors, sa carrière politique serait finie. Mais les deux hommes avaient déjà joué au golf et fait du bateau ensemble. Ils pourraient se parler sur un green ou en croisière sans risquer d'éveiller de soupçons.

« D'après nos derniers renseignements, le terroriste russe Sergueï Tcherkassov se trouvait sur les lieux de l'explosion, poursuivait Fenwick. Il s'était évadé de prison trois jours avant l'attentat. On a retrouvé son corps en mer, flottant à côté de la plate-forme. Il portait des brûlures typiques d'un explosif à haute puissance. Le cadavre était en outre à peine boursouflé.

Tcherkassov n'a pas séjourné dans l'eau très longtemps.

– Les Azerbaïdjanais ont-ils cette information ? demanda le président.

– On pense, oui. La patrouille maritime iranienne qui a retrouvé le cadavre a prévenu le rivage sur une fréquence radio non cryptée. Ces fréquences sont régulièrement écoutées par les services secrets d'Azerbaïdjan.

– Peut-être que Téhéran tenait précisément à ce que le reste du monde le sache, suggéra le président. Ça pourrait braquer l'opinion contre la Russie.

– C'est une éventualité, admit Fenwick. Il est également possible que Tcherkassov ait travaillé pour l'Azerbaïdjan.

– Il était détenu dans une de leurs prisons, renchérit le vice-président. Ils auraient pu le laisser s'en évader pour mieux ensuite lui faire porter le chapeau de l'attentat.

– Quelle est la probabilité d'un tel scénario ? s'enquit le président.

– Nous sommes en train de vérifier avec nos sources à l'intérieur de la prison, indiqua Fenwick. Mais ça paraît des plus probables.

– Ce qui veut dire qu'au lieu que l'attentat oppose les Iraniens aux Russes, les Azerbaïdjanais auraient pu réussir à liguer contre eux les deux pays », observa le vice-président.

Fenwick se pencha en avant. « Monsieur le président, il y a encore autre chose. Nous suspectons le gouvernement d'Azerbaïdjan d'avoir délibérément provoqué cette union de circonstance entre l'Iran et la Russie.

– Mais pourquoi diable feraient-ils une chose pareille ? s'étonna le président.

– Parce qu'ils sont déjà quasiment en guerre ouverte avec l'Iran dans la région du Haut-Karabakh, expliqua Fenwick. Et que la Russie comme l'Iran ont émis des revendications insistantes sur une partie des champs pétrolifères de la mer Caspienne.

– L'Azerbaïdjan n'aurait déjà aucune chance contre chacune de ces nations prise isolément, nota Lawrence. Pourquoi se les mettre à dos toutes les deux ? »

À l'instant même où il posait la question, le président comprit pourquoi.

Pour se gagner des alliés.

« Quel pourcentage de notre pétrole importons-nous de cette région ? demanda-t-il.

– Cette année, nous en sommes déjà à dix-sept pour cent avec une projection de vingt pour l'an prochain, l'informa Gable. Bakou nous fait de bien meilleurs prix que n'importe quel autre État du Moyen-Orient. Cela nous a été garanti par l'accord commercial que nous avons signé avec eux en mars 1993. Et ils ont toujours mis un point d'honneur à respecter les termes du contrat.

– Merde, fit le président. Et qu'en est-il des autres États de la CEI ? Quelle serait leur position si deux de leurs membres entraient en guerre ?

– J'ai pris la liberté de demander à mes subordonnés de contacter tous nos ambassadeurs sur place avant de venir ici, indiqua le vice-président. Nous sommes en train d'évaluer la position exacte de chaque république. Mais à première vue, il semblerait que ce soit moitié-moitié. Cinq à six – les plus pauvres – prendraient fait et cause pour l'Azerbaïdjan dans la perspective de former une nouvelle union qui se partagerait une partie de la manne pétrolière. L'autre moitié se rangerait du côté des Russes, en gros pour la même raison.

– Donc, nous risquons de toute façon une extension du conflit, observa le président.

– Mais c'est moins la perspective de perdre notre pétrole ou d'assister au déclenchement d'une guerre qui m'inquiète, fit remarquer Fenwick, que de voir la mafia iranienne ou russe mettre la main sur les pétrodollars. »

Le président hocha la tête. « Je vais devoir en informer les chefs d'état-major interarmes. »

Le vice-président acquiesça. « Et il va nous falloir agir sans retard. C'est déjà là-bas le milieu de la matinée. La situation risque de dégénérer très vite. S'ils nous devancent...

– Je sais », coupa le président. Il sentit un soudain regain d'énergie, il était prêt à affronter la situation. Il regarda sa montre, puis Gable. « Red, voulez-vous informer les chefs d'état-major d'être ici pour trois heures ? Et tirez-moi du lit mon attaché de presse. Je veux le voir lui aussi. » Il se tourna vers le vice-président. « Il va falloir mettre en état d'alerte la 39e escadre aérienne basée à Incirlik et nos forces navales dans la région.

– Il s'agit du *Constellation* qui croise dans le golfe d'Oman et du *Ronald Reagan*, dans le golfe Persique, monsieur, précisa Fenwick.

– Je les fais mettre en état d'alerte », indiqua le vice-président. Il s'excusa et se rendit dans le bureau particulier du chef de l'État. C'était une petite pièce qui jouxtait le Bureau Ovale, côté ouest. C'était également là que se trouvaient la salle à manger et les toilettes privées du président.

« Nous allons également devoir informer le commandement de l'OTAN, remarque le président à l'adresse de Gable. Je n'ai pas envie qu'ils nous mettent des bâtons dans les roues si jamais nous décidons d'agir. Et nous allons avoir besoin d'évaluer avec précision l'état des ressources en armes chimiques et biologiques des Azerbaïdjanais. Voir jusqu'où ils sont prêts à aller si nous n'intervenons pas.

– Je l'ai déjà fait, monsieur, intervint Fenwick. Ils ont des réserves massives d'anthrax ainsi que de méthyl-cyanure et d'acétonitrile. Les têtes équipent des missiles surface-surface. La majeure partie des réserves est stockée dans le Haut-Karabakh ou à proximité. Nous sommes en train de surveiller d'éventuels mouvements dans la région. »

Le président acquiesçait d'un signe de tête quand son interphone se manifesta. C'était sa secrétaire exécutive adjointe, Charlotte Parker.

« Monsieur le président... Paul Hood désirerait vous voir. Il dit que c'est très important. »

Fenwick ne parut pas broncher. Il se tourna juste vers Gable et se mit à discuter avec lui en lui indiquant des éléments notés sur son calepin.

Parlent-ils de la Caspienne ou bien de Hood ? se demanda Lawrence. Il réfléchit quelques instants. Si c'était Hood qui l'avait mené en bateau – intentionnellement ou bien à la suite de pressions extérieures – c'était le lieu et le moment d'en avoir le cœur net.

« Dites-lui d'entrer », dit le président.

42.

Saint-Pétersbourg, Russie, mardi, 9:56

« Nous avons localisé le Harponneur ! » s'écria Korsov.

Orlov leva les yeux vers Korsov qui venait de se ruer dans son bureau. Le jeune agent était suivi de Boris Grosky. Jamais Orlov ne l'avait vu aussi peu maussade. Dire qu'il était content eût été un grand mot mais au moins n'avait-il plus l'air désespéré. Korsov brandissait une liasse de papiers.

« Où est-il ? » s'enquit Orlov.

Korsov déposa vivement sur le bureau une sortie d'imprimante. Elle montrait une carte avec une flèche pointant sur une bâtisse. Une autre indiquait une rue à quelques pâtés de maisons.

« Le signal émanait d'un hôtel de Bakou, précisa Korsov. De là, il est allé vers le Suleyman Ragimov Kourtchassi. C'est une avenue parallèle au Bakihanov Kourtchassi, où se trouve l'hôtel.

– Appelait-il quelqu'un avec un mobile ? demanda Orlov.

– On ne pense pas. » C'était Grosky. « On scannait en même temps les transmissions de la police dans le secteur pour en apprendre un peu plus sur l'attentat contre la plate-forme. C'est alors qu'on a entendu parler de l'explosion d'un utilitaire sur l'avenue Suleyman Ragimov. Ils sont en train d'enquêter à l'heure qu'il est.

– C'est trop beau pour être une coïncidence, ajouta Korsov.

– Certes, admit Orlov.

– Imaginons que le Harponneur soit dans le coup, poursuivit l'agent. Il aurait fallu qu'il s'assure du bon déroulement de l'opération depuis sa chambre d'hôtel...

– Pas obligatoirement, tant qu'il pouvait entendre l'explosion, objecta Orlov. Non. Le Harponneur préférerait veiller à sa sécurité s'il séjournait à l'hôtel. Avons-nous un moyen quelconque d'affiner notre positionnement du signal ?

– Non. Il était trop bref et notre matériel n'est pas assez sensible pour définir une altitude par paliers inférieurs à soixante mètres.

– Avons-nous un plan de l'hôtel ?

– Je l'ai », confirma Korsov qui sortit de sa liasse une feuille pour la déposer près de la carte. Elle montrait un bâtiment de neuf étages.

« Natacha essaie en ce moment de récupérer la liste des réservations », expliqua Grosky. Vingt-trois ans à peine, Natacha Revsky était leur petit génie informatique. « Si elle réussit à y entrer, elle nous donnera les noms de tous les occupants isolés de sexe masculin.

– Les femmes aussi, précisa Orlov. On sait que le Harponneur a déjà adopté des déguisements. »

Grosky acquiesça.

« Vous êtes sûr de vos renseignements ? » demanda Orlov.

Korsov s'était penché au-dessus du bureau. À présent, il se redressait comme un soldat, le torse gonflé, au garde-à-vous. « Affirmatif.

– Très bien. Laissez-moi le plan de l'hôtel. C'était du très bon boulot. Merci à tous les deux. »

Dès que Grosky et Korsov furent sortis, Orlov empoigna un téléphone. Il voulait parler à Odette de l'hôtel et lui demander de se rendre sur place. Avec un peu de chance, l'Américain serait suffisamment rétabli pour l'y accompagner.

Le Harponneur n'était pas le genre de type à affronter seul.

43.

Bakou, Azerbaïdjan,
mardi, 10 : 07

Odette Kolker débarrassait les assiettes du petit déjeuner quand le téléphone sonna. C'était la ligne de l'appartement, pas son portable. Donc, l'appel n'émanait pas du général Orlov.

Elle laissa le répondeur décrocher. C'était le capitaine Kilar. Le commandant de la police était absent quand elle avait demandé au sergent de permanence de l'avertir de son absence pour raisons médicales. Kilar rappelait pour lui renouveler toute sa confiance et lui adresser ses vœux de prompt rétablissement. Il ajouta qu'elle ne devait pas hésiter à prendre tout le temps voulu pour récupérer.

Odette éprouva un sentiment de culpabilité. Elle bossait dur. Et même si la police municipale de Bakou payait relativement bien (vingt mille manats, l'équivalent de huit mille dollars par an), elle ne réglait pas les heures supplémentaires. D'un autre côté, Odette ne travaillait pas toujours pour ses collègues de la police ou pour ses concitoyens. Une partie du temps qu'elle passait derrière son ordinateur était consacrée au général Orlov. Bakou était la plaque tournante d'un grand nombre de trafiquants d'armes et de terroristes opérant en Russie et dans les anciennes républiques soviétiques. Vérifier les demandes de visas, l'activité des douanes, la liste des passagers embarquant sur les bateaux et les avions ou des voyageurs prenant le train lui permettait de repérer une bonne partie de ces individus.

Une fois les assiettes débarrassées, Odette se retourna pour contempler son hôte. L'Américain s'était assoupi et respirait avec régularité. Elle lui avait placé une serviette fraîche sur le front et il transpirait déjà moins que lorsqu'elle l'avait ramené chez lui. Elle avait noté ses hématomes à la gorge, traces manifestes d'une tentative de strangulation. De toute évidence, l'incident à l'hôpital n'était donc pas la première tentative de meurtre. Il portait en outre une minuscule tache rouge au cou. Comme une marque de piqûre. Odette se demanda si sa maladie ne serait pas le résultat de l'injection d'un virus. Le KGB et d'autres services d'espionnage d'Europe de l'Est étaient naguère coutumiers du fait, en général avec des toxines ou des poisons mortels. La substance était introduite dans des granulés microscopiques. Ces granulés étaient des microsphères métalliques nappées de sucre, perforées d'une grande quantité de trous minuscules. On les injectait par le biais d'une pointe de parapluie, d'un stylo-bille ou autre objet acéré. Il fallait à l'organisme entre quelques minutes et une ou deux heures pour digérer le nappage de sucre. Cela laissait à l'assassin le temps de s'éclipser. Si cet homme avait subi une telle injection, il était douteux que le virus soit mortel. On s'était plutôt servi de lui pour démasquer ses collègues. L'embuscade à l'hôpital avait été parfaitement organisée.

Tout comme celle qui avait causé la mort de son époux en Tchétchénie, s'avisa-t-elle. Son mari, son amant, son mentor, son plus tendre ami. Tous ces hommes avaient péri avec Viktor sur ce flanc de montagne froid, sombre et isolé.

Viktor avait réussi à infiltrer les moudjahidin tchétchènes. Sept mois durant, il avait pu relever les fréquences radio (changées régulièrement) sur lesquelles communiquaient les diverses factions rebelles. Il consignait ces informations par écrit et laissait le message à un agent du KGB sur le terrain ; à charge pour lui de le récupérer et de le retransmettre par radio à Moscou. Puis, ce crétin d'agent avait fait une belle connerie. Il avait confondu la fréquence qu'il était censé utiliser avec celle qu'il devait transmettre. Au lieu d'être envoyé à ses supérieurs, le message avait abouti directement à l'un des camps rebelles. L'agent du KGB avait été capturé, torturé et tué. Il ne connaissait pas le nom de Viktor mais il savait quelle unité le mari d'Odette avait infiltrée et quand il était arrivé. Munis de ces informations, les chefs rebelles n'avaient eu aucun mal à démasquer l'agent russe. Viktor laissait toujours ses messages sous un rocher qu'il éraflait d'un signe distinctif. Une nuit qu'il était dehors, prétendument pour monter la garde, il fut maîtrisé par dix hommes qui le conduisirent dans les montagnes. Là, ses ravisseurs lui tranchèrent les poignets et les tendons d'Achille. Il mourut, saigné à blanc, avant d'avoir pu ramper pour aller chercher de l'aide. Son dernier message à Odette, il l'avait écrit de son propre sang sur un tronc d'arbre : un petit cœur portant ses initiales.

Posé sur la paillasse de la cuisine, le téléphone mobile de la jeune femme émit un discret bip. Elle le prit et tourna le dos à son hôte. Elle parla à voix basse pour ne pas le réveiller.

« Oui ?

– Nous pensons avoir retrouvé le Harponneur. »

Cela éveilla aussitôt son attention. « Où ?

– Dans un hôtel pas très loin de chez vous, répondit Orlov. On essaie de localiser la chambre avec précision. »

Odette s'approcha du lit sans bruit. Elle avait ordre de laisser au commissariat son arme de service quand elle le quittait chaque soir. Mais elle gardait un autre revolver dans la table de nuit. Toujours chargé. Une femme vivant seule devait être prudente. *A fortiori* une espionne, chez elle ou à l'étranger.

« La mission ? demanda-t-elle.

– Liquidation, dit Orlov. On ne peut pas courir le risque qu'il s'échappe.

– Compris », répondit Odette, d'une voix posée. La femme croyait en son boulot, qui était de protéger les intérêts de son pays. Elle tuait sans états d'âme, si cela pouvait sauver des vies humaines. L'homme qu'elle avait liquidé quelques heures plus tôt n'avait pour elle guère plus d'intérêt qu'un passant croisé dans la rue.

« Une fois que nous aurons resserré l'étau sur les quelques clients qui pourraient être le Harponneur, ce sera à vous d'entrer en scène pour le coup final, expliqua Orlov. Tout dépendra de son comportement, de ses réactions. De ce que vous lirez dans ses yeux.

Il aura sans doute pris une douche mais il aura encore l'air fatigué.

– Faut dire qu'il a pas chômé, le salaud, observa Odette. Et ça, je peux le voir chez un homme.

– Le risque est qu'il refuse d'ouvrir sa porte au personnel de l'hôtel, poursuivit Orlov. Et si vous vous faites passer pour une femme de ménage ou quelqu'un de la sécurité, il redoublera de méfiance.

– Je suis d'accord. Je trouverai bien un moyen d'entrer et de le prendre par surprise.

– J'ai parlé avec notre psychologue, indiqua Orlov. Si vous arrivez à l'identifier, il se montrera sans doute calme et même aimable, il fera mine de coopérer. Il pourrait tenter soit de vous acheter, soit d'endormir votre confiance. De vous faire baisser votre garde pour mieux vous attaquer. Ne l'écoutez surtout pas. Dites ce que vous avez à dire et faites votre boulot. Je ne serais pas surpris qu'il ait préparé plusieurs pièges. Une bombe de gaz dans un conduit de ventilation, un explosif, voire un banal flash de magnésium pour vous aveugler. Le tout raccordé à un interrupteur d'éclairage ou à un boîtier de télécommande fixé au talon – pour pouvoir l'activer par exemple quand il lace ses souliers. On ne le connaît pas assez pour connaître avec certitude ses moyens de prédilection pour protéger un lieu.

– Pas de problème, lui assura Odette. Je l'identifierai et le neutraliserai.

– J'aurais bien voulu que vous puissiez intervenir avec un détachement de police, s'excusa Orlov. Mais ce n'est pas indiqué. Un cri, un barrage dans la rue, n'importe quel détail inhabituel pourrait l'alerter. Ou il pourrait déceler votre présence. Si c'est le cas, il risque de filer avant que vous ayez pu lui mettre la main dessus. Je suis certain qu'il a balisé avec soin ses plans de fuite. Il pourrait également prendre des otages.

– Compris. Bon, à quel hôtel est-il descendu ?

– Avant que je vous le dise, comment se porte notre invité ? demanda Orlov.

– Il dort. » Odette contempla l'homme sur le lit. Il était couché sur le dos, les bras le long du corps. Sa respiration était lente, lourde. « Je ne sais pas ce qu'il a, mais ce n'est pas naturel. On a dû le lui transmettre par injection.

– Il a toujours de la fièvre ?

– Elle a dû descendre un peu. Il va s'en tirer.

– Parfait, dit Orlov. Réveillez-le.

– Pardon ? » L'ordre l'avait complètement prise de court.

« Je vous demande de le réveiller, répéta Orlov. Vous l'amenez avec vous.

– Mais ce n'est pas possible ! protesta Odette. Je ne sais même pas s'il est capable de tenir debout.

– Mais si, promit Orlov. Il faudra bien.

– Mon général, ça ne va pas m'aider...

– Je ne veux pas que vous affrontiez le Harponneur sans le renfort de quelqu'un d'expérimenté, insista Orlov. À présent, vous connaissez la méthode. Appliquez-la. »

Odette secoua la tête. Elle connaissait la méthode. Viktor la lui avait enseignée. On appliquait des allumettes enflammées contre la plante des pieds. Non seulement ça réveillait les sujets malades ou rendus inconscients des suites de leurs tortures, mais la douleur les tenait alertes et réveillés tant qu'ils marchaient.

Par définition, les missions sur le terrain s'effectuaient en solo. Ce qui était arrivé à son mari soulignait le danger de travailler avec quelqu'un, même pour un temps limité. Même si l'Américain avait été en bonne santé, elle n'était pas sûre qu'elle aurait voulu un partenaire. Malade, il allait être plus un fardeau qu'un atout.

« Très bien », admit-elle à contrecœur. Elle tourna le dos à l'Américain et se dirigea vers le coin-cuisine. « Où est-il ?

– Nous pensons qu'il est descendu au Hyatt, lui dit Orlov. On essaie en ce moment même d'éplucher leurs registres. Je vous préviens si on y trouve quoi que ce soit.

– J'y serai dans dix minutes, promit Odette. Y a-t-il autre chose, mon général ?

– Juste ceci : j'émets les plus grandes réserves sur cette mission. Je veux que vous fassiez tous les deux preuve de la plus extrême prudence.

– C'est promis. Et merci. »

Elle coupa et raccrocha le téléphone à sa ceinture. Elle prit le pistolet et l'étui de cheville dans le tiroir de la table de nuit et les attacha. Sa jupe longue de policière masquerait le tout. Elle glissa le silencieux dans sa poche droite. Elle avait déjà emporté à l'hôpital un couteau automatique. Il était toujours fourré dans la poche gauche de sa jupe. Si elle n'en avait pas besoin pour se défendre, il pourrait lui être utile comme alibi. Si jamais on l'interpellait pour une raison quelconque – la sécurité de l'hôtel par exemple – elle pourrait toujours dire qu'elle rendait visite à un ami, qu'elle s'était trompée de porte et que le Harponneur l'avait alors agressée. Avec son aide – et les informations fournies par Orlov et les Américains – la police locale devrait associer le cadavre avec l'agression terroriste.

Avec un peu de chance, toutefois, elle n'aurait rien à expliquer à personne. En jouant sur l'effet de surprise, elle devrait être en mesure de prendre de court son adversaire.

Marchant avec précaution, genoux légèrement fléchis et sur la pointe des pieds, Odette gagna la porte de l'appartement. Le vieux plancher crissait bruyamment. C'était étrange. Jusqu'ici, elle n'avait jamais eu besoin d'agir ici de la sorte. Jusqu'à maintenant, il n'y avait jamais eu personne d'autre qu'elle dans ce lit. Non qu'elle le regrettât. Viktor était toujours demeuré son seul et unique amour.

Odette ouvrit la porte. Avant de sortir, elle jeta un dernier coup d'œil à l'Américain endormi.

Elle avait des scrupules à trahir le général Orlov. Même si son métier était basé sur le subterfuge et la tromperie, elle n'avait jamais menti à son supérieur. Par chance pour elle, quelle que soit l'hypothèse, elle en sortait gagnante : si elle réussissait à abattre le Harponneur, Orlov serait furieux après elle, mais pas trop. Et si elle échouait, elle ne serait plus là pour l'entendre se plaindre.

Odette s'engagea dans le corridor et referma doucement la porte derrière elle. Si elle se plantait, elle aurait sans doute droit aux plaintes de Viktor. Pour l'éternité.

Elle sourit. Là aussi, elle s'en tirait gagnante.

44.

Washington, DC,
mardi, 2:08

Stoïque, un agent du Service secret ouvrit à Paul Hood la porte du Bureau Ovale. Le large battant peint en blanc se referma sur lui avec un léger déclic. Le bruit retentit à ses oreilles alors qu'il parcourait l'épaisse moquette pour se diriger vers le bureau du président. Il entendait aussi cogner son cœur. Il n'avait aucun moyen de savoir si Fenwick agissait seul ou s'il faisait partie d'un complot organisé. Mais quel que soit le cas de figure, convaincre les autres de sa possible implication dans une machination internationale allait s'avérer des plus difficiles.

Le climat dans la pièce était hostile. Hood le sentit avant même de discerner les traits du vice-président, de Fenwick et de Gable : aucun des trois ne se retourna pour l'accueillir et l'expression du président était sévère. Mike Rodgers avait confié un jour qu'à son entrée dans l'armée, il avait un commandant qui arborait une expression désapprobatrice singulière : il vous regardait comme s'il avait envie de vous dévisser la tête et s'en servir pour jouer aux quilles.

Le président avait ce regard.

Hood s'empressa de se faufiler entre les fauteuils pour rejoindre le bureau du président. Le monument à Washington était visible à travers les fenêtres derrière le chef de l'État. Il se détachait nettement au clair de lune dans le noir de la nuit. Ce spectacle donna à Hood l'éclair de courage dont il avait besoin.

« Je suis désolé de venir ainsi vous déranger, monsieur le président, messieurs, commença-t-il. Mais cela ne pouvait pas attendre.

– Avec vous, rien ne peut jamais attendre, n'est-ce pas ? » lança Fenwick. Il rabaissa les yeux sur la chemise verte posée sur ses genoux.

Un tir de barrage, songea Hood. *Tu t'y connais, mon salaud.*

Hood se retourna pour toiser le chef de la NSA. Petit, mince, l'homme avait des yeux profondément enfoncés dans les orbites sous une épaisse toison de cheveux blancs bouclés. La blancheur de ces cheveux soulignait encore la noirceur du regard.

« Votre équipe s'est fait une spécialité de foncer tête baissée dans toutes les crises qui se présentent, monsieur Hood. La Corée du Nord, la vallée de la Bekaa, les Nations unies [1]. Vous êtes un brandon enflammé toujours prêt à embraser la mauvaise poudrière.

– On n'a encore rien fait sauter, que je sache, rétorqua Hood.

– Certes », admit Fenwick. Il se retourna vers Lawrence. « Monsieur le président, nous devons achever de récapituler nos données pour que vous puissiez prendre une décision sur la crise en mer Caspienne.

---

1. Cf., respectivement, *Op-Center 4. Actes de guerre*, *Op-Center 6. État de siège*, *op. cit.*

– Quel rapport Maurice Charles a-t-il avec la crise en mer Caspienne ? » lança Hood. Il continuait de dévisager Fenwick. Il n'allait pas laisser ce type s'en tirer à si bon compte.

« Charles ? Le terroriste ?

– Lui-même », confirma Hood. Il ne dit rien de plus. Il attendait de voir.

Le président regarda Fenwick. « La NSA savait-elle que Charles était impliqué dans cette affaire ?

– Oui, monsieur le président, nous le savions, reconnut Fenwick. Mais ce que nous ignorons encore, c'est jusqu'où. Nous sommes en train d'enquêter dessus.

– Peut-être que je pourrai orienter vos recherches dans la bonne direction, monsieur Fenwick, intervint Hood. Maurice Charles est resté en rapport avec la NSA aussi bien avant qu'après l'attentat contre la plate-forme iranienne.

– Balivernes ! s'exclama Fenwick.

– Vous semblez bien sûr de votre fait, observa Hood.

– Certainement ! Personne dans mes services ne voudrait avoir le moindre contact avec cet individu ! »

Hood s'était attendu à ce que Fenwick lui sorte le grand jeu : contester l'accusation, tout nier en bloc et traîner les pieds. Or ni le vice-président ni Gable ne s'étaient rués à sa défense. Peut-être parce qu'ils savaient que c'était la vérité ?

Hood se tourna vers le chef de l'État. « Monsieur, nous avons tout lieu de croire que Charles dit le Harponneur est impliqué dans la destruction de cette plate-forme pétrolière.

– Avec quelles preuves ? demanda Fenwick.

– Des sources irréfutables, répondit Hood.

– Lesquelles ? » insista le vice-président Cotten.

Hood lui fit face. Le vice-président était un homme posé, raisonnable. Il allait bien devoir y passer. « Le général Sergueï Orlov, commandant de l'Op-Center russe. »

Gable secoua la tête. Fenwick roula des yeux.

« Les Russes, lâcha le vice-président, dédaigneux. Ce pourrait bien être eux qui ont envoyé Tcherkassov dans la région pour détruire la plate-forme. On a retrouvé son corps en mer, non loin de l'épave.

– Moscou a toutes les raisons de ne pas vouloir de notre présence dans le coin, poursuivit Gable. Si l'Azerbaïdjan est chassé de la Caspienne, Moscou pourra d'autant mieux exercer ses prétentions sur les réserves pétrolières. Monsieur le président, je suggère que nous examinions cet aspect du problème avant de traiter celui, plus vaste, de la mobilisation en Iran.

– Nous avons passé en revue les éléments fournis par Orlov, et nous pensons qu'ils sont exacts, insista Hood.

– J'aimerais bien les voir, observa Fenwick.

– Vous les aurez, promit Hood.

– Vous n'auriez pas, dans la foulée, procuré au général Orlov des codes secrets pour l'aider à espionner de prétendues conversations de la NSA, n'est-ce pas ? »

Hood ignora la remarque. « Monsieur le président, le Harponneur est expert à inventer et mettre en œuvre des couvertures alambiquées. S'il trempe dans cette opération, nous devons examiner avec le plus grand soin toutes les preuves qui se présentent. Nous devrions également informer Téhéran que Bakou pourrait n'être pour rien dans cette action.

– Pour rien ? s'étonna Fenwick. Jusqu'à plus ample informé, ils pourraient avoir eux-mêmes loué les services du Harponneur.

– Il se peut que vous ayez raison, concéda Hood. Ce que j'essaie d'expliquer, c'est que nous n'avons aucune preuve tangible, en dehors du fait que le Harponneur se trouve dans la région et qu'il a sans doute joué un rôle dans l'attaque.

– Des preuves de seconde main, lâcha Fenwick. D'ailleurs, j'ai passé une journée à tenter d'ouvrir le dialogue avec Téhéran sur la question d'un échange de renseignements entre nos deux pays. Avec pour seul résultat qu'ils ne nous font pas confiance et que c'est réciproque.

– Ce n'est pas le seul résultat ! » aboya Hood. Il se tut. Il devait faire attention... ne pas se laisser emporter. Il était frustré, il était épuisé. Mais s'il perdait les pédales, il perdrait aussi toute crédibilité. « Le résultat, poursuivit-il sur un ton égal, est qu'il y a eu un échange régulier de désinformations entre la NSA, la Commission parlementaire de surveillance du renseignement et le Bureau Ovale...

– Monsieur le président, nous devons aller de l'avant, coupa Fenwick d'une voix calme. L'Iran est en train de faire manœuvrer sa flotte dans la mer Caspienne. C'est un fait qu'il convient de traiter au plus vite.

– Je suis d'accord », renchérit le vice-président. Cotten regarda Hood. Avec condescendance. « Paul, si vous avez des inquiétudes concernant les actions du personnel de la NSA, vous devriez en faire part à la Commission parlementaire de surveillance du renseignement, pas à nous. Ils examineront la plainte.

– Quand il sera trop tard, observa Hood.

– Trop tard pour quoi ? » demanda le président.

Hood se tourna vers ce dernier. « Je n'ai pas encore la réponse, admit-il. Mais ce que je crois, en revanche, c'est que vous devriez pour l'instant suspendre toute décision concernant la Caspienne. »

Fenwick secoua la tête. « En se fondant sur des on-dit colportés par les Russes qui pourraient eux aussi mettre en état d'alerte leur aviation et leur flotte dans la région.

– Là, je ne donne pas tort à M. Fenwick, observa le président.

– Les Russes peuvent certes avoir des visées sur le pétrole de la mer Caspienne, reconnut Hood. Mais en soi, cela n'empêche pas d'examiner les renseignements fournis par le général Orlov.

– Combien de temps vous faut-il, Paul ?

– Accordez-moi encore douze heures.

– Douze heures, c'est assez pour laisser à l'Iran et à la Russie le temps de positionner leur flotte dans les champs pétrolifères d'Azerbaïdjan », protesta Gable.

Le président regarda sa montre. Il réfléchit quelques instants. « Je vous donne cinq heures. »

Ce n'était pas ce qu'avait voulu Hood mais de toute évidence, c'est ce qu'il aurait. Il décida de faire avec.

« J'aurai besoin d'un bureau. » Il ne voulait pas perdre du temps à regagner l'Op-Center.

« Prenez la salle du Conseil, dit le président. De la sorte, je saurai que vous aurez terminé à sept heures. Passé ce délai, nous interviendrons.

– Merci, monsieur. »

Hood fit demi-tour pour quitter le Bureau Ovale. Il ignora les trois autres. L'hostilité régnant dans la pièce avait encore grandi. Il était certain d'avoir mis dans le mille. Mais pas avec une puissance de feu suffisante.

C'eût été trop demander que de vouloir que le président prenne pour argent comptant tout ce qu'il lui avait raconté. Même après leur entretien préalable, Lawrence avait encore du mal à admettre l'idée que Fenwick pût être un traître. Mais au moins ne l'avait-il pas entièrement rejetée. Hood avait réussi à obtenir un bref sursis.

Il parcourut le couloir de l'aile ouest, marchant en silence sur la moquette verte. Il passa devant deux agents du Service secret, muets. Le premier était en faction à la porte du Bureau Ovale. L'autre se tenait au bout du corridor, à l'entrée du passage qui commandait, côté nord-ouest, la porte du secrétariat de presse et, côté nord-est, la porte de la salle du Conseil des ministres.

Hood entra dans cette dernière salle de forme oblongue. Une vaste table de conférence en occupait le centre. Au fond, côté nord, il y avait un bureau avec un ordinateur et un téléphone. Hood alla s'y asseoir.

La première chose à faire était de prévenir Herbert. Il devait essayer de recueillir d'autres informations sur les contacts du Harponneur avec la NSA. Toutefois, même disposer du lieu et de l'heure exacte des appels ne suffirait sans doute pas à convaincre le président de l'existence d'un complot.

Hood avait besoin d'une preuve tangible. Et pour l'heure, il ignorait comment l'obtenir.

45.

Saint-Pétersbourg, Russie,
mardi, 10:20

Quand il était cosmonaute, le général Orlov avait appris à déchiffrer les voix. Souvent, c'était son seul moyen d'apprendre qu'il y avait un problème à bord. Les contrôleurs au sol lui avaient un jour raconté que tout se déroulait normalement lors de sa mission sur la station Saliout. En fait, les poussières de micro-météorites et le nuage d'effluents chimiques rejetés par les propulseurs avaient rongé les panneaux solaires. Ceux-ci étaient en si piteux état que la station risquait de manquer d'énergie avant qu'un vaisseau Kosmos ne vienne les récupérer pour les ramener sur terre.

Il avait eu le premier indice en entendant la voix de l'officier de liaison du contrôle au sol. Son inflexion avait légèrement changé. Orlov avait déjà l'oreille pour ce genre de détails depuis l'époque où il était pilote d'essai. Il avait insisté pour qu'on lui dise quel était le problème à bord de la station. Le monde entier écoutait le dialogue, d'où l'embarras du Kremlin. Mais Orlov avait réussi à couper des systèmes non indispensables et ainsi à conserver suffisamment de puissance, plutôt que d'attendre que les scientifiques trouvent le moyen de réaligner les panneaux solaires encore en état tout en les protégeant de nouveaux dégâts de la corrosion.

Orlov faisait confiance à Natalia Basov. À cent pour cent. Mais il ne la croyait pas toujours, ce qui n'était pas pareil. Or, il y avait quelque chose dans son intonation qui le chagrinait. Comme si elle lui avait dissimulé quelque chose. Comme jadis l'officier du contrôle au sol.

Quelques minutes après leur dialogue au téléphone mobile, Orlov appela le numéro correspondant à l'appartement de Natalia *alias* Odette. La sonnerie retentit une douzaine de fois, sans réponse. Orlov espérait que c'était la preuve qu'elle avait pris l'Américain avec elle. Vingt minutes plus tard, il rappela.

Cette fois, un homme à la voix empâtée répondit. En anglais.

Orlov regarda l'écran du téléphone pour s'assurer qu'il avait composé le bon numéro. Il n'y avait pas d'erreur. La jeune femme était partie sans l'Américain.

« Ici le général Sergueï Orlov, se présenta-t-il. Êtes-vous bien David Battat ?

– Oui, répondit l'autre, d'une voix ensommeillée.

– Monsieur Battat, la femme qui vous a sauvé travaille sous mes ordres, poursuivit Orlov. Elle est partie tenter d'appréhender l'homme qui vous a agressé sur la plage. Vous savez de qui je veux parler ?

– Oui, tout à fait.

– Elle agit seule, et je me fais du souci pour elle et pour la mission. Êtes-vous en état de vous déplacer ? »

Il y eut un bref silence. Orlov entendit un concert de grognements à l'autre bout du fil.

« Je suis debout, et j'aperçois mes vêtements accrochés derrière la porte, répondit Battat. Je vais avancer pas à pas. Où est-elle allée ? »

Orlov lui avoua qu'il n'avait aucune idée de ses plans, si tant est qu'elle en eût. Il ajouta que ses hommes étaient encore en train d'essayer d'accéder à l'ordinateur de l'hôtel pour découvrir quelles chambres étaient occupées par des hommes seuls.

Battat demanda au général de lui appeler un taxi, car il ne maîtrisait pas vraiment bien la langue.

Orlov lui promit de le faire et le remercia. Avant de raccrocher, il lui donna le numéro de téléphone de l'Op-Center à Saint-Pétersbourg.

Orlov demeura immobile. En dehors du faible grésillement du tube fluo éclairant son plan de travail, il régnait un silence de mort dans le bureau en sous-sol. Même dans l'espace il ne régnait pas un tel calme. Il y avait toujours des craquements dus au métal qui se dilatait ou se contractait selon la température, des bruits d'objets mal arrimés qui heurtaient les parois. Le glouglou du liquide de refroidissement dans les tuyauteries, le chuintement de l'air dans les buses de ventilation. Et de temps en temps, la voix de quelqu'un dans le casque, qu'elle provienne de la Terre ou d'un autre endroit du vaisseau.

Mais pas ici. Il se sentait de loin bien plus isolé.

À l'heure qu'il était, Odette était sans doute parvenue à l'hôtel et y avait pénétré. Il pouvait lui téléphoner et lui ordonner de faire demi-tour, mais il doutait qu'elle l'écoute. Et si elle était résolue à poursuivre sa mission, il ne voulait pas la déstabiliser. Elle avait besoin de se savoir soutenue.

Orlov était en colère contre Odette pour avoir désobéi à ses ordres et lui avoir menti. Une colère tempérée par la compréhension de ses motivations. Son mari aussi avait été un solitaire. Un solitaire qui était mort à cause de la négligence d'un autre.

Malgré tout, elle n'allait pas le gêner dans l'accomplissement de sa tâche. Et la tâche d'Orlov ne consistait pas seulement à capturer ou tuer le Harponneur.

C'était de faire en sorte que la jeune femme ne finisse pas comme son mari.

46.

Bakou, Azerbaïdjan, mardi, 10:31

Il y avait beaucoup de circulation et il fallut à Odette deux fois plus de temps que prévu pour rejoindre l'hôtel Hyatt. Elle rangea sa voiture dans une rue latérale, à moins d'un pâté de maisons de l'entrée de service. Elle ne voulait pas se garer devant. Un tireur embusqué rôdait toujours dans les parages, l'homme qui avait abattu le diplomate américain à la sortie de l'hôpital. Le tueur pouvait fort bien surveiller l'hôtel pour le compte du Harponneur. Il pouvait fort bien avoir aperçu sa voiture à l'hôpital et la reconnaître ici.

La matinée était ensoleillée et Odette apprécia les quelques pas nécessaires pour rejoindre l'entrée principale. L'air lui semblait plus parfumé, plus dense dans ses poumons. Elle se demanda si Viktor avait éprouvé la même sensation quand il était en Tchétchénie. Si des instants banals lui avaient semblé plus gratifiants quand le risque était réel de les perdre à tout jamais.

Odette était déjà entrée ici à deux reprises en empruntant la porte de service. La première pour venir en aide à un cuistot qui s'était brûlé avec une poêle à frire. La seconde pour calmer un client qui faisait un scandale à cause de sa note de restaurant. Elle connaissait les lieux. Malheureusement, elle doutait que le Harponneur emprunte cette voie. Elle supposa que pour ses allées et venues, il devait passer par l'entrée principale. Se faufiler par une porte latérale ou par une fenêtre du rez-de-chaussée risquait d'être le meilleur moyen d'attirer l'attention sur soi. Les terroristes futés agissaient en pleine lumière.

Et les contre-terroristes futés attendaient qu'ils apparaissent plutôt que d'aller se jeter dans leur antre, songea-t-elle.

Mais Odette n'avait aucune idée du moment où le Harponneur allait s'éclipser. Ce pourrait être au beau milieu de la nuit. En début d'après-midi. Dans trois jours d'ici. Elle ne pouvait pas faire le guet en permanence. Elle ignorait également s'il serait ou non déguisé. Et pour autant qu'elle sache, il avait même pu engager les services d'une prostituée et la faire passer pour sa fille, son épouse, voire sa mère. Il y en avait de vieilles à Bakou. Et d'autres toutes jeunes, aussi. Odette en avait arrêté pas mal.

Il y avait quantité de possibilités, qui toutes rendaient impératif d'intercepter le Harponneur avant qu'il ne quitte les lieux. La question était de le localiser. Elle n'avait aucune idée de son nom, réel ou d'emprunt.

Elle ne connaissait que son surnom : le Harponneur. Elle se prit à rire. Peut-être qu'elle devrait parcourir les couloirs en criant ce nom. Et voir quelle porte ne s'ouvrirait pas. Quiconque ne chercherait pas à savoir l'origine de ce vacarme ne pourrait être que son gibier.

Odette tourna au coin et se dirigea vers l'entrée de l'hôtel. Il y avait un kiosque à journaux. Une édition spéciale annonçait déjà la mobilisation iranienne en mer Caspienne. Des clichés pris par des avions de reconnaissance montraient des bâtiments de guerre iraniens larguant les amarres. Bakou avait toujours été une ville relativement protégée des opérations militaires. Ces événements avaient quelque chose d'inédit pour la capitale du pays. Cela devait expliquer en partie les embouteillages. Beaucoup de gens habitaient en banlieue. Ils avaient dû venir travailler et, ayant appris les nouvelles, décidé de quitter la ville dans l'éventualité d'une attaque.

Il y avait une seule personne sous l'auvent rayé vert et or. Un groom en blazer vert coiffé d'une casquette assortie. Pas un car de touristes, mais ce n'était guère surprenant. Ils repartaient en général avant neuf heures du matin. Les touristes qui étaient arrivés en groupe ne pouvaient pas faire cavalier seul et avaient sans doute dû suivre le planning établi. De toute façon, les départs isolés ne pouvaient se faire avant midi. Les clients qui avaient l'intention de partir étaient sans doute au téléphone pour réserver un billet d'avion, de train, ou louer une voiture...

Mais bien sûr... le téléphone !

Orlov avait dit que le Harponneur avait appelé à l'aide depuis un appareil crypté. Cela signifiait qu'il n'avait sans doute passé aucun coup de fil via le standard de l'hôtel. Elle n'avait qu'à chercher un client seul, de sexe masculin et dont la note de téléphone était vierge.

Odette entra dans l'hôtel. Elle traversa le hall en évitant la réception. Elle n'avait pas envie de risquer d'être reconnue par le gérant ou l'un des employés. Elle prit tout de suite à droite le couloir qui donnait sur l'intendance. La petite pièce tout en longueur était située vers le fond du bâtiment. Il y avait un bureau avec une gardienne à l'entrée. Derrière elle, une rangée de chariots d'entretien. Sur sa droite, un tableau à crochets portant les doubles des clés de toutes les chambres. Une rangée de passes était située tout en bas. On les confiait aux femmes de ménage chaque matin. Il en restait deux.

Odette demanda à l'employée, une femme âgée, si elle pouvait lui donner un peu plus de shampooing. Avec un sourire aimable, cette dernière se leva et se dirigea vers un des chariots. Odette profita de ce qu'elle avait le dos tourné pour subtiliser un des passes. La vieille revint avec trois berlingots et lui demanda si elle voulait autre chose. Odette répondit par la négative. Puis, après avoir remercié l'employée, elle retourna dans le hall et se dirigea vers une des cabines téléphoniques alignées dans une alcôve au fond de la salle.

À ce moment, son portable se manifesta. Elle fila se planquer dans une des cabines, referma la porte, répondit.

Orlov lui annonça que son équipe d'informaticiens avait réussi à craquer l'ordinateur de l'hôtel et qu'ils avaient cinq clients potentiels. Odette inscrivit les noms et les numéros de chambre.

« On devrait pouvoir encore réduire le nombre de candidats, promit Orlov. Si quelqu'un cherchait à quitter le pays au plus vite, il se choisirait une nationalité jugée indésirable par les autochtones.

– Iranienne...

– Non, répliqua Orlov. Les Iraniens pourraient au contraire être retenus. Russe, c'est plus probable. Or, il y a deux Russes à l'hôtel. »

Odette expliqua qu'elle pourrait encore restreindre les possibilités en vérifiant la liste des appels téléphoniques.

« Excellente déduction... Ne quittez pas, le temps qu'on vérifie. Et pendant que j'y suis, Odette, il y a autre chose... »

La jeune femme sentit son bas-ventre se crisper. C'était à cause du ton qu'avait pris le général.

« J'ai parlé à M. Battat il y a quelques minutes à peine », indiqua Orlov.

Odette eut l'impression d'avoir heurté une grosse branche flottant entre deux eaux. Elle perdit toute énergie, sa tête se mit à l'élancer. Elle ne pensait pas mal faire en laissant chez elle un homme malade. Seulement, elle avait désobéi aux ordres et ne voyait rien à dire pour sa défense.

« L'Américain est en route pour l'hôtel, poursuivit Orlov d'un ton égal. Je lui ai dit de vous retrouver dans le hall. Vous devez attendre son arrivée avant de tenter quoi que ce soit contre notre homme. Est-ce que c'est bien compris, Odette ?

– Oui, mon général.

– Bien », fit Orlov.

Odette resta en ligne tandis que le personnel de l'Op-Center examinait la base de données de l'hôtel. Elle avait les paumes moites. Moins parce qu'elle était nerveuse que parce qu'elle s'était fait prendre. Par nature, elle était foncièrement honnête et elle tenait à la confiance d'Orlov. Elle espérait qu'il comprenait pourquoi elle avait menti. Ce n'était pas seulement pour protéger Battat. C'était pour pouvoir se concentrer sur sa mission plutôt que sur un malade.

D'après les archives informatiques de l'hôtel, deux des cinq clients venus seuls n'avaient passé aucun coup de fil depuis leur chambre. L'un d'eux, Ivan Ganiev, était russe. Orlov précisa qu'ils vérifiaient également la base de données du service d'entretien. D'après la dernière mise à jour qui datait de la veille, la chambre de Ganiev, la 310, n'avait pas été nettoyée depuis trois nuits qu'il était là.

Dans l'intervalle, Orlov avait effectué sur son terminal personnel une recherche d'identité à partir du nom. Le résultat arriva vite.

« Ganiev est un ingénieur en télécommunications qui réside à Moscou. On est en train de vérifier l'adresse pour voir si elle est exacte. Il ne semble travailler pour aucune société, indiqua Orlov.

– Donc, impossible de trouver un dossier personnel pour avoir son CV...

– Tout juste. Il est inscrit au registre des ingénieurs en technologie, mais pour ça, il suffit de verser un pot-de-vin. Ganiev n'a aucune famille à Moscou, il ne semble appartenir à aucun syndicat ou organisation, et se fait envoyer son courrier à une boîte postale. »

Tout cela se tenait, songea Odette. Pas de lettres qui encombrent la boîte, pas de journaux qui s'entassent sur le perron. Impossible pour les voisins de savoir avec certitude s'il est là ou pas.

« Ne quittez pas... on tient son adresse », ajouta Orlov. Il y eut un bref silence. Puis il indiqua : « C'est lui. Obligé.

– Pourquoi dites-vous ça ?

– Sa résidence est à une rue de la station de métro Kievskaïa.

– Ce qui veut dire ?

– Que c'est là que nous avons perdu le Harponneur au moins en deux occasions », expliqua le général.

Battat entra dans le hall sur ces entrefaites. On aurait dit Viktor après la dixième reprise d'un de ses matches de boxe dans l'armée. Branlant. Il avisa Odette et se porta aussitôt dans sa direction.

« Bref, il semble bien que ce soit notre homme, conclut Odette. Est-ce qu'on procède comme convenu ? »

C'était la partie la plus délicate du travail d'espion. Décider de la vie ou de la mort d'un individu en se fondant sur une simple hypothèse. Si le général Orlov s'était trompé, alors un innocent allait mourir. Pas le premier et certainement pas le dernier. Le niveau d'erreur zéro n'existait pas en matière de sécurité de l'État. En revanche, s'il avait raison, c'étaient des centaines de vies qui seraient épargnées. Il y avait également l'option de tenter de capturer le Harponneur pour le livrer aux autorités azerbaïdjanaises. À supposer que ce fût réalisable, cela posait deux problèmes : un, les Azerbaïdjanais découvriraient l'identité réelle d'Odette. Et pis encore, ils pourraient refuser d'extrader le Harponneur. C'était un puits iranien qui avait été attaqué. Et des bâtiments russes. Et des ambassades américaines. L'Azerbaïdjan pourrait chercher à trouver un arrangement quelconque avec le terroriste. Le libérer en échange de sa coopération, de son aide pour des missions clandestines. C'était un risque que Moscou ne pouvait se permettre de courir.

« Vous allez attendre l'arrivée de l'Américain ? demanda Orlov.

– Il est déjà là, indiqua Odette. Voulez-vous lui parler ?

– Ce ne sera pas nécessaire. Le Harponneur doit sans doute voyager avec un équipement sophistiqué pour justifier sa couverture d'ingénieur en télécoms. Je veux que vous en récupériez une partie ainsi que l'argent qu'il transporte. Videz les tiroirs, chamboulez ses bagages. Que cela donne l'impression d'un vol. Et préparez votre plan de fuite avant d'intervenir.

– Très bien. »

Il n'y avait rien de condescendant chez Orlov. Il donnait des instructions et révisait en même temps à voix haute une liste de contrôle. Pour s'assurer que tant lui qu'Odette avaient bien saisi ce qu'il convenait de faire avant de passer à l'action.

Orlov se tut de nouveau. Odette l'imagina en train de contrôler les données sur son ordinateur. Il devait chercher une confirmation supplémentaire que c'était bien leur proie. Ou une raison de suspecter que non.

« Je tâche de vous obtenir des billets d'avion pour sortir du pays au cas où vous en auriez besoin une fois votre mission accomplie », expliqua Orlov. Il attendit quelques instants encore avant de prendre la décision qu'Odette savait qu'il prendrait. « Allez-y. »

Odette accusa réception de l'ordre et raccrocha.

47

Washington, DC, mardi, 2:32

Hood referma derrière lui la porte de la salle du Conseil. Il y avait une machine à café sur une desserte, à l'angle opposé. À peine entré, Paul alla s'en préparer un grand pot. Ça le gênait un peu de faire ça au beau milieu d'une crise, mais il avait vraiment besoin d'une bonne dose de caféine. Vraiment. Même si son esprit tournait à cent à l'heure, ses yeux et son corps, des épaules jusqu'aux pieds, ne suivaient plus le rythme. La seule odeur du café lui redonna déjà un coup de fouet. Tout en regardant la vapeur monter de la machine, il récapitula la réunion qu'il venait de quitter. Pour lui, le plus sûr moyen de désamorcer la crise était de démolir Fenwick et la cabale que celui-ci avait réussi à monter. Il espérait pouvoir retourner auprès du président avec des informations concrètes, de quoi ébranler pour de bon Fenwick ou Gable.

« Il me faut du temps pour réfléchir », grommela-t-il dans sa barbe. Du temps pour définir la meilleure façon de les attaquer s'il n'avait rien de plus concret que maintenant.

Il s'éloigna de la machine à café et, s'appuyant au bord de la vaste table de conférence, il attira vers lui un des téléphones. Il appela Bob Herbert pour voir si son chef du renseignement avait du nouveau ou des sources à exploiter concernant le Harponneur et ses éventuels contacts avec la NSA.

Rien sur toute la ligne.

« À moins de dire que pas de nouvelles, bonnes nouvelles », crut bon de remarquer Herbert.

Il avait déjà réveillé plusieurs relations qui travaillaient pour la NSA ou connaissaient bien ses activités. Les appeler au beau milieu de la nuit avait l'avantage de les prendre de court. S'ils savaient quoi que ce soit, il y avait des chances qu'ils lâchent le morceau. Herbert leur demanda s'ils avaient eu vent d'une éventuelle collaboration entre services de contre-espionnage américains et iraniens.

Personne n'en avait entendu parler.

« Ce qui n'a rien de surprenant, ajouta Herbert. Une initiative de cette envergure, un projet aussi délicat ne pourrait être conduit qu'aux plus hauts niveaux de l'exécutif. Mais d'un autre côté, il est exact que si plus d'une seule personne était informée d'une opération menée là-bas, tout le monde en aurait plus ou moins eu vent. Or, rien de tel ici.

– Peut-être qu'il y a plus d'une seule personne à la NSA à ne pas être au courant..., remarqua Hood.

– Ça pourrait bien être possible », admit Herbert avant d'ajouter qu'il attendait toujours des infos de ses contacts à Téhéran. Eux sauraient peut-être quelque chose.

« Notre seul élément concret provient des collègues de Mike au Pentagone, indiqua Herbert. Le renseignement militaire a détecté des signes de mobilisation russe dans la région de la Caspienne. Du côté NRO, Stephen Viens l'a confirmé. Le croiseur de classe Slava *Amiral Lobov* a, semble-t-il, mis le cap au sud et le destroyer de classe Oudaloï-II *Amiral Tchebanenko* fait route avec lui, en même temps que plusieurs corvettes et lance-missiles de petit tonnage. Mike s'attend à voir s'instaurer dans les heures qui viennent une couverture aérienne des installations pétrolières russes.

– Et tout ça à cause d'un événement déclenché par le Harponneur... ou ceux qui ont loué ses services, nota Hood.

– Eisenhower a été le premier à utiliser la métaphore en 1954, fit remarquer Herbert. Vous disposez une rangée de dominos : vous renversez le premier et vous devez vous attendre sous peu à voir tomber le dernier... À l'époque, il parlait du Viêt-nam, mais la théorie s'applique ici. »

Herbert avait raison. On pouvait être sûr que non seulement les dominos tombaient, mais qu'ils le faisaient à toute vitesse. Le seul moyen de l'éviter était de se porter assez loin en avant de la série pour en retirer quelques-uns.

Dès qu'il eut raccroché, Hood se servit du café, s'installa dans un des fauteuils en cuir et appela Sergueï Orlov. Le petit noir lui parut une bénédiction. Au milieu du chaos, même un modeste répit était toujours le bienvenu.

Le général informa Hood des derniers rebondissements concernant le Harponneur. Hood sentait la tension dans la voix de son homologue russe alors qu'il lui exposait son plan d'ensemble. Hood partageait entièrement ses inquiétudes. L'officier s'inquiétait pour son agent Odette en même temps qu'il voulait à tout prix interrompre la carrière d'un terroriste notoire. Hood avait vécu le même dilemme. Et dans son cas, il n'avait pas réussi à gagner sur les deux tableaux. La vie n'était pas comme un film ou un roman dans lequel le héros s'en sort obligatoirement victorieux.

Hood était encore au téléphone avec le général Orlov quand la porte s'ouvrit. Il leva les yeux.

C'était Jack Fenwick. Le temps de la réflexion était passé.

Le patron de la NSA entra et referma la porte. La salle du Conseil était vaste, mais pour Hood, voilà qu'elle lui paraissait soudain étroite et confinée.

Fenwick vint se servir un café. Hood avait presque terminé son coup de fil. Il abrégea la conversation au plus vite sans donner l'impression de se hâter. Il ne voulait pas que Fenwick entende quoi que ce soit. Mais il ne voulait pas non plus trahir le moindre signe de désespoir devant le chef de la NSA.

Hood reposa le combiné. Il but une gorgée de café, regarda Fenwick. Ce dernier le scrutait de ses yeux noirs.

« J'espère que je ne vous dérange pas, dit Fenwick en indiquant la cafetière.

– Non, pourquoi ? Je devrais ?

– Moi, je n'en sais rien, Paul. » Il haussa les épaules. « Les gens sont parfois jaloux de certaines choses... Excellent café, au demeurant.

– Merci. »

Fenwick s'assit à son tour au bord de la table. Il n'était qu'à un mètre de Hood. « On a décidé de marquer une petite pause, expliqua-t-il. Le président attend l'arrivée des chefs d'état-major interarmes et du ministre des Affaires étrangères avant de prendre une décision sur la crise en Caspienne.

– Merci de me tenir au courant.

– De rien. Je peux faire mieux, vous savez... Je peux vous offrir une prédiction.

– Oh ? »

Fenwick hocha la tête, très confiant. « Le président s'apprête à lancer une riposte armée. Une riposte énergique. Il n'a pas le choix. »

La NSA comme l'Op-Center avaient accès aux clichés de reconnaissance satellitaire du NRO. Nul doute que Fenwick était lui aussi informé de la réaction des Russes.

Hood se leva pour se resservir du café. Ce faisant, il songea à ses réflexions quelques instants plus tôt. Le seul moyen d'empêcher les dominos de tomber était de se porter assez loin en avant de la série pour en retirer quelques-uns.

« La question n'est pas de savoir ce que le président ou le pays compte faire. La question est : qu'est-ce que vous comptez faire, vous ? lança Fenwick.

– C'est pour ça que vous êtes venu ici ? Pour me sonder ?

– Je suis venu pour me dégourdir les jambes, répliqua Fenwick. Mais à présent, j'avoue être curieux. Qu'est-ce que vous comptez faire ?

– À quel sujet ? » demanda Hood en se resservant. Le match avait commencé. Chacun épiait le moindre faux pas de l'autre.

« Au sujet de la crise actuelle, répondit Fenwick. Quel rôle comptez-vous jouer ?

– Je compte simplement faire mon boulot », répliqua Hood. C'était soit un interrogatoire, soit une menace. Il n'avait pas encore décidé. Pour l'importance que ça avait...

« Et vous voyez ça comment ? insista Fenwick.

– La description de la tâche est explicite : "gestion de crise". » Hood se retourna vers Fenwick. « Mais en l'occurrence, je vois un petit peu plus loin. À savoir apprendre la vérité derrière cette crise et l'exposer au président.

– Quelle vérité est-ce donc là ? » Même si l'expression de Fenwick n'avait pas changé, il y avait de la condescendance dans sa voix. « Il est manifeste que vous êtes en désaccord avec ce que M. Gable, le vice-président et moi-même lui avons dit.

– Certes », admit Hood. Il devait se montrer prudent. Une partie de ce qu'il allait révéler était vraie, une partie était du bluff. S'il se trompait, ce serait comme s'il avait crié au loup. Fenwick se soucierait comme d'une guigne des révélations de son interlocuteur. Et il pourrait les retourner contre Hood pour saper sa crédibilité auprès du président.

Mais cela, c'était seulement s'il se trompait.

« Je viens d'apprendre à l'instant que nous avons capturé le Harponneur au Hyatt de Bakou. » Il devait présenter la chose comme un fait accompli. Il ne voulait surtout pas que Fenwick appelle l'hôtel et puisse avertir le terroriste.

« Alors, c'était bien le Harponneur ? » Fenwick but une gorgée de café et la garda dans sa bouche. Hood laissa le silence s'éterniser. Au bout d'un long moment, Fenwick déglutit.

« J'en suis ravi, conclut-il enfin sans grand enthousiasme. Ça fera toujours un terroriste de moins pour notre pays. Comment avez-vous réussi à l'avoir ? Interpol, la CIA, le FBI... cela fait plus de vingt ans qu'ils le traquent.

– On le filait depuis plusieurs jours, poursuivit Hood. On l'observait et on interceptait ses communications téléphoniques.

– Qui ça, on ?

– Un groupe formé de l'Op-Center, de la CIA et de ressources étrangères, répondit Hood. On a collaboré dès qu'on a su la présence du Harponneur dans la région. On a réussi à le piéger en utilisant comme appât un agent de la CIA. »

Hood estimait qu'il n'avait aucun risque à révéler le rôle du service américain puisque c'était vraisemblablement Fenwick qui avait informé le Harponneur de l'arrivée de Battat.

Le chef de la NSA continuait à fixer Hood. « Donc, vous avez réussi à avoir le Harponneur. Et quel est le rapport avec la vérité sur ce qui se passe ? Sauriez-vous quelque chose que j'ignorerais ?

– Il semble que le Harponneur soit partie prenante dans les événements qui se déroulent en mer Caspienne, expliqua Hood.

– Ça ne me surprend pas. Ce type serait prêt à travailler pour n'importe qui.

– Même nous », lança Hood.

Fenwick sursauta en entendant ces mots. À peine, mais assez pour que Hood le remarque. « Je suis fatigué, et je n'ai pas de temps à perdre à jouer aux devinettes, se plaignit Fenwick. Qu'entendez-vous par là ?

– Nous sommes à l'heure qu'il est en train de l'interroger, poursuivit Hood. Il semble disposé à nous révéler qui l'a engagé en échange d'une amnistie limitée.

– Tiens, cette idée ! lâcha Fenwick, faussement dédaigneux. Ce salopard serait prêt à raconter n'importe quoi pour sauver sa peau.

– C'est bien possible, reconnut Hood. Mais pourquoi mentir quand seule la vérité peut lui sauver la vie ?

– Parce que c'est un tordu de première », s'emporta Fenwick.

Le chef de la NSA se leva et aller jeter son gobelet dans la corbeille sous la machine à café. « Je ne vais pas vous laisser conseiller le président en vous fondant sur le témoignage d'un terroriste. Je vous suggère de rentrer chez vous. Votre travail ici est terminé. »

Avant que Hood ait pu répondre, Fenwick avait quitté les lieux en claquant la porte derrière lui. Aussitôt, la salle du Conseil parut retrouver ses dimensions initiales.

Hood ne croyait pas vraiment que le chef de la NSA s'inquiétât de voir le président victime d'une désinformation. Il ne croyait pas non plus à ses allégations de surmenage ou à son prétexte d'une visite pour se détendre. Hood croyait en revanche dur comme fer qu'il avait été à deux doigts de démasquer une relation que Fenwick s'était échiné à dissimuler.

Une relation entre un proche conseiller du président des États-Unis et le terroriste qui l'avait aidé à déclencher une guerre.

48.

Bakou, Azerbaïdjan, mardi, 10:47

À six ans, David Battat avait eu les oreillons. Il s'en souvenait encore : il pouvait à peine avaler, il avait très mal au ventre et aux cuisses dès qu'il bougeait. Ce qui n'était du reste pas vraiment un problème, vu qu'il était trop faible pour ça.

À présent, Battat se sentait trop faible pour bouger. Et il avait très mal quand il essayait malgré tout. Et pas qu'à la gorge et au ventre, mais aux jambes, aux bras, aux épaules, dans la poitrine. Il ne savait pas ce que ce salaud de Harponneur lui avait injecté, mais ça l'avait cassé. Néanmoins, ça l'aidait d'une certaine manière. La douleur le tenait réveillé et aux aguets. C'était comme une sourde rage de dents qui aurait envahi tout le corps. Le peu d'énergie qu'avait Battat provenait désormais de sa colère. La colère d'avoir été pris au piège et neutralisé par le Harponneur. Et désormais, la colère d'avoir été indirectement responsable de la mort de Thomas et de Moore.

Il avait les oreilles bouchées et devait plisser les yeux pour y voir clair. Malgré tout, il avait une perception très nette de son environnement : la cabine d'ascenseur décorée de laiton brossé et de moquette verte. Les rangées de petites ampoules éblouissantes au plafond. Il y avait une trappe de visite au fond et l'objectif grand angulaire de la caméra de surveillance à côté.

La cabine était vide, à l'exception de Battat et d'Odette. Quand ils parvinrent au second, ils descendirent. Odette le prit par la main, ambiance jeune couple cherchant sa chambre. Ils examinèrent la plaque indicatrice fixée au mur devant eux : de 300 à 320 sur la droite. Cela plaçait la 310 au beau milieu d'un long couloir brillamment éclairé. Ils s'y engagèrent aussitôt.

« Qu'est-ce qu'on fait ? demanda Battat.

– On inspecte d'abord la cage d'escalier, répondit Odette. Je veux m'assurer que l'autre tueur ne s'y est pas planqué pour couvrir la chambre.

– Et ensuite ?

– Qu'est-ce que vous diriez d'être marié ?

– J'ai déjà tenté le coup et ça m'a pas plu.

– Alors, ça risque de vous plaire encore moins, répondit-elle. Je vous expliquerai mon plan dès qu'on sera parvenus à l'escalier. »

Ils en prirent la direction : la cage était situé tout au bout du couloir. Comme ils approchaient de la 310, Battat sentit son cœur s'emballer. La pancarte « Ne pas déranger » était accrochée au bouton de la porte. Il émanait de cet endroit une impression de danger. Battat la perçut nettement alors qu'ils passaient devant. Ce n'était pas une sensation physique mais mentale. Il n'aurait pas été jusqu'à dire qu'il sentait la présence du mal, mais cette chambre lui faisait manifestement l'effet de l'antre de quelque bête féroce.

Odette lui lâcha la main quand ils arrivèrent au niveau de la cage d'escalier. Elle sortit le pistolet de son étui et vissa le silencieux sur le canon. Puis elle dépassa Battat et jeta un coup d'œil prudent par le carreau en haut de la porte. Personne. Odette tourna le bouton et s'engagea à l'intérieur. Battat la suivit. Il recula vers les degrés en béton et s'appuya d'un bras à la balustrade métallique. Ça faisait du bien de ne plus avoir à bouger. Odette gardait un talon coincé dans l'embrasure pour ne pas que la porte se referme et les bloque dans l'escalier. Elle regarda l'Américain.

« Je suis sûre que le Harponneur a transformé sa chambre en fort Chabrol. Comme on ne va sans doute pas pouvoir y pénétrer de force, il faut qu'on trouve un moyen de l'attirer dehors.

– D'accord. » Battat se sentait las, pris de vertige, et il avait du mal à se concentrer. « Qu'est-ce que vous proposez ?

– Vous et moi, nous allons avoir une querelle d'amoureux. »

Cela éveilla son attention. « Pour quel motif ?

– Peu importe, répondit Odette, du moment que ça nous sert de prétexte à nous engueuler pour retrouver notre chambre.

– L'un de nous dira que c'est la 312 et l'autre soutiendra que c'est la 310 ?

– Exactement. Et ensuite, on ouvrira la porte de la 310.

– Comment ? »

Odette glissa la main dans sa poche.

« Avec ceci, dit-elle en sortant le passe subtilisé à la concierge. Si on a de la veine, le Harponneur cherchera juste à nous mettre dehors.

– Et si quelqu'un sort d'une autre chambre et menace d'appeler la sécurité ?

– Alors on s'engueule de plus belle », répondit Odette, tout en ôtant son blouson pour le glisser sur son avant-bras, dissimulant ainsi le pistolet.

La jeune femme lui parut impatiente et inquiète. Il ne le lui reprochait pas. Ils affrontaient à la fois le Harponneur et l'inconnu. S'il ne se sentait pas aussi pâteux, il aurait éprouvé lui aussi de la peur en plus de sa colère latente.

« Ça n'a rien de scientifique, poursuivit-elle. Le but de la manœuvre est de distraire le Harponneur suffisamment longtemps pour pouvoir le tuer.

– Je comprends, fit Battat. Que voulez-vous que je fasse ?

– Quand j'ouvrirai la porte, je veux que vous repoussiez le battant avec force. Cela devrait le surprendre et me donner en même temps un répit pour viser et tirer. Dès que j'ai fini, on retourne dans la cage d'escalier et on file.

– Très bien.

– Vous êtes sûr de vous sentir à la hauteur ? s'inquiéta Odette.

– Je serai capable de faire ce que vous me demandez », répondit-il.

Elle acquiesça et, pour le rassurer, lui adressa un demi-sourire. Ou peut-être était-ce pour se rassurer elle-même.

Un moment après, ils reprenaient le couloir en sens inverse.

49.

Saint-Pétersbourg, Russie,
mardi, 11 : 02

Josef Norivsky était l'agent de liaison de l'Op-Center russe avec les autres services de police et de renseignements du pays mais aussi avec Interpol. C'était un jeune homme aux épaules larges, aux cheveux bruns taillés court surmontant un long visage pâle. Il entra d'un pas décidé dans le bureau du général Orlov, arborant une expression entre fureur et incrédulité.

« Il y a un truc qui cloche », annonça-t-il. Norivsky ne délivrait aucune information sans en être absolument certain. Le résultat, c'est que lorsqu'il s'exprimait, chacune de ses phrases semblait avoir force de loi.

L'agent de liaison tendit à Orlov un groupe de clichés au format 20 × 25. Orlov examina rapidement les onze photos floues en noir et blanc. Elles montraient cinq hommes encagoulés qui en traînaient un sixième, tête nue, dans un corridor formé de parpaings.

« Ces clichés ont été pris par des caméras de surveillance dans la prison de haute sécurité de Lenkoran, en Azerbaïdjan, expliqua Norivsky. Nous les avons reçues avant-hier. L'homme tête nue est Sergueï

Tcherkassov. Le SC2E espérait qu'on pourrait les aider à identifier les autres. »

Le SC2E était le Service de contre-espionnage d'État d'Azerbaïdjan. Il continuait d'entretenir des relations de coopération relative avec les autres services de renseignements russes.

« Et vous avez trouvé quoi ? demanda Orlov en terminant de passer en revue les photos.

– Leurs armes sont des IMI Uzi. Dérivées d'une mitraillette importée d'Israël en Iran bien avant la révolution islamique. En soi, cela ne veut pas nécessairement dire grand-chose : des trafiquants d'armes iraniens auraient pu en vendre à n'importe qui. Mais regardez comment ils évoluent. »

Orlov retourna aux clichés. « Je ne vous suis pas... »

Norivsky se pencha au-dessus du bureau et indiqua la quatrième photo. « Les hommes en passe-montagne ont formé un losange autour de Tcherkassov. L'homme en pointe protège le colis, l'évadé, l'homme en queue couvre les flancs, ceux des côtés, la droite et la gauche. Quant au cinquième, le seul qui n'apparaît que sur les clichés un et deux, il est en pointe de flèche, pour ouvrir le passage. Sans doute armé d'un lance-roquettes, d'après les rapports. » Norivsky se redressa. « Or, cette formation en losange est la procédure standard d'évacuation appliquée par la VEVAK. »

La VEVAK était la Vezarat-e Etella'at va Amniat-e Keshvar. Le ministère iranien du Renseignement et de la Sécurité.

« Pourquoi l'Iran irait-il libérer un terroriste russe emprisonné en Azerbaïdjan ? » poursuivit Norivsky. Le chef du renseignement répondit lui-même : « Pour exploiter ses talents ? Possible. Mais une autre possibilité est qu'ils abandonnent son corps sur le site de l'attentat. Combien de cadavres a-t-on retrouvés dans le port de Bakou ? Entre quatre et six, selon la manière de reconstituer le puzzle...

– Le nombre d'individus qui l'ont aidé à s'évader, nota Orlov.

– Oui, confirma Nirovsky.

– Ce qui voudrait dire qu'ils travaillaient de concert. Rien de plus.

– Si l'on excepte la présence du Harponneur, insista Norivsky. On sait qu'il a déjà travaillé pour l'Iran à plusieurs reprises. On sait qu'il peut être contacté par le truchement de certaines associations à Téhéran. Ce que je suis en train de dire, mon général, c'est ceci : imaginez que l'Iran ait manigancé l'attentat contre sa propre plate-forme pétrolière afin d'avoir un prétexte pour amener des bâtiments de guerre dans le secteur ?

– Cela n'expliquerait pas l'engagement de l'Agence américaine pour la sécurité nationale, objecta Orlov.

– Mais la présence de Tcherkassov, si, contra Norivsky. Réfléchissez, mon général : l'Iran menace l'Azerbaïdjan. Les États-Unis se retrouvent impliqués dans le conflit. Ils n'ont pas le choix. L'approvisionnement en pétrole de l'Amérique est menacé. Si l'adversaire n'est que l'Iran, les Américains ne sont pas hostiles à une guerre aéronavale. Cela fait vingt-cinq ans qu'ils cherchent un prétexte pour riposter contre l'Iran, quasiment depuis la crise des otages en 1979. Mais imaginez que la Russie soit impliquée à son tour. Lors de son procès, Tcherkassov a reconnu travailler pour le Kremlin. C'était pour éviter l'exécution. Supposons que l'Azerbaïdjan ou l'Iran réagisse en attaquant les plates-formes russes en mer Caspienne... Les citoyens des États-Unis sont-ils prêts à tolérer qu'une nouvelle guerre mondiale se déclenche dans cette région ?

– Je ne pense pas, non », admit Orlov. Il réfléchit quelques instants. « Et peut-être qu'ils n'auraient pas à le tolérer.

– Que voulez-vous dire ?

– Le Harponneur travaillait avec la NSA, apparemment pour orchestrer cet affrontement, expliqua le général. Imaginez dans ce cas que quelqu'un, au sein du gouvernement américain, ait conclu un accord avec l'Iran avant de tout déclencher...

– La NSA a-t-elle l'autorité pour procéder à une telle initiative ? s'étonna Norivsky.

– Je ne le pense pas, admit Orlov. Ils auraient sans doute besoin d'être couverts par des fonctionnaires de haut rang. Paul Hood, le chef de leur Op-Center, m'a indiqué que des contacts à cet échelon pourraient avoir eu lieu. Et si les Américains avaient accepté de se tenir en retrait jusqu'à un certain point ? De laisser l'Iran s'approprier une part supplémentaire des gisements pétroliers en échange du libre accès des compagnies américaines à ceux-ci ?

– Une normalisation des relations ? suggéra Norivsky.

– Possible... L'armée américaine ferait mine d'aller jusqu'au bout avant de reculer au dernier moment pour une raison quelconque. Mais laquelle ? Là aussi, il faudrait que ce soit arrangé d'avance. »

Orlov ne savait pas la réponse mais il connaissait quelqu'un qui saurait peut-être. Après avoir remercié Norivsky, il sonna son interprète et appela Paul Hood.

50.

Washington, DC, mardi, 3 : 06

Après le départ de Fenwick, Hood resta seul assis à la grande table de conférence. Il essayait d'imaginer ce qu'il allait bien pouvoir raconter au président pour le convaincre qu'il y avait quelque chose d'anormal dans les informations qu'on lui soumettait. Cela risquait d'être difficile sans faits nouveaux. Il pensait avoir déjà réussi auparavant à le convaincre de la duplicité de Fenwick. Mais dans l'urgence d'une crise en développement, les gestionnaires avaient souvent tendance à prendre conseil auprès d'amis fidèles et souvent passionnés. Fenwick était un homme de passions, et Cotten était un vieil allié. Sans éléments concrets, Hood ne pourrait pas lutter à armes égales. Ce qui le troublait presque autant, toutefois, c'était une remarque lâchée par le patron de la NSA avant de quitter la salle du Conseil.

« Je ne vais pas vous laisser conseiller le président. »

Il ne s'agissait pas d'un simple affrontement international, mais aussi d'une lutte territoriale au sein du Bureau Ovale. Pour quel enjeu, exactement ? Cela dépassait la question de l'accès au président des États-

Unis. Fenwick avait essayé de troubler Lawrence, de le mettre dans l'embarras, de l'induire en erreur. Pourquoi ?

Hood secoua la tête et se leva. Même s'il n'avait rien à ajouter à ses déclarations précédentes, il voulait entendre ce qu'avaient à dire les chefs d'état-major. Et Fenwick ne pourrait pas lui interdire l'entrée du Bureau Ovale.

Au moment où il quittait la salle du Conseil, son téléphone bipa. C'était le général Orlov.

« Paul, nous avons des informations troublantes...

– Allez-y. »

Orlov le mit au fait. Et conclut : « Nous avons tout lieu de croire que le Harponneur et les nationalistes iraniens sont les auteurs de l'attentat contre la plate-forme pétrolière iranienne. Nous pensons qu'il pourrait s'agir des mêmes Iraniens qui ont fait évader de prison le terroriste russe Tcherkassov. Cela permettrait de faire croire que Moscou est impliqué.

– Et de forcer les États-Unis à prêter assistance à l'Azerbaïdjan, pour contrebalancer, nota Hood. Savez-vous si Téhéran a cautionné l'attaque ?

– C'est fort possible, répondit Orlov. Le commando iranien semble avoir travaillé pour ou avoir été formé par la VEVAK.

– Tout cela pour précipiter une crise qui leur permettrait d'intervenir militairement...

– Oui, acquiesça Orlov. Et la présence de Tcherkassov, d'après nous, était destinée à fournir à l'Iran un prétexte à menacer nos installations pétrolières. À entraîner la Russie dans la crise. Tcherkassov pourrait n'avoir aucun rapport avec l'attentat.

– Ça se tient, admit Hood.

– Paul, vous avez dit précédemment que des membres de votre gouvernement et de la NSA avaient été en contact avec la mission d'Iran à New York. Que c'était une personne de la NSA qui était en communication avec le Harponneur à Bakou. Ce service pourrait-il tremper dans cette histoire ?

– Je n'en sais rien, admit Hood.

– Peut-être que la mission iranienne les aura mis en contact avec le Harponneur », suggéra le Russe.

C'était une éventualité. Hood la soupesa. Pourquoi Fenwick aiderait-il les Iraniens a faire sauter leurs propres puits avant d'encourager son président à attaquer l'Iran ? Était-ce un complot visant à attirer la république islamique dans un conflit armé ? Était-ce pour cela que Fenwick avait caché ses faits et gestes au président ?

Mais Fenwick devait être au courant pour Tcherkassov. Il devait bien savoir que la Russie serait entraînée elle aussi.

Et cela n'expliquait toujours pas pourquoi Fenwick avait tenu à téléphoner au président juste avant le dîner officiel avec les représentants des Nations unies. C'était une manœuvre destinée à humilier Lawrence. À éroder la confiance dans..

Dans les capacités mentales du président !

Hood suivit le fil de ce raisonnement. N'était-ce pas ce qui avait d'emblée préoccupé Megan Lawrence ? Une instabilité mentale, réelle ou supposée, créée par un enchaînement délibéré de tromperie et de confusion ? Le président en ressort profondément ébranlé. Les États-Unis se retrouvent au bord d'une guerre, sous la conduite de Fenwick. Lawrence tente de gérer la crise. Et qu'arrive-t-il ensuite ? Est-ce que Fenwick finit de le saper d'une manière ou de l'autre ? l'amène à douter de ses capacités... ?

Ou est-ce qu'il conduit plutôt l'opinion publique elle-même à en douter ?

La sénatrice Fox était déjà préoccupée par Lawrence. Mala Chatterjee ne le portait pas dans son cœur. La secrétaire générale ne se priverait sûrement pas d'accorder des entretiens pour déclarer que le président américain s'était trompé du tout au tout dans cette affaire d'initiative de l'ONU. Et si Gable ou Fenwick se mettaient à leur tour à orchestrer des fuites sur les erreurs de jugement manifestes du chef de l'exécutif au cours des dernières semaines ?

La presse goberait ça sans broncher, Hood en était convaincu. Avec une histoire pareille, il ne serait pas difficile de manipuler les médias. Surtout si la rumeur venait d'une source aussi fiable que Jack Fenwick.

Et il n'y avait pas que Fenwick et Gable qui trempaient dans le complot, Hood en était désormais convaincu.

Au Bureau Ovale, le vice-président avait été sur la même longueur d'onde que Fenwick et Gable. Qui retirerait le plus grand avantage si jamais le président et sans doute l'électorat étaient convaincus de son incapacité à gouverner le pays en période de crise ? L'homme appelé à lui succéder, bien sûr.

« Général Orlov, avons-nous des nouvelles de nos agents qui traquent le Harponneur ?

– Ils sont tous les deux à l'hôtel où il est descendu, annonça Orlov. Ils s'apprêtent à l'interpeller.

– Le capturer, pas l'éliminer ?

– Nous n'avons pas les moyens matériels de le capturer, déclara Orlov. Pour parler franc, nous n'avons peut-être même pas les moyens de réussir la mission en cours. C'est un risque énorme, Paul.

– Je comprends, dit Hood. Général, êtes-vous sûr de votre information selon laquelle les hommes qui ont attaqué la plate-forme iranienne seraient eux aussi iraniens ?

– Jusqu'à ce que les légistes aient pu rassembler les fragments et identifier les corps, je ne peux que vous offrir une hypothèse.

– Très bien. Je m'en vais donner cette information au président. Ses conseillers le poussent à une riposte militaire. De toute évidence, nous devons l'amener à la retarder.

– Je suis d'accord. De notre côté aussi, c'est la mobilisation.

– Rappelez-moi dès que vous avez du nouveau. Et encore merci, général. Merci de tout cœur. »

Hood raccrocha. Il quitta précipitamment la salle du Conseil pour foncer dans le couloir tapissé de moquette et rejoindre le Bureau Ovale. Les portraits sur toile de Woodrow Wilson et de son épouse Edith Bolling Wilson le toisèrent au passage. La première dame de l'époque avait effectivement dirigé le pays en 1919, après que son mari eut été victime d'une attaque. Mais c'était alors pour protéger sa santé tout en veillant aux intérêts de la nation. Pas pour satisfaire des intérêts personnels. Serions-nous devenus plus corrompus depuis ? Ou la ligne entre le bien et le mal avait-elle été entièrement effacée ? Des fins prétendument vertueuses justifiaient-elles désormais des moyens corrompus ?

C'était exaspérant. Hood avait des informations, et il avait un scénario solide, plausible. Il avait vu pâlir

Fenwick quand il lui avait annoncé la capture du Harponneur. Mais il n'avait aucune preuve concrète. Et sans preuve, il ne voyait pas comment il allait pouvoir convaincre le président de procéder avec lenteur et précaution, sans tenir compte de l'attitude de l'Iran. Et ce n'étaient pas les chefs d'état-major interarmes qui lui seraient d'un grand secours. Cela faisait plus de vingt ans que les militaires attendaient un bon prétexte pour riposter contre Téhéran.

Il tourna au coin, s'approcha du Bureau Ovale. L'agent du Service secret en faction à la porte l'arrêta.

« Il faut que je voie le président, expliqua Hood.

– Je regrette, monsieur, vous ne pouvez pas rester ici », s'entêta le jeune homme.

Hood lui mit sous le nez la plaque qu'il portait autour du cou. « J'ai un accès de niveau bleu. J'ai le droit d'être ici. Je vous en prie. Frappez simplement à la porte et dites au président que je l'attends dehors.

– Monsieur, même si je fais cela, ça ne vous aidera pas à voir le président, lui expliqua le jeune agent. Ils sont descendus poursuivre la réunion en bas.

– Où ça ? » demanda Hood. Mais il connaissait déjà la réponse.

« Au PC de crise. »

Hood fit demi-tour et jura. Fenwick avait eu raison. Il faisait tout pour l'empêcher de voir le président. Le seul moyen de descendre au PC de crise était de disposer de l'autorisation de niveau supérieur, le badge rouge. Tous ceux qui étaient dans ce cas devaient déjà s'y trouver. Et se laisser séduire et manipuler par Jack Fenwick.

Hood retourna en salle du Conseil. Il avait toujours dans la main son téléphone mobile avec lequel il tapait contre sa paume ouverte. Il avait envie d'envoyer au diable ce satané bidule. Il ne pouvait pas téléphoner au président. Les appels vers le PC de crise étaient routés par un standard différent de celui du reste de la Maison-Blanche. Il n'avait pas l'autorisation d'accès direct et Fenwick aurait de toute manière pris des dispositions pour que tout appel venant de Hood soit refusé ou mis en attente.

Le patron de l'Op-Center était habitué aux défis, aux retards. Mais il avait toujours réussi à contacter les gens qu'il avait besoin de convaincre par la parole. Même quand des terroristes s'étaient rendus maîtres du Conseil de sécurité des Nations unies, il avait trouvé le moyen d'y accéder. Tout ce qu'il lui fallait, c'était de la résolution et des hommes. Il n'avait pas l'habitude de se retrouver acculé de la sorte. C'était frustrant au plus haut point.

Il arrêta d'avancer. Il leva les yeux vers le portrait de Woodrow Wilson, puis contempla celui de Mme Wilson.

« Merde... », fit-il.

Il rabaissa les yeux vers son téléphone. Peut-être qu'il n'était pas aussi coincé qu'il l'imaginait.

Et il repartit au petit trot vers la salle du Conseil.

Il était prêt à parier qu'il restait une ouverture que Jack Fenwick n'avait pas encore songé à bloquer.

Il n'aurait pas pu, même s'il avait voulu.

Une reine battait toujours un valet[1].

1. Surtout quand celui-ci s'appelle *Jack,* qui aux cartes, en anglais, signifie justement *valet... (N.d.T.).*

51.

Bakou, Azerbaïdjan,
mardi, 11 : 09

Alors qu'elle descendait le couloir, Odette avait deux soucis.

Le premier était de commettre une erreur sur l'identité du client de la chambre 310. Que l'homme ne soit pas en fait le Harponneur. Orlov lui avait donné une idée générale de l'allure du terroriste. Mais il avait ajouté qu'il recourait sans doute à des déguisements. Elle avait le portrait mental d'un individu mince, de haute taille, au nez aquilin, aux yeux pâles et pleins de haine, avec des mains aux doigts allongés. Hésiterait-elle à tirer si un individu pas si grand, plutôt carré, aux yeux bruns avenants lui ouvrait la porte de ses petits doigts boudinés ? Est-ce que ça lui donnerait une chance de la frapper en premier ?

Un innocent s'avancerait et dirait « Bonjour », se dit-elle. Le Harponneur pouvait faire de même pour la désarçonner. Donc, il fallait qu'elle attaque la première, qui que soit l'occupant de la chambre.

Son autre souci était une question de confiance. Elle avait réfléchi à la réticence qu'elle avait décelée dans la voix du général Orlov. Odette se demanda ce qui le préoccupait le plus. Qu'il lui arrive quelque chose, à elle, ou que le Harponneur réussisse à s'échapper ? Les deux, sans doute. Même si elle essayait de se forger une mentalité de gagneuse, ambiance « je vais lui montrer », le manque de confiance de son supérieur n'était pas fait pour la rassurer.

Tant pis. Concentre-toi plutôt sur l'objectif, c'est tout.

La mission, il n'y avait que ça qui importait. La cible n'était qu'à quelques portes de là.

Odette et David Battat étaient convenus que ce serait elle qui entamerait la prise de bec. C'était elle qui devait ensuite ouvrir la porte et entrer. Elle assurerait le tempo. Le couple dépassa la chambre 314. Odette tenait la clé dans sa main gauche. Elle avait toujours le pistolet dans la droite, caché sous le blouson posé sur son avant-bras. Battat tenait le couteau automatique contre son flanc. Il semblait être un peu plus concentré qu'à leur arrivée. Odette n'en fut pas surprise.

Elle l'était, elle aussi.

Ils dépassèrent la chambre 312.

Odette se tourna vers Battat : « Pourquoi tu t'arrêtes ? » lança-t-elle. Haussant juste la voix pour n'être éventuellement entendue que du Harponneur. Son ton était normal, celui de la conversation.

« Comment ça, pourquoi je m'arrête ? » répliqua l'Américain du tac au tac.

Odette fit encore quelques pas. Elle s'arrêta devant la 310. Son cœur battait la chamade. « Bon, alors on rentre, oui ?

– Oui, fit-il, jouant l'impatience.

– C'est pas notre chambre, dit alors Odette.

– Mais si.

– Non. C'est celle-ci.

– On est à la 312 », assura Battat avec confiance.

Elle introduisit la clé dans la serrure de la 310. C'était pour Battat le signal d'intervenir. Il s'approcha, s'immobilisa juste derrière elle. Son épaule droite touchait quasiment le battant.

Les doigts d'Odette étaient moites de sueur. Elle sentait l'odeur de laiton de la clé. Elle hésita. *C'est le moment que tu attendais,* se rappela-t-elle. Une occasion de faire tes preuves et de rendre fier Viktor. Elle fit pivoter la clé. Qui entraîna le verrou. La porte s'ouvrit.

« Je t'avais bien dit que c'était notre chambre », lança-t-elle à Battat. Elle déglutit avec difficulté. Les mots s'étaient étranglés dans sa gorge et elle ne voulait surtout pas dévoiler sa peur. Le Harponneur risquait de le remarquer.

Dès que le battant s'entrouvrit, Odette retira la clé. Elle la remit dans sa poche et resta quelques secondes à tendre l'oreille. La télé était éteinte et le Harponneur n'était pas sous la douche Odette avait plus ou moins espéré le coincer dans la salle de bains. Mais elle n'entendit rien. Elle ouvrit un peu plus.

Il y avait un petit couloir étroit. Il y faisait noir comme dans un four et le silence était total. Elle avait supposé que le Harponneur se planquerait dans la chambre mais si ce n'était pas le cas ? Il pouvait être descendu prendre un petit déjeuner tardif. Ou il pouvait avoir déjà quitté Bakou. Peut-être avait-il juste conservé la chambre comme planque en cas de besoin.

Mais s'il nous guette ? songea-t-elle alors. Et de se dire aussitôt : *Alors, à nous de gérer la situation.* Viktor disait toujours que rien n'était jamais sûr.

« Il y a un problème, chou ? » lança Battat.

Les mots la firent sursauter. Elle se retourna vers son compagnon. L'Américain avait le front plissé. Il était à l'évidence soucieux. Elle se rendit compte qu'elle avait sans doute attendu trop longtemps avant d'entrer.

« Non, non, aucun », répondit-elle. Elle ouvrit la porte un peu plus et tâtonna de la main gauche. « Je cherche juste l'interrupteur. »

Odette poussa le battant jusqu'à l'ouvrir à moitié. Elle apercevait les chiffres lumineux du réveil sur la table de nuit. Un trait de lumière zigzaguait entre les doubles rideaux, faisant paraître la pièce plus obscure encore.

Odette tenait le pistolet toujours planqué sous son blouson, le bras caché derrière le battant de la porte. Sa main gauche trouva enfin l'interrupteur. Elle le bascula. Le plafonnier de l'entrée s'alluma, en même temps que les deux lampes de chevet, jetant sur les murs et le mobilier une pâle lueur orangée.

Odette entra, en retenant sa respiration. La salle de bains était sur sa droite. Elle regarda à l'intérieur. Des objets de toilette étaient posés sur la tablette à côté du lavabo. Le savon était déballé.

Elle regarda ensuite le lit. On n'y avait pas couché, même si les oreillers avaient été déplacés. Elle avisa une valise sur le porte-bagages, mais elle ne vit pas les souliers de l'occupant de la chambre. Peut-être était-il sorti.

« Il y a quelque chose d'anormal, dit Odette.

– Quoi donc ?

– Ç'est pas notre valise sur le porte-bagages. »

Battat se porta à sa hauteur. Il regarda alentour. « Alors, tu vois bien, j'avais raison. C'est pas notre chambre.

– Dans ce cas, pourquoi la clé a ouvert la porte ?

– On n'a qu'à descendre voir à la réception », dit Battat. Il continuait d'observer les lieux.

« Peut-être que le chasseur se sera trompé et aura installé quelqu'un d'autre ici », suggéra Odette.

Battat lui agrippa soudain l'épaule gauche. Il la poussa sans ménagement dans la salle de bains et la suivit à l'intérieur.

Odette se retourna pour le fusiller du regard. L'Américain porta un doigt à ses lèvres et s'approcha tout près.

« Qu'est-ce qui se passe ? murmura-t-elle.

– Il est là, répondit Battat d'une voix posée.

– Où ça ?

– Derrière le lit, par terre. J'ai vu son reflet sur la plaque en laiton de la tête de lit.

– Il est armé ?

– Peux pas dire. Mais je parierais que oui. »

Odette posa par terre son blouson. Elle n'avait plus de raison de dissimuler son pistolet. Battat se tenait à deux pas devant elle, près de la porte. À cet instant, elle avisa un petit miroir circulaire monté sur un bras télescopique fixé au mur sur sa droite. Une idée lui vint.

« Tenez ça », murmura-t-elle en tendant à Battat le pistolet. Puis elle contourna l'Américain, décrocha le miroir de son support mural, s'approcha de la porte. Accroupie, elle le tendit avec précaution dans le couloir de l'entrée. Puis elle l'inclina de telle sorte qu'elle puisse voir sous le lit.

Personne.

« Il a filé », dit-elle tranquillement.

Odette tendit un peu plus le bras télescopique pour mieux examiner la chambre. Elle le fit lentement pivoter de gauche à droite. Il n'y avait personne dans les angles et elle ne releva aucune saillie suspecte derrière les rideaux.

« Pas de doute, il a bien filé. »

Battat s'accroupit derrière elle et regarda à son tour. Odette se demanda si, dans sa fièvre, l'Américain avait bien vu quelqu'un ou s'il avait eu des hallucinations.

« Attendez une seconde, fit-il. Déplacez le miroir, qu'on puisse voir la tête de lit. »

Odette obéit. Derrière, on voyait les tentures bouger, comme agitées par la brise.

« La fenêtre est ouverte », dit Odette.

Battat se leva. Il entra dans la chambre avec précaution et regarda partout. « Merde...

– Quoi ? dit Odette en se relevant.

– Il y a une corde sous le rideau, expliqua-t-il en s'approchant de celle-ci. Le salopard est descendu par... »

Soudain, Battat pivota et regagna précipitamment la salle de bains.

« Couche-toi ! » s'écria-t-il en poussant brutalement par terre la jeune femme. Il plongea à ses côtés, le long de la baignoire en fibre de verre. Il ramena précipitamment son blouson au-dessus de leurs deux têtes et resta allongé près d'elle, un bras passé en travers du dos.

Quelques secondes plus tard, la chambre fut illuminée par une boule de feu rouge orangé, accompagnée d'un bruit de souffle et d'une onde d'air brûlant. Le flamboiement mourut peu après, ne laissant qu'une odeur douce-amère, mêlée de la puanteur âcre de la moquette et du tissu enflammés. Le détecteur de fumée de la chambre était en train de couiner.

Odette repoussa le blouson de sur leur tête et se mit à genoux. Elle s'écria : « Qu'est-ce qui s'est passé ?

– Il y avait un TEB sur le bureau ! hurla Battat.

– Un quoi ?

– Un TEB, répéta Battat en se levant d'un bond. Un terroriste en bidon. Vite, faut qu'on file d'ici ! »

Battat aida la jeune femme à se relever. Elle récupéra son blouson et tous deux se ruèrent dans le couloir. Battat referma la porte et gagna en titubant la chambre 312. Il avait de toute évidence du mal à garder son équilibre.

« C'est quoi, un terroriste en bidon ? demanda Odette.

– Du napalm avec deux doigts de benzène, expliqua Battat. Ça ressemble à de la crème à raser et c'est indétectable aux rayons X des aéroports. Il suffit de tourner le bouchon pour régler la minuterie et boum ! » La sonnerie de l'alarme incendie venait de se déclencher derrière eux. « Donnez-moi le passe », dit-il alors qu'ils arrivaient devant la 312.

Odette lui tendit la clé.

Battat ouvrit. De la fumée filtrait déjà sous la porte de communication avec la 310. Battat se précipita pour aller ouvrir la fenêtre. Les doubles rideaux étaient tirés. Il s'approcha de biais, pour voir dehors sans se faire repérer du rez-de-chaussée. Odette était sur ses pas. Ils contemplèrent le parking vide.

« Là ! » Battat pointa le doigt.

Odette s'approcha encore. Elle regarda dehors.

« Vous le voyez ? Chemise blanche, blue-jean, sac à dos noir.

– Je le vois.

– C'est le type de la chambre », confirma Battat.

C'est donc lui, le Harponneur.

Le monstre avait un air parfaitement anodin, silhouette anonyme qui s'éloignait de l'hôtel sans se presser. Mais cette décontraction apparente ne le rendait que plus nuisible. Des gens pouvaient bien être en train de mourir dans l'incendie déclenché pour couvrir sa fuite, c'était le cadet de ses soucis. Odette aurait voulu pouvoir le flinguer depuis cette fenêtre.

« Il va sans doute continuer de ce pas pour éviter d'attirer l'attention », nota Battat. Il lui rendit le pistolet. Il haletait, il avait du mal à tenir debout. « Vous avez encore le temps de le rattraper et de l'éliminer.

– Et vous ?

– Je ne ferais que vous ralentir. »

Elle hésita. Une heure plus tôt, elle ne voulait pas qu'il intervienne. À présent, elle avait l'impression de le lâcher.

« Vous perdez du temps. » Il la poussa doucement et elle retourna vers la porte. « Allez-y, vous occupez pas de moi. Je passerai par l'escalier. Je retourne à l'ambassade voir si je peux faire quelque chose de là-bas.

– Très bien. » Et elle fila vers la porte.

« Gaffe, il doit être armé ! lui cria Battat. N'hésitez pas ! »

Elle acquiesça avant de disparaître.

Le couloir s'emplissait de fumée. Les rares clients encore dans leur chambre s'y précipitaient pour voir ce qui se passait. Le personnel d'entretien et de sécurité commençait à arriver. Tous aidaient les clients à gagner la cage d'escalier.

Odette dit à l'un des vigiles que quelqu'un dans la 312 avait besoin d'aide. Puis elle se précipita vers l'escalier.

Moins d'une minute plus tard, elle était dans la rue. Le parking était situé derrière l'hôtel. Elle contourna le bâtiment.

Le Harponneur avait disparu.

52.

Washington, DC,
mardi, 3 : 13

Paul Hood retourna dans la salle du Conseil et ferma la porte. Il inspira un grand coup pour se calmer. La pièce sentait encore le café. Il n'était pas mécontent. Ça masquait l'odeur de trahison. Puis il sortit son organiseur Palm Pilot, y chercha un numéro, se précipita vers le téléphone pour le composer. Il aurait préféré s'en abstenir. Mais il y était obligé. C'était le seul moyen qu'il avait trouvé d'empêcher ce qui prenait à l'évidence la tournure d'un coup d'État.

On décrocha dès la seconde sonnerie. « Allô ? fit la voix à l'autre bout du fil.

– Megan, c'est Paul Hood.

– Paul, où êtes-vous ? demanda la première dame. J'étais folle d'inquiétude...

– Je suis dans la salle du Conseil. Megan, écoutez-moi. Fenwick est bien impliqué dans un complot. J'ai le sentiment que lui, Gable et Dieu sait qui d'autre essaient d'embobiner le président.

– Pourquoi quelqu'un chercherait-il à faire croire qu'il n'a plus sa tête ?

– Parce que, dans le même temps, ils ont manigancé

une confrontation avec l'Iran et la Russie en mer Caspienne. S'ils arrivent à persuader votre mari ou l'opinion qu'il n'est pas en état de gérer l'affrontement, il sera contraint à la démission. Dès lors, son successeur pourra soit pratiquer l'escalade, soit, et c'est plus probable, mettre fin au conflit. Cela lui fera gagner des points dans l'opinion et auprès de l'Iran. Peut-être qu'ensuite on pourra se partager les puits de pétrole qui appartenaient jusqu'ici à l'Azerbaïdjan.

– Paul, c'est monstrueux. Est-ce que le vice-président est dans le complot ?

– C'est possible.

– Et ils espèrent réussir leur coup ?

– Megan, ils y sont à deux doigts, lui annonça Hood. La situation en Caspienne est en train de s'emballer, et ils ont transféré leur conférence stratégique du Bureau Ovale au PC de crise. Or je n'ai pas l'habilitation de sécurité pour y descendre.

– Je vais téléphoner à Michael sur son numéro privé pour lui demander de vous recevoir.

– Ça ne sera pas suffisant. J'ai besoin que vous fassiez autre chose. »

Megan lui demanda quoi. Hood le lui expliqua.

« D'accord, promit-elle quand il eut terminé. Donnez-moi cinq minutes. »

Hood la remercia et raccrocha.

Ce qu'il lui avait suggéré était une tactique potentiellement dangereuse, pour l'un comme pour l'autre. Et dans le meilleur des cas, elle n'aurait rien d'agréable. Mais c'était indispensable.

Hood parcourut du regard la salle du Conseil.

Ce n'était pas comme lorsqu'il avait sauvé sa fille.

Là, il avait agi d'instinct. Il le fallait s'il voulait qu'elle survive. Il n'avait pas eu le choix.

Ici, c'était différent.

Hood essaya d'imaginer les décisions qui avaient été prises ici au cours des siècles. Des décisions concernant les guerres, les crises économiques, les droits de l'homme, la politique étrangère... Chacune avait affecté l'histoire d'une manière ou de l'autre, à plus ou moins grande échelle. Mais plus important encore, bonnes ou mauvaises, elles avaient exigé un engagement total. Quelqu'un qui était convaincu de faire le bon choix. Qui soit prêt à tout risquer dessus, depuis sa carrière et la sécurité de l'État jusqu'à la vie de millions de gens.

Hood était sur le point de le faire. Les deux, du reste. Mais il se souvenait d'une maxime accrochée au mur de la classe de lycée où son père enseignait l'éducation civique. Elle lui paraissait appropriée : « Les premiers responsables d'une erreur sont ceux qui la commettent. Les seconds, ceux qui ont permis de la faire. »

Et alors qu'il quittait la salle du Conseil, Hood ne sentait pas le poids de la décision qu'il venait de prendre. Pas plus que le danger qu'elle représentait.

Il ne ressentait que le privilège d'être en mesure de servir son pays.

53.

Bakou, Azerbaïdjan,
mardi, 11 : 15

Il y avait longtemps que Maurice Charles n'avait pas dû quitter précipitamment une retraite sûre. Ça le mettait en rogne d'avoir à fuir une planque qu'il avait préparée avec tant de soin. Mais ce qui le mettait encore plus en rage, c'était l'idée de devoir fuir quelque chose ou quelqu'un. Peu lui importait même, sur le coup, de savoir comment on avait découvert où il était. À leur accent, les intrus étaient l'une russe et l'autre américain. Peut-être Moscou et Washington l'avaient-ils filé à son insu. Peut-être avait-il commis quelque part une imprudence. Lui ou un de ses associés.

Mais Charles ne croyait pas que le couple était entré par accident. Pour commencer, il avait pris soin de récupérer les deux clés de la 310 lorsqu'il avait pris la chambre. Et la réception n'avait pas de troisième trousseau. Quand le déclic de la serrure l'avait réveillé, il avait tout de suite compris qu'il y avait un truc anormal. Ensuite, Charles avait observé la démarche de la femme, l'avait écouté parler lorsqu'elle était entrée. Tout chez elle trahissait l'hésitation. Si elle avait été si sûre d'être dans la bonne chambre, elle aurait foncé pour allumer la lumière. Quand elles pensaient avoir raison, les femmes étaient toujours pressées de le prouver.

Pourtant, malgré sa colère, Charles refusait de céder à sa rage. Dans l'immédiat, sa tâche était de brouiller les pistes pour pouvoir s'échapper. Cela voulait dire éliminer le couple qui était entré dans sa chambre. Il n'avait pas envisagé de recourir aux assassins qu'il avait employés la veille. Il ne voulait pas laisser savoir qu'il était tombé sur un os. Ça nuirait à sa réputation et c'était mauvais pour les affaires.

Il avait eu le temps de bien détailler les pieds et les jambes du couple. Ça devrait lui suffire à les identifier. Il avait toujours son arme et son couteau. Ces deux-là ne survivraient pas bien longtemps.

Charles avait traversé la moitié du parking quand il fit demi-tour. Si le couple s'était posté à une fenêtre pour le retrouver, il voulait qu'ils l'aperçoivent. Il voulait qu'ils se précipitent en bas pour l'empêcher de s'en aller. Ça les rendrait plus faciles à repérer. Ça lui révélerait en outre s'ils avaient du renfort. S'ils en avaient appelé, des voitures ou des policiers convergeraient d'un instant à l'autre sur le parking. Si ce n'était pas le cas, il pourrait alors se débarrasser d'eux avant de quitter la ville par le train, comme prévu.

Après leur avoir laissé une chance de l'apercevoir, Charles revint sur ses pas vers l'hôtel. Il entra par une porte latérale qui donnait sur une galerie marchande. Il entendait des sirènes approcher, mais c'étaient celles des pompiers, pas de la police. Cela ne voulait pas dire pour autant qu'il était sauvé. En revanche, cela suggérait que l'homme et la femme avaient agi sans un soutien immédiat proche. Se noyer dans une foule qui fuyait un incendie ne devrait pas lui poser trop de problèmes. Mais auparavant, il devait régler leur compte aux intrus.

54.

Washington, DC,
mardi, 3:17

Sous le mandat de Harry Truman, la Maison-Blanche avait été quasiment éventrée et reconstruite de fond en comble, suite au piteux état du bois des cloisons intérieures et des poutres séculaires. Les Truman avaient alors déménagé pour s'installer juste en face, à Blair House, et, entre 1948 et 1952, on avait construit de nouvelles fondations et remplacé les solives en bois vermoulu par des poutrelles d'acier. On en avait profité pour creuser un sous-sol, officiellement afin d'augmenter l'espace de stockage. En fait, il devait fournir un abri au président, à sa famille et aux membres de son équipe en cas d'attaque nucléaire. Au cours des ans, le sous-sol avait été agrandi en secret pour accueillir des bureaux, plusieurs postes de commandement, des installations médicales, des postes de surveillance et des salles de loisirs. Désormais, on comptait quatre sous-sols creusés jusqu'à plus de soixante mètres de profondeur.

Les quatre niveaux ne sont accessibles que par deux ascenseurs, installés à chaque aile du bâtiment. L'ascenseur de l'aile ouest est situé non loin de la salle à manger privée du président, dans un angle, à mi-chemin du Bureau Ovale et du bureau du vice-président. La cabine couverte de boisieries est exiguë mais peut accueillir confortablement six personnes. On est autorisé à y accéder après identification de l'empreinte du pouce. Un petit moniteur à écran vert à droite de la porte est destiné à cet effet. Comme les salles de loisirs de la Maison-Blanche sont desservies par cet ascenseur, tous les membres de la famille présidentielle ont accès à cette cabine.

Hood se dirigea vers le bureau du vice-président et attendit dehors. Le vice-président se trouvant dans les murs, un agent du Service secret était en faction un peu plus loin dans le couloir. Le bureau était à proximité de la salle à manger d'apparat qui fait la liaison entre le bâtiment originel et l'aile ouest, plus récente puisque datant de seulement un siècle.

Hood était arrivé depuis moins d'une minute quand Megan Lawrence se présenta. La première dame était vêtue d'une jupe blanche mi-longue et d'un corsage rouge avec un foulard bleu. Elle était très peu maquillée. Son teint clair faisait paraître ses cheveux argent plus foncés.

L'agent du Service secret lui souhaita le bonjour quand elle passa devant lui. Megan sourit au jeune homme et poursuivit son chemin. Elle étreignit chaleureusement Paul Hood.

« Merci d'être descendue », lui dit-il.

Megan lui prit le bras et se tourna vers l'ascenseur. Cela lui fournit un prétexte pour se tenir près de son ami afin de lui parler. L'agent du Service secret était juste derrière eux.

« Comment comptez-vous procéder ? demanda-t-elle.

– Pas évident. Ça s'annonce comme une lutte pied à pied, reconnut Hood. Tout à l'heure, dans le Bureau Ovale, le président semblait très concentré. Si votre mari avait nourri des doutes sur sa capacité à gouverner, alors Fenwick et ses complices lui ont offert le remède idéal. Une crise. Ils n'auraient pas pu mieux tomber. Le président m'a semblé se fier beaucoup plus aux observations de Fenwick. Il en avait besoin. Ça l'a aidé à recouvrer sa confiance en soi.

– C'est ce que vous m'avez expliqué, remarqua la première dame. Et en plus, ce ne sont que des mensonges.

– Ça, j'en suis certain, lui assura Hood. Le problème, c'est que je n'ai aucune preuve solide.

– Alors, qu'est-ce qui vous rend si sûr qu'il s'agit bien de mensonges ?

– J'ai éventé le bluff de Fenwick quand nous étions tous les deux dans la salle du Conseil, expliqua Hood. Je lui ai dit que nous avions capturé le terroriste qui avait orchestré l'opération à l'étranger. J'ai ajouté que le type allait nous révéler pour qui il travaillait. Sous-entendu, Fenwick. Et Fenwick m'a garanti alors que je n'arriverais jamais à transmettre cette information au président. »

Ils arrivèrent devant l'ascenseur. Megan pressa délicatement le pouce sur l'écran. Un grésillement discret se fit entendre.

« Fenwick niera vous avoir menacé, objecta-t-elle.

– Bien sûr qu'il va nier. C'est bien pour cela que j'ai besoin de vous pour écarter le président de la réunion. Dites-lui que vous avez besoin de le voir cinq minutes

Si c'est moi qui le demande, Fenwick et ses complices me dévoreront tout cru. Mais vous, ils n'oseront pas vous attaquer. Cela retournerait le président contre eux.

– Très bien », répondit Megan. La porte s'ouvrit en coulissant. Ils entrèrent. Elle pressa le bouton S1. La porte se referma et la cabine s'ébranla.

« Il y a un garde en bas, expliqua Megan. Il va devoir prévenir de notre arrivée par téléphone. Je n'ai pas accès au PC de crise.

– Je sais. Avec un peu de chance, ce sera quelqu'un d'autre que Fenwick ou Gable qui décrochera.

– Et si je suis seule à pouvoir voir mon mari – en tête à tête ?... J'obtiens son attention. Et ensuite ?

– Parlez-lui de ce que vous avez remarqué ces dernières semaines. Exposez-lui avec franchise vos craintes : à savoir que Fenwick est en train de le manipuler. Faites-moi gagner du temps... ne serait-ce que deux ou trois heures. Il me faut bien ça pour avoir les preuves qui permettront d'arrêter une guerre. »

La cabine s'arrêta. La porte s'ouvrit sur un couloir brillamment éclairé. Les murs blancs étaient décorés de portraits de grands généraux américains et de tableaux de batailles célèbres, depuis la Révolution jusqu'à la période contemporaine. Le PC de crise était situé tout au bout du couloir, derrière deux portes à double battant.

Un jeune marine blond était installé derrière un bureau à droite de l'ascenseur. Il y avait devant lui un téléphone, un ordinateur et une lampe. Sur une étagère métallique à sa gauche s'alignaient plusieurs moniteurs de surveillance.

Le garde se leva et son regard alla de Hood à Megan.

« Bonjour, madame Lawrence. Plutôt matinale pour aller nager, ajouta-t-il avec un sourire.

– Et vous, je trouve que vous veillez bien tard, caporal Cain, répondit-elle avec un sourire. Je vous présente mon hôte, M. Hood. Et je ne suis pas descendue nager.

– Je m'en doutais un peu, m'dame », répondit-il. Son regard se porta sur Hood. « Bonjour, monsieur.

– Bonjour, dit Hood.

– Caporal, voulez-vous, je vous prie, appeler le président ? dit Megan. Dites-lui que j'ai besoin de lui parler. En privé, et en personne.

– Certainement. »

Cain se rassit et décrocha le téléphone. Il composa le numéro de poste du PC de crise.

Hood ne priait pas souvent mais il se surprit à prier qu'un autre que Fenwick ou ses complices décroche.

Au bout de quelques secondes, le garde annonça : « La première dame est ici pour voir le président. »

Le jeune caporal se tut alors. Hood et Megan gardèrent le silence. Dans le calme du couloir, le seul bruit était le discret sifflement aigu émis par les tubes des moniteurs de surveillance.

Après un instant, le garde leva les yeux. « Non, monsieur. Elle est accompagnée. Un certain M. Hood. » Nouveau silence du garde.

Ce n'était pas bon signe. Seul un des complices de Fenwick aurait songé à poser pareille question.

Après plusieurs secondes encore, le caporal reprit : « Bien, monsieur », avant de raccrocher. Il se leva, regarda la première dame. « Je suis désolé, m'dame.

On m'a indiqué que la réunion ne pouvait pas être interrompue.

– Qui vous l'a indiqué ?

– M. Gable, m'dame.

– M. Gable cherche à empêcher M. Hood de délivrer un message important au président, expliqua Megan. Un message qui pourrait éviter une guerre. J'ai besoin de voir mon mari.

– Caporal, intervint Hood. Vous êtes un soldat. Vous n'avez pas à recevoir d'ordres d'un civil. Je m'en vais toutefois vous demander de renouveler votre appel. Demandez à parler à un officier et répétez-lui le message de la première dame.

– Si M. Gable vous fait des difficultés, ajouta Megan, je prends cela sur moi. »

Le caporal Cain hésita, mais ce ne fut que momentané. Il décrocha de nouveau le téléphone et resta debout pour composer le numéro de poste.

« Monsieur Gable ? J'aimerais parler au général Burg. »

Le général Otis Burg était le chef d'état-major interarmes.

« Non, monsieur, reprit Cain après un moment. C'est une affaire militaire, monsieur. Une question de sécurité. »

Nouvelle pause. Hood sentit un goût amer au fond de la bouche. Il se rendit compte, au bout d'un moment, que c'était le goût du sang. Il s'était mordu la langue. Il essaya de se relaxer.

Quelques secondes après, la voix et l'attitude du caporal Cain changèrent. Sa posture se raidit, son ton devint formel. Il s'adressait au général Burg.

Cain répéta la requête. Bientôt, il raccrocha. Le jeune caporal regarda la première dame.

« Votre mari va vous recevoir tous les deux », annonça-t-il avec fierté.

Megan sourit et le remercia.

Hood et Megan se hâtèrent de gagner le PC de crise tout au bout du couloir.

55.

Bakou, Azerbaïdjan, mardi, 11 : 22

Titubant, David Battat descendit tant bien que mal l'escalier de service.

Vu l'heure matinale avancée, il ne restait plus des masses de clients dans l'hôtel. Les quelques personnes qu'il dépassa lui demandèrent s'il avait besoin d'aide. L'Américain leur expliqua qu'il avait inhalé de la fumée mais que ce n'était pas grave. Accroché à la balustrade en fer, il réussit à descendre lentement les marches en béton. Parvenu au rez-de-chaussée, il s'adossa au mur près d'une rangée de taxiphones. Il ne voulait pas s'asseoir. Il était faible, il avait le vertige et redoutait de ne plus pouvoir se relever. Quelqu'un du personnel de l'hôtel, une adjointe du directeur, s'enquit de son identité et du numéro de sa chambre. Il répondit qu'il n'était pas client : il était juste venu rendre visite à un ami. La jeune femme lui dit que les pompiers voulaient que tout le monde évacue les lieux. Battat lui promit de le faire dès qu'il aurait repris son souffle.

Son regard parcourut le hall. Il y avait foule, surtout des employés de l'hôtel et une petite cinquantaine de clients. Ces derniers s'inquiétaient pour leurs affaires et interrogeaient le personnel sur la sécurité. Personne ne semblait vraiment pressé de partir. Il n'y avait pas de fumée au rez-de-chaussée et les pompiers venaient juste de se garer dans l'allée devant l'entrée du bâtiment.

Battat se demanda avec inquiétude comment Odette se débrouillait. Il avait été fier d'elle en la voyant quitter l'hôtel. Si elle avait peur, elle n'en montrait rien. Il regrettait de ne pas être un peu plus vaillant. Il n'appréciait guère de la savoir affonter le Harponneur toute seule.

Il y avait une sortie latérale au bout du couloir, sur sa droite. Le parking était de ce côté, la façade de l'hôtel du côté opposé, à gauche. Comme les camions de pompiers étaient devant, il estima avoir une meilleure chance de trouver un taxi en sortant par le parking. Sinon, il y avait une grande artère qui passait derrière. Il l'avait aperçue depuis la fenêtre du second. Il pourrait toujours prendre un autobus.

S'écartant du mur, Battat reprit sa progression en chancelant sur la moquette de la galerie. Il se sentait de nouveau fiévreux, même s'il n'était pas aussi mal qu'auparavant. Son organisme luttait contre ce qu'on lui avait injecté. Il devait donc s'agir d'un virus plutôt que d'une substance chimique. Mais il allait enfin pouvoir recevoir des soins et se débarrasser de cette saloperie.

Sa vue était encore brouillée quand il passa devant la rangée de téléphones. Au-delà, il y avait plusieurs boutiques dont les vitrines se faisaient face, échangeant leurs reflets. Il n'y avait personne à l'intérieur, ni employés ni clients. Les étalages de chemises et de bibelots, de sacs de voyage et de jouets, tout semblait se fondre à son approche. Il voulut plisser les paupières pour améliorer les choses. En vain. La maladie plus l'épuisement l'avaient vidé plus qu'il ne le pensait. Il envisagea sérieusement de faire demi-tour pour retourner dans le hall demander aux pompiers de l'évacuer sur l'hôpital. Il avait d'abord redouté de s'y rendre, de peur que quelqu'un ne l'y reconnaisse et ne l'interroge sur le cadavre dans sa chambre. Mais il commençait à douter de ses capacités à quitter l'hôtel, sans parler de rejoindre l'ambassade.

Soudain, quelqu'un apparut dans son champ visuel. L'Américain s'arrêta, loucha. C'était un type en jean et chemise blanche. Il avait des bretelles aux épaules.

Des bretelles retenant un sac à dos noir.

Bon Dieu, songea-t-il comme l'autre approchait.

Il l'avait reconnu. Et il était sûr que c'était réciproque. Il comprit soudain pourquoi il était dans cet état de faiblesse. Après tout, c'était sans doute ce même homme qui lui avait injecté ce virus ou cette toxine sur la plage.

Le Harponneur.

L'assassin venait d'entrer dans le hall par une porte latérale. Il était à six ou sept mètres de lui. Il tenait apparemment un couteau dans la main droite. Battat n'était pas en état de se battre contre lui. Il fallait qu'il tente de rebrousser chemin vers la réception.

Il pivota, mais trop vite. Sa vision se brouilla et il se cogna contre une des vitrines. Il se redressa vivement d'un coup d'épaule. Il reprit sa progression titubante. S'il pouvait seulement rejoindre la réception, même si c'était pour s'étaler à plat ventre, quelqu'un pourrait arriver à le secourir avant que le Harponneur ne fût sur lui.

Battat atteignit la rangée de téléphones. Il tendit le bras gauche, s'aidant ainsi pour progresser le long de la paroi. Une poussée, un pas, une poussée, un pas.

Il avait dépassé la moitié des téléphones quand il sentit un glissement de tissu amidonné contre sa gorge. Une manche de chemise. Un bras vigoureux le ramena en arrière, le bloquant avec une prise de strangulation.

« La dernière fois qu'on s'est rencontrés, j'avais besoin de toi vivant, murmura l'assassin d'une voix rauque. Plus cette fois. À moins que tu me dises pour qui tu travailles.

– Va te faire mettre », haleta Battat.

Battat sentit un genou contre ses reins. Si le Harponneur avait l'intention de le tuer debout, il allait être déçu. Les jambes de l'Américain se dérobèrent et il s'effondra au sol. L'assassin le lâcha aussitôt pour se jeter sur lui. Il l'enfourcha et lui enfonça violemment le genou dans le torse. Battat sentit un coup sec au côté. L'autre avait dû lui casser une ou plusieurs côtes. Puis il lui plaqua son couteau contre le cou, pressant l'extrémité acérée de la lame juste sous l'oreille.

« Non, siffla le Harponneur en le fusillant du regard. C'est toi qui vas te faire mettre... ceci. »

Battat était trop faible pour lutter. Il savait bien qu'il était sur le point de se faire égorger et de mourir en baignant dans son propre sang. Mais il n'y pouvait rien. Rien.

Battat sentit quelque chose lui piquer la gorge. Un instant après, il perçut une détonation sourde et sentit du sang lui éclabousser les yeux. Il aurait cru souffrir bien plus, en ayant la gorge transpercée. Mais il n'y avait aucune douleur après la piqûre initiale. Il ne sentait pas la lame glisser sur sa peau. Et il était toujours capable de respirer.

Ensuite, il entendit une seconde détonation. Il plissa les yeux pour chasser le voile de sang. Et vit le Harponneur étalé sur lui, écrasé sur sa poitrine. Du sang s'échappait d'une blessure à sa gorge. Il n'y avait rien de mélodramatique sur ses traits, nulle mimique spectaculaire à la mesure de ses crimes. Juste l'ombre brève d'un regard de surprise et de confusion. Puis les yeux se fermèrent, le couteau s'échappa de sa main et le Harponneur roula au sol entre Battat et la rangée de taxiphones.

Battat resta étendu, sans bien comprendre ce qui était arrivé, jusqu'à ce qu'Odette entre dans son champ visuel par l'arrière. Elle tenait devant elle le pistolet à silencieux et toisait le cadavre du Harponneur.

« Ça va ? » demanda-t-elle à l'Américain.

Il porta la main à sa gorge, se tâta. Hormis un filet de sang du côté gauche, il était apparemment indemne.

« Je crois, oui. Merci... »

Il réussit tant bien que mal à s'écarter tandis qu'Odette se penchait pour examiner le Harponneur. Elle tenait toujours l'arme pointée vers sa tête alors qu'elle lui tâtait le poignet à la recherche du pouls. Puis elle plaça les doigts sous le nez, pour déceler une respiration. Mais elle lui avait tiré une balle dans la gorge et une dans la poitrine. La chemise blanche était déjà maculée de sang.

« Je suis content que vous l'ayez suivi », dit Battat. Il sortit de sa poche un mouchoir pour le presser contre sa propre blessure.

« Je ne l'ai pas suivi, indiqua la Russe en se levant. Je l'ai perdu. Et puis, je me suis dit qu'il risquait de revenir pour tenter de brouiller sa piste. Et je savais lequel de nous deux il reconnaîtrait. »

Juste à cet instant, une femme de ménage dans le hall aperçut le corps et se mit à hurler. Battat se retourna. Elle pointait le doigt vers eux en criant au secours.

Odette contourna le cadavre pour aider l'Américain à se relever. « Il faut qu'on file d'ici, pressa-t-elle. Venez. Ma voiture n'est pas loin...

– Attendez. » Battat se pencha sur le corps du Harponneur, en essayant de détacher les bretelles du sac à dos. « Aidez-moi. Il pourrait contenir des indices susceptibles de nous aider à identifier ses complices.

– Contentez-vous de vous relever, dit Odette en sortant son couteau. Je m'en occupe. »

Battat se mit debout en s'accrochant à la tablette sous la rangée de téléphones pendant qu'Odette tranchait les lanières du sac. Puis, prêtant son épaule à l'Américain pour qu'il s'y appuie, elle traversa avec lui le hall de l'hôtel.

Ils étaient près de la porte quand quelqu'un derrière eux les héla.

« Stop ! » lança une voix masculine.

Odette et Battat se retournèrent. Un vieux vigile de l'établissement se tenait juste derrière la rangée de taxiphones. Odette abandonna l'Américain, calé contre une des vitrines, pour sortir d'une de ses poches arrière sa plaque de police qu'elle brandit sous le nez du vigile.

« Je suis Odette Kolker, de l'escouade municipale numéro 3. L'homme à terre est un terroriste recherché. C'est lui qui a déclenché l'incendie dans la chambre 310. Assurez-vous que personne n'y entre. Je conduis mon collègue à l'hôpital pour m'assurer qu'il reçoit les premiers soins. Ensuite, je reviens. »

Odette n'attendit pas que l'autre réponde ou que d'autres vigiles arrivent. Elle se retourna pour aider Battat à sortir du bâtiment.

Bien joué, estima Battat. Donner à l'homme une mission, pour qu'il se sente important et ainsi éviter de l'avoir dans les pattes.

L'air vif et frais, le soleil éclatant aidèrent Battat à repartir encore une fois du bon pied. La dernière, malgré tout. Il en était certain. Il avait les jambes en coton, il avait du mal à tenir la tête droite. Au moins, son hémorragie au cou était-elle limitée. Et le mouchoir arrivait à peu près à contenir l'épanchement de sang.

Ce n'est qu'après qu'ils eurent traversé le parking derrière l'hôtel que Battat réalisa : Odette avait réussi. Elle lui avait non seulement sauvé la vie mais elle avait éliminé le Harponneur. Elle avait tué le terroriste qui avait jusqu'ici échappé aux meilleurs services de police de l'Europe entière. Il était fier d'y avoir participé pour une modeste part. Le seul inconvénient était que la jeune femme ne pourrait sans doute plus rester à Bakou après une telle action. Elle aurait du mal à l'expliquer à ses supérieurs. Et si le Harponneur avait des complices ou des alliés, ils risquaient de s'en prendre à elle. Le temps était probablement venu pour elle d'endosser une nouvelle identité.

Cinq minutes plus tard, Battat était assis à l'avant de la voiture d'Odette. Le véhicule démarra et prit la direction de l'ambassade des États-Unis. Le trajet était court mais il y avait un point qui ne pouvait attendre. Le sac à dos du Harponneur était posé sur les genoux de Battat. Il était doté d'un petit cadenas sur le rabat en tissu. L'Américain emprunta le couteau d'Odette pour trancher ce dernier. Il examina le contenu du sac.

Il découvrit plusieurs documents ainsi qu'un téléphone Zed-4. Il en avait déjà utilisé un quand il était à Moscou. Ils étaient plus compacts et perfectionnés que leurs équivalents américains Tac-Sat.

Battat sortit l'appareil de son étui, révélant un clavier alphanumérique et plusieurs touches de fonction. Au-dessus, un afficheur à cristaux liquides. Il pressa la touche menu, à droite de l'écran. Une veine : le Harponneur avait pensé à reprogrammer l'affichage en anglais.

Et pour la première fois depuis qu'il était arrivé à Bakou, David Battat fit une chose qui ne lui était plus arrivée depuis longtemps.

Il sourit.

56.

Washington, DC,
mardi, 4 : 27

Le PC de crise était une salle lumineuse, basse de plafond, aux murs blancs, brillamment éclairée par des rampes fluorescentes. Il y avait une table de conférence au centre et des sièges le long de trois des quatre murs. Des moniteurs informatiques étaient fixés aux bras des fauteuils. Ils permettaient aux assistants d'être tenus informés de minute en minute. Le quatrième mur était occupé par un large écran haute définition de trois mètres de diagonale. Le moniteur était relié au Service national de reconnaissance. Des vues satellitaires en temps réel pouvaient s'y afficher avec une résolution de quatre-vingt-dix centimètres. La majorité de ces améliorations techniques avaient été effectuées ces quatre dernières années avec les deux milliards de dollars d'investissements destinés à la remise en état des équipements de loisirs de la Maison-Blanche, dont la piscine et le court de tennis.

Hood et la première dame entrèrent par la porte située sous le moniteur haute définition. Les chefs des trois armes et du corps des marines étaient assis en rang d'oignon d'un côté de la table, avec au centre le général Otis Burg. Le chef d'état-major interarmes était un presque sexagénaire à la carrure imposante, au torse puissant. Il avait le crâne rasé, des yeux gris acier durcis par la guerre et les intrigues politiciennes. Leurs aides de camp étaient assis derrière eux. Du côté opposé de la table étaient installés le président, le vice-président, le patron de la NSA, Fenwick, le secrétaire de la Maison-Blanche, Gable, et le conseiller adjoint à la sécurité nationale, Don Roedner. À en juger par l'expression tendue des participants, soit le débat était difficile, soit ils n'appréciaient pas l'interruption. Voire les deux.

Plusieurs membres de l'état-major interarmes manifestèrent leur surprise de voir Hood en compagnie de la première dame. Idem pour le président. Il s'apprêtait à se lever pour la rejoindre dans une pièce voisine afin de discuter avec elle. Il se figea et son regard alla de son épouse à Hood, puis revint à Megan. Les nouveaux arrivants s'étaient arrêtés au bout de la table de conférence.

« Que se passe-t-il ? » demanda le chef de l'État.

Hood jeta un coup d'œil aux officiers généraux et découvrit une muraille d'impatience. Il ne savait toujours pas si leur frustration tenait à sa présence ou à la nature du débat en cours. Tout ce qu'il savait, c'est qu'il n'aurait pas beaucoup de temps pour plaider sa cause.

« Monsieur, commença-t-il, on a de plus en plus de preuves que l'attentat contre la plate-forme pétrolière iranienne n'a pas été commis par l'Azerbaïdjan mais par des Iraniens sous la direction du terroriste connu sous le nom du Harponneur. »

Le président se rassit. « Mais pourquoi ?

– Pour permettre à l'Iran de justifier les mouvements de sa flotte dans la région et ainsi s'emparer d'un maximum d'installations pétrolières, expliqua Hood.

– Au risque d'un affrontement militaire avec les États-Unis ? s'étonna Lawrence.

– Non, monsieur. » Hood lorgna Fenwick. « Je crois qu'un accord a été conclu pour s'assurer de notre non-ingérence. Par la suite, une fois la crise désamorcée, nous n'aurons plus qu'à acheter notre pétrole à Téhéran.

– Et quand cet accord est-il intervenu ? demanda le président.

– Hier, à New York, précisa Hood. Sans doute après plusieurs mois de négociations.

– Vous faites allusion à la visite de Jack à la mission d'Iran ?

– C'est cela, monsieur, confirma Hood.

– M. Fenwick n'avait pas mandat pour faire une telle promesse, fit remarquer le chef de l'exécutif. Et s'il l'avait faite, elle serait nulle et non avenue.

– Pas si vous n'étiez plus en fonction, nota Hood.

– C'est ridicule ! déclara Fenwick. J'étais à la mission d'Iran pour tenter d'étendre nos ressources en matière de renseignement dans la région. Je l'ai expliqué et je peux fournir les documents qui l'attestent. Je peux vous dire avec précision qui j'ai rencontré et à quelle date.

– Tout cela fait partie d'un gigantesque complot, contra Hood.

– M. Roedner était avec moi, poursuivit Fenwick. J'ai les notes que j'ai prises, et je serai ravi de vous donner les noms de mes contacts. Et vous, qu'avez-vous, monsieur Hood ?

– La vérité, répondit ce dernier sans l'ombre d'une hésitation. Celle que j'avais déjà quand vous vous êtes promis de m'empêcher de voir le président.

– Ce que j'ai promis, c'est de vous empêcher de venir l'ennuyer, insista Fenwick. Des négociations secrètes avec l'Iran ! Une démission du président ! Tissu de mensonges, monsieur Hood ! C'est de la paranoïa ! »

Le vice-président regarda sa montre. « Monsieur le président, excusez-moi, mais nous sommes en train de perdre du temps. Nous devons poursuivre cette réunion.

– Je suis d'accord, intervint le général Burg. J'ignore tout de ce méli-mélo et mon boulot n'est pas de savoir lequel de ces messieurs raconte des bobards. Mais qu'on joue la défense ou l'attaque, nous devons prendre des décisions au plus vite si nous voulons répondre au déploiement des Iraniens. »

Le président acquiesça.

« Alors, poursuivez votre réunion, monsieur le président, reprit Hood. Mais je vous en conjure, retardez le plus possible toute mise en œuvre d'opérations militaires. Laissez-moi le temps de finir l'enquête que j'ai commencée.

– Je vous ai demandé des preuves pour étayer vos assertions, objecta le président d'une voix extrêmement calme. Vous ne les avez pas.

– Pas encore, admit Hood.

– Et nous n'avons pas le surcroît de temps que je pensais avoir pour enquêter. Nous devons agir comme si la menace en Caspienne était bien réelle, conclut le chef de l'État, d'un ton sans réplique.

– C'est précisément ce qu'ils veulent vous voir faire ! » s'exclama Hood. Il s'emportait et dut se contenir. Un éclat minerait son peu de crédibilité. « Nous pensons qu'une crise a été montée artificiellement, destinée à mettre en doute votre capacité à gouverner.

– Cela fait des années qu'on a lancé ce genre de débat, dit le président. Ils ont déjà réussi une fois à me chasser par les urnes. Mais je ne prends pas mes décisions pour plaire aux électeurs.

– Je ne parle pas de choix politiques, expliqua Hood. Je parle de votre santé mentale et de votre état émotionnel. Ce sera cela le sujet du débat. »

Fenwick hocha tristement la tête. « Monsieur, il s'agit effectivement d'un problème de santé mentale. M. Hood a été soumis à un stress extrême au cours de ces quinze derniers jours. Sa fille adolescente souffre de désordres mentaux. Il est en instance de divorce. Il a besoin de vacances prolongées...

– Je ne pense pas que ce soit M. Hood qui ait besoin d'un congé », intervint la première dame. Sa voix était claire, avec des accents de colère. Le silence se fit aussitôt.

« Monsieur Fenwick, j'ai vu depuis maintenant plusieurs semaines mon mari se faire tromper et désinformer. C'est à ma demande personnelle que M. Hood a étudié la situation. Son enquête a été méthodique et je crois que ses découvertes méritent examen. » Elle gratifia Fenwick d'un regard noir. « Ou auriez-vous l'intention de me traiter moi aussi de menteuse ? »

Fenwick resta coi.

Le président regarda sa femme. Megan se tenait raide et stoïque au côté de Hood. Son expression n'avait rien de contrit. Le président avait l'air las, mais Hood crut discerner aussi chez lui de la tristesse. Il n'aurait su dire si c'était parce que Megan avait pris une initiative à son insu ou parce qu'il avait l'impression de l'avoir abandonnée. Le couple resta silencieux. C'était de toute évidence un problème qu'ils régleraient tous les deux plus tard, en privé.

Au bout d'un moment, les yeux du président se reportèrent sur Hood. La tristesse s'y lisait toujours. « Votre inquiétude a été notée et j'y suis sensible, dit le président. Mais je ne vais pas compromettre les intérêts de la nation pour protéger mes intérêts personnels. Surtout quand vous n'avez aucune preuve qu'ils sont compromis.

– Tout ce que je vous demande, c'est quelques heures.

– Malheureusement, nous n'avons pas ces quelques heures », rétorqua le chef de l'État.

Durant un bref instant, Megan parut prête à étreindre son époux. Elle n'en fit rien. Elle considéra Fenwick puis les chefs d'état-major. « Merci de nous avoir écoutés jusqu'au bout, leur dit-elle. Je suis désolée de vous avoir interrompus. » Elle fit demi-tour et se dirigea vers la porte.

Hood ne savait plus quoi dire. Il allait devoir remonter en salle du Conseil pour continuer de travailler avec Herbert et Orlov. Tenter d'obtenir la preuve que le président réclamait, et l'obtenir vite.

Il s'apprêtait à emboîter le pas de la première dame quand soudain retentit un bip discret. La sonnerie d'un téléphone portable. Le bruit venait de la poche intérieure du veston de Fenwick.

Il ne devrait pas pouvoir recevoir de signal ici.

Les murs du PC de crise étaient en effet truffés de puces électroniques qui généraient des salves de signaux aléatoires destinées à empêcher tout dispositif d'écoute d'émettre vers l'extérieur de la Maison-Blanche. Réciproquement, le système interdisait toute communication par téléphone portable à une seule exception : les transmissions relayées par le réseau de satellites Hephaïstos réservé au gouvernement.

Hood se retourna vers le chef de la NSA au moment où celui-ci venait de glisser la main dans sa poche. Fenwick en sortit le téléphone et coupa la sonnerie.

Eurêka !

Si le signal avait traversé le barrage électromagnétique, c'est qu'il s'agissait d'un appel via Hephaïstos. Sécurité maximale. À qui Fenwick aimerait-il mieux éviter de parler en cet instant précis ?

Hood se pencha vers le chef de la NSA et lui subtilisa le téléphone. Fenwick voulut le récupérer mais Hood s'écarta.

« Merde, mais qu'est-ce que vous faites ? » insista Fenwick. Il repoussa sa chaise et se leva. Il avança sur Hood.

« Je parie ma carrière sur une hypothèse », expliqua Hood. D'une pichenette, il ouvrit le rabat et prit l'appel. « Allô ?

– Qui est à l'appareil ? répondit le correspondant.

– Vous êtes sur la ligne de Jack Fenwick, à la NSA, répondit Hood. (Il se dirigea vers le président.) Qui êtes-vous ?

– Je m'appelle David Battat », répondit la voix, parfaitement claire, à l'autre bout de la ligne.

Hood sentit un gros poids quitter ses épaules. Il tendit le mobile pour permettre au chef de l'État d'écouter en même temps que lui. Fenwick s'était immobilisé à côté d'eux. Le patron de la NSA ne chercha pas à récupérer l'appareil. Il se contenta de rester planté là. Hood vit alors sur les épaules de qui le poids venait de retomber.

« Monsieur Battat, ici Paul Hood, de l'Op-Center.

– Paul Hood ? Pourquoi répondez-vous sur cette ligne ?

– C'est une longue histoire. Quelle est votre situation ?

– Infiniment meilleure que celle de M. Fenwick, répondit Battat. Nous venons d'abattre le Harponneur et de récupérer son téléphone crypté. Quand j'ai affiché le menu, ce numéro a été le premier à apparaître sur la liste de ceux mis en mémoire. »

57.

Washington, DC,
mardi, 4:41

Paul Hood s'éloigna vers un angle de la salle pour terminer de converser avec Battat. Il était essentiel pour lui d'obtenir le maximum d'informations sur le Harponneur et sur les événements qui étaient survenus.

Entre-temps, le président Lawrence s'était levé. Il regarda sa femme qui se tenait près de la porte. Il lui adressa un petit sourire. Juste assez discret pour lui montrer qu'il allait bien et qu'elle avait fait ce qu'il fallait. Puis il se retourna vers Fenwick. Le chef de la NSA n'avait pas bougé. Il se tenait au garde-à-vous avec une expression de défi. Les autres étaient restés assis autour de la table. Tous observaient les deux hommes.

« Pourquoi le Harponneur détient-il votre numéro personnel avec votre code d'accès Héphaïstos ? » demanda le président. Il y avait dans sa voix une assurance nouvelle.

« Je ne peux pas répondre à cette question, dit Fenwick.

– Avez-vous collaboré avec les Iraniens pour orchestrer la mainmise sur les gisements pétroliers d'Azerbaïdjan ? demanda le président.

– Non.

– Avez-vous collaboré avec des complices pour organiser une prise de pouvoir au Bureau Ovale ? demanda le président.

– Non, monsieur, répondit Fenwick. Je suis aussi intrigué que vous.

– Pensez-vous toujours que M. Hood est un menteur ?

– Je crois qu'il a été trompé. Je n'ai pas d'explication à ce qui se passe. »

Le président se rassit. « Pas la moindre ?

– Pas la moindre, monsieur le président. »

Le chef de l'État regarda de l'autre côté de la table. « Général Burg, je m'en vais demander sur-le-champ au ministre des Affaires étrangères et à notre représentant à l'ONU d'examiner cette affaire. Que diriez-vous de coordonner une alerte de niveau moyen concernant la région ? »

Burg considéra tour à tour ses collègues. Aucun n'émit d'objection. Le général regarda le président. « Vu la confusion portant sur l'identité de nos adversaires éventuels, je me contenterais volontiers d'une alerte jaune. »

Le président acquiesça. Il jeta un œil à sa montre. « Nous nous retrouverons au Bureau Ovale à six heures trente. Cela me laissera le temps de travailler avec le secrétariat de presse et d'avoir quelque chose à donner en pâture aux médias pour les journaux du matin. Je veux être en mesure de rassurer l'opinion sur nos troupes et l'état de nos approvisionnements en pétrole. » Puis il considéra le vice-président Cotten puis Gable. « Je vais immédiatement demander au ministre de la Justice de diligenter une enquête sur toute cette affaire, le plus discrètement possible. Je veux qu'il établisse si des actes relevant de la trahison ont bien été commis. L'un de vous a-t-il des suggestions à émettre ? »

Il y avait comme un ton de défi dans la voix du président. Hood venait de terminer sa communication avec Battat et il se retourna vers la table. Mais il resta toutefois dans son coin. Tous les autres étaient silencieux.

Le vice-président se pencha, croisa les mains sur la table. Il ne dit mot. Gable resta interdit. L'adjoint de Fenwick, Don Roedner, fixait la table de conférence.

« Alors, aucune suggestion ? » insista le chef de l'État.

Le silence pesant se prolongea encore plusieurs secondes. Puis, enfin, le vice-président dit : « Il n'y aura pas d'enquête.

– Et pourquoi ça ? s'enquit le président.

– Parce que vous aurez trois lettres de démission sur votre bureau d'ici la fin de la matinée, répondit Cotten. Celles de M. Fenwick, de M. Gable et de M. Roedner. En échange de ces trois départs, il n'y aura ni inculpations, ni poursuites, ni aucune explication autre qu'une divergence d'opinion politique de trois membres de votre administration. »

Le front de Fenwick s'empourpra. « Trois lettres, monsieur le vice-président ?

– C'est exact, monsieur Fenwick », répondit Cotten. Le vice-président évita de regarder en face le chef de la NSA. « En échange d'une amnistie pleine et entière. »

Le sous-entendu n'échappa pas à Hood. Pas plus, il en était sûr, qu'au président. Le vice-président était dans le coup, lui aussi. Il demandait aux autres de porter le chapeau pour lui – même s'ils limitaient ainsi les dégâts. Lorsqu'ils quittaient la fonction publique, les grands commis de l'État trouvaient souvent une promotion enviable dans le secteur privé.

Le président hocha la tête. « J'ai devant moi un groupe de hauts fonctionnaires qui ont apparemment comploté avec un terroriste international dans le but de dérober le pétrole d'un État pour le donner à un autre, capitaliser sur les profits de notre politique étrangère et, dans la foulée, s'approprier la fonction de président des États-Unis. Et vous êtes là, plein de morgue, à me déclarer que ces hommes s'en tireront *de facto* avec une simple amnistie. Et que l'un des membres du complot semble vouloir rester en poste, en selle pour la course à la présidence. »

Cotten considéra le chef de l'État. « C'est bien ce que je déclare, oui. L'autre éventualité est un incident international d'où les États-Unis sortiront avec la réputation d'avoir trahi l'Azerbaïdjan. Une série d'enquêtes et de procès qui plomberont ce gouvernement et resteront son unique héritage. Plus l'image d'un président pas même conscient de ce qui se tramait parmi ses conseillers les plus proches. Un président dont la propre épouse le croyait victime de désordres mentaux. Tout cela ne sera pas pour renforcer la confiance de l'opinion en ses capacités.

– Tout le monde s'en tire, lâcha le président avec colère. Et je suis censé accepter ça ?

– Tout le monde s'en tire, confirma le vice-président d'une voix calme.

– Monsieur le vice-président ? » C'était le général Burg. « Je voulais juste vous dire que si j'avais sur moi mon arme de service, je vous plomberais le cul.

– Général Burg, rétorqua le vice-président, vu l'état pitoyable de nos forces armées, je suis certain que vous manqueriez votre cible. » Puis Cotten se retourna pour toiser le président : « Il n'y aurait jamais eu de guerre. Personne n'aurait tiré sur personne, personne ne se serait fait tirer dessus. On aurait signé la paix avec l'Iran, réussi à normaliser nos relations, et l'Amérique aurait eu un approvisionnement en pétrole garanti. Quoi que vous puissiez penser de la méthode, ce que nous avons fait, c'était pour le bien de la nation.

– Chaque fois qu'une loi est bafouée, ce n'est jamais pour le bien de la nation, rétorqua le président. Vous avez mis en danger un petit pays industrieux qui cherche à prendre pied dans un monde post-soviétique. Vous avez cherché à déconsidérer la volonté de l'électorat américain. Et vous avez trahi ma confiance en vous. »

Cotten se leva. « Je n'ai rien fait de tout cela, monsieur le président. Sinon, je vous présenterais effectivement ma démission. Je vous verrai tous à la réunion de six heures trente.

– Votre présence ne sera pas indispensable, rétorqua le président.

– Ah, fit Cotten. Vous aimeriez sans doute mieux que j'aille à la télévision discuter en direct de la politique de ce gouvernement dans la région de la Caspienne...

– Non, répondit le président. J'aimerais mieux que vous rédigiez votre lettre de démisson afin de la joindre à celles de vos collègues. »

Le vice-président secoua la tête. « Je n'en ferai rien.

– Oh, mais si. Et vous attribuerez votre retrait à une grande fatigue mentale. Je ne ferai pas de vous le martyr d'une entorse à la Constitution. Allez vous trouver un autre métier, monsieur Cotten.

– Monsieur le président, vous vous en prenez à la mauvaise cible, avertit Cotten.

– Je ne pense pas. » Les yeux et la voix du président étaient devenus froids comme l'acier. « Vous avez raison, monsieur Cotten. Je ne veux pas de scandale national ou international. Mais je suis prêt à l'assumer plutôt que de laisser un traître dans la course à la plus haute fonction de l'État. Alors, soit vous démissionnez, soit, en échange de cette fameuse amnistie, j'enjoins M. Fenwick et ses collègues de révéler au ministre de la Justice ce qu'ils savent de votre implication dans cette affaire. »

Silence de Cotten. Un Cotten cramoisi.

Le président décrocha le téléphone posé devant lui. Il pressa une touche. « Caporal Cain ?

– Oui, monsieur le président ?

– Veuillez faire venir sur-le-champ un détachement non armé devant le PC de crise, lui dit Lawrence. Il y a ici des messieurs qui ont besoin d'être escortés jusqu'à leur bureau puis hors de ces murs.

– Non armé, monsieur ?

– C'est exact. Il n'y aura aucun problème.

– Tout de suite, monsieur.

– Attendez dehors quand vous aurez fini, ajouta le président. Ces messieurs vous retrouveront d'ici un moment.

– Bien, monsieur. »

Le président raccrocha. Il considéra les quatre hommes.

« Encore une chose. Les informations sur votre rôle dans ces événements ne doivent pas quitter cette pièce. L'amnistie ne viendra pas d'une quelconque initiative de ma part. Le pardon serait une erreur. Elle sera uniquement fondée sur l'absence de preuves. »

Les hommes se retournèrent et se dirigèrent vers la porte.

Megan Lawrence s'effaça.

Les yeux de Hood croisèrent les siens. La première dame resplendissait de fierté. Tous deux pensaient manifestement la même chose.

Chez les Lawrence, il n'y aurait qu'elle qui s'effacerait aujourd'hui.

58.

Saint-Pétersbourg, Russie,
mardi, 12:53

Dans la plupart des services de renseignements, il est souvent difficile de savoir s'il fait jour ou nuit. C'est parce que les complots et l'espionnage ne prennent jamais de repos, aussi traqueurs d'espions et de terroristes travaillent-ils eux aussi vingt-quatre heures sur vingt-quatre. La plupart de ces services fonctionnent à temps plein. La distinction est encore moins notable à l'Op-Center russe car celui-ci est installé en sous-sol, sans la moindre fenêtre.

Mais le général Orlov savait toujours quand débutait l'après-midi. Il le savait parce que c'était à ce moment que sa chère épouse l'appelait. Elle lui téléphonait toujours peu après le déjeuner pour savoir s'il avait apprécié son sandwich. Même aujourd'hui, alors qu'elle n'avait pas eu le temps de lui préparer un casse-croûte avant son départ.

Malheureusement, l'appel avait été bref. Comme souvent. Ils avaient plus de temps pour converser quand il naviguait dans l'espace que depuis qu'il travaillait à l'Op-Center. Ils étaient en conversation depuis deux minutes quand Orlov reçut un appel d'Odette. Il dit à son épouse qu'il la rappellerait. Elle comprit. Macha comprenait toujours.

Orlov bascula sur l'autre ligne. « Odette, comment allez-vous ? s'inquiéta le général.

– Très bien, le rassura la jeune femme. Mission accomplie. »

Orlov en resta muet quelques secondes. Il s'était fait du souci pour Odette et pour le déroulement de sa mission. Le fait qu'elle s'en tire indemne et triomphante l'inondait de fierté.

« Nous l'avons éliminé sans problème, poursuivit Odette. Mais nous avons dû filer. Il n'y a pas eu d'autre blessé.

– Où êtes-vous en ce moment ?

– À l'ambassade des États-Unis. M. Battat est en train de se faire soigner. Puis je me rendrai au commissariat de police. J'ai dû présenter ma plaque à un employé de l'hôtel mais je pense pouvoir régler cette affaire avec mon supérieur. Le Harponneur a déclenché un incendie. Je peux toujours dire au commissaire que je suis passée là-bas voir si je pouvais me rendre utile.

– Si j'ai bien compris, vous n'avez pas l'intention de partir, donc ?

– Je pense que cette affaire va susciter dans la foulée un certain nombre de problèmes intéressants, expliqua-t-elle. J'aimerais rester encore un moment.

– On en reparlera, dit le général. Je suis fier de vous, Odette. Et je connais quelqu'un d'autre qui l'aurait été autant que moi.

– Merci, répondit la jeune femme. Je crois que Viktor veillait sur moi aujourd'hui. Sans oublier David Battat. Je suis contente que vous lui ayez demandé de m'accompagner. »

Odette lui fournit alors des informations complémentaires sur ce qui s'était passé. Ils convinrent de se reparler dans six heures. S'il s'avérait qu'elle devait quitter Bakou, elle pourrait toujours attraper le vol Aeroflot de vingt heures.

Orlov prit le temps de savourer les multiples facettes de cette victoire. D'abord, d'avoir remporté le combat contre un ennemi tenace. Ensuite, d'avoir pris la décision juste, celle d'envoyer Odette et Battat en binôme sur le terrain. Et enfin, d'avoir été en mesure d'aider Paul Hood. Non seulement il avait ainsi remboursé une vieille dette[1], mais surtout il avait entrouvert la porte d'une plus étroite collaboration à l'avenir.

Odette avait dit que Battat avait parlé avec Paul Hood. Orlov n'avait rien à y ajouter. Il appellerait son homologue américain d'ici quelques minutes. Mais tout d'abord, il voulait mettre au courant les membres de son équipe impliqués dans cette traque.

Il s'apprêtait à faire appeler Grosky et Kossov quand les deux hommes se présentèrent à la porte de son bureau. Kossov avait en main un plan roulé.

« Mon général, commença-t-il avec entrain, nous avons des nouvelles.

– Bonnes ?

– Affirmatif, mon général. Ces informations données par les Américains sur l'identité russe du Harponneur se sont révélées des plus utiles.

– Comment cela ?

– Elles nous ont fourni un indice sur les moyens qui lui ont permis d'entrer et de sortir de Moscou sans jamais être vu », expliqua Kossov. Il s'avança et déroula

---

1. Cf. *Op-Center 2. Image virtuelle, op. cit.*

le plan sur le bureau d'Orlov. « Ceci est une carte du réseau de voies ferrées utilisées par l'ex-armée soviétique. Comme vous le savez, elles s'enfoncent sous terre à bonne distance de la capitale et desservent un certain nombre de sites sous la ville.

– Le but était de permettre d'amener clandestinement des troupes, afin de mater les émeutes ou de contourner éventuellement une attaque ennemie, ajouta Grosky.

– Je sais, coupa Orlov. J'ai eu l'occasion de les emprunter.

– Mais vous ne connaissez peut-être pas l'existence de cette bretelle », ajouta Kossov.

L'analyste prit un crayon pour indiquer un pâle trait rouge. La ligne partait de la station de métro Kievskaïa pour desservir plusieurs autres stations de la capitale. Kossov avait raison. Orlov en ignorait tout.

« Comme vous pouvez le remarquer, cette bretelle de raccordement n'est pas référencée, même si elle se raccorde à la ligne principale, poursuivit Kossov. Nous avons cru tout d'abord qu'il devait s'agir d'un banal tunnel de service, mais nous avons décidé de vérifier en comparant avec une carte plus ancienne tirée des archives du GRU. C'était en fait l'ancien tunnel Staline. Si l'armée allemande était parvenue à atteindre Moscou durant la Grande Guerre patriotique, ce tunnel aurait servi à évacuer le dictateur. Seuls ses conseillers militaires les plus proches étaient au courant de son existence. » Kossov recula d'un pas, croisa les bras. « Nous pensons, mon général, que tout ce qu'il nous faut désormais pour coincer notre rat, c'est installer des caméras vidéo à l'entrée et à la sortie. Tôt ou tard, le Harponneur devrait s'y pointer. »

Orlov considéra le plan durant plusieurs secondes, puis il se carra contre son dossier. « Il se pourrait bien que vous ayez résolu une énigme passablement difficile, commenta-t-il. Excellent boulot.

– Merci, mon général, fit Kossov, radieux.

– Par chance, poursuivit Orlov, le Harponneur s'est fait abattre en fin de matinée. Les seuls rats à devoir emprunter désormais ce tunnel seront de la variété quadrupède. »

Le coin de la bouche de Grosky s'affaissa un peu. Quant aux traits de Kossov, ils parurent entièrement se décomposer.

« Mais jamais nous n'aurions pu l'avoir sans vous, et je ne manquerai pas de l'indiquer dans mon rapport aux autorités de tutelle », promit Orlov. Il se leva et tendit le bras pour donner une poignée de main aux deux hommes. « Je suis très fier de vous et tiens à vous exprimer ma profonde gratitude. »

La déception de Kossov s'évapora aussi vite qu'elle était apparue. La bouche de Grosky garda son pli amer. Mais même son éternelle aigreur n'aurait pu gâcher cet instant. Une femme sans expérience, épaulée par un homme malade, et deux anciens adversaires avaient uni leurs forces pour débusquer un gros gibier.

La sensation était extraordinaire.

59.

Washington, DC,
mardi, 5 : 04

Après que le vice-président et ses collaborateurs eurent été raccompagnés à l'extérieur, le président demanda à Hood de l'attendre. Hood sortit à son tour de la salle du PC de crise, tandis que le président et Megan restaient seuls en conversation devant la table de conférence. Le président avait pris dans sa main les mains de sa femme. Il semblait calme, à nouveau maître de lui.

Les chefs d'état-major interarmes étaient sortis peu après le départ du groupe de Cotten. Ils regagnèrent rapidement l'ascenseur. Avant de partir, le général Burg marqua toutefois un temps d'arrêt pour se tourner vers Hood et serrer la main du patron de l'Op-Center.

« Ce que vous avez fait là, c'était du bon boulot, plein d'intelligence, dit le général. Et c'était sacrément couillu. Félicitations, monsieur Hood. Je suis fier de collaborer avec vous. Et fier d'être un Américain. »

Venant d'un autre et dans n'importe quelles circonstances différentes, le compliment aurait paru quelque peu ringard. Mais le système avait fonctionné, malgré les forces et les pressions formidables liguées contre lui. Le général Burg avait toutes les raisons d'être fier. Hood aussi.

« Merci, général », dit Hood, avec sincérité.

Après le départ des officiers, le calme retomba dans le sous-sol, où l'on n'entendait plus, filtrant derrière la porte, que le murmure de la conversation à voix basse entre le président et la première dame. Hood était soulagé mais encore un peu ébranlé par les événements de ces dernières minutes. Il ne croyait pas que la presse goberait les motifs justifiant cette démission de masse du vice-président et de plusieurs hauts fonctionnaires du pouvoir. Mais c'était une bataille pour d'autres guerriers et pour un autre jour. Hood et son équipe avaient sauvé la présidence et vaincu le Harponneur. Pour l'heure, tout ce que désirait le chef de l'Op-Center, c'était écouter ce que le chef de l'État avait à lui dire, retourner à l'hôtel et pouvoir enfin se reposer.

Le président et la première dame émergèrent quelques minutes plus tard. Ils semblaient las, mais satisfaits.

« Votre homme à Bakou avait-il autre chose à ajouter ? demanda le président en s'approchant de lui.

– Pas vraiment, monsieur, répondit Hood. À l'heure qu'il est, il se trouve à notre ambassade. Nous devons nous recontacter. Si jamais il y a du nouveau, je vous en informe de suite. »

Le président acquiesça. Megan était arrivée à sa hauteur.

« Je suis désolé de vous avoir fait mariner, mais Mme Lawrence et moi tenions à vous remercier ensemble, expliqua le chef de l'exécutif. Elle m'a dit que vous bossiez sans discontinuer sur cette affaire depuis dimanche soir.

– Ce furent trente-six heures bien longues, admit Hood.

– Vous pouvez monter vous reposer là-haut, si vous voulez, dit le président. Ou si vous préférez qu'un chauffeur vous raccompagne chez vous...

– Merci, monsieur », dit Hood. Il regarda sa montre. « Les embouteillages ne commencent pas avant six heures, donc je ne devrais pas avoir trop de problèmes. Je n'aurai qu'à descendre la vitre et profiter de l'air pur.

– Si vous êtes sûr... » Le président Lawrence lui tendit la main. « J'ai du travail. Megan vous raccompagne en haut. Et encore merci. Pour tout. »

Hood serra la main du président. « Ça a été un honneur, monsieur. »

Après le départ de son mari, Megan se tourna vers Hood. Elle avait les larmes aux yeux. « Vous l'avez sauvé, Paul. Pendant que j'étais là, je l'ai vu revenir peu à peu de là où ils avaient cru l'envoyer.

– Il l'a fait tout seul, protesta Hood. Et sans votre soutien, je n'aurais rien pu faire.

– Pour une fois dans votre vie, Paul, cessez de vous cacher derrière votre modestie, protesta Megan. C'est vous qui avez pris tous les risques. Si l'affaire s'était présentée autrement, vous étiez fini. »

Hood haussa les épaules.

Megan grimaça. « Vous savez que vous êtes exaspérant. Enfin, Michael a raison sur un point. Vous êtes épuisé. Vous êtes sûr que vous ne voulez pas vous reposer un peu avant de rentrer ?

– Sûr. J'ai encore deux ou trois choses à régler et puis je veux appeler Sharon.

– Comment ça se passe ? s'enquit Megan.

– Aussi bien que possible, vu les circonstances. Harleigh est à l'hôpital et ça nous donne un point d'ancrage. »

Megan lui effleura le bras. « Si vous voulez parler, je suis là. »

Hood la remercia d'un sourire. Ils sortirent ensemble, puis Hood la quitta pour regagner sa voiture. Un avion grondait au loin. Hood leva les yeux en déverrouillant la portière. La première lueur du jour apparaissait de l'autre côté de la pelouse de la Maison-Blanche.

Quelque part, cela n'aurait pas pu tomber mieux.

60.

Washington, DC,
mardi, 6:46

Hood se sentait étonnamment alerte quand il regagna son bureau.

Mike Rodgers était parti. Il avait laissé un message sur la boîte vocale, deux heures plus tôt, pour décrire la situation militaire en cours sur la frontière indo-pakistanaise. Le général expliquait qu'il était rentré chez lui se reposer un peu avant d'assister à une réunion au Pentagone. Même si le général Rodgers était officiellement détaché auprès de l'Op-Center, on continuait de faire appel à ses lumières pour évaluer les zones à risque dans tous les coins de la planète.

Bob Herbert était toujours debout et, comme il disait, « au standard ». Il rejoignit Hood dans son bureau et le mit rapidement au fait des tout derniers éléments obtenus par Orlov sur le Harponneur et sur ses déplacements. Puis Herbert demanda à Hood comment s'était déroulée la réunion à la Maison-Blanche.

Herbert écouta attentivement son strict récit des faits. Quand son patron eut terminé, le chef du renseignement soupira : « Dire que je suis resté planté là à collecter des données alors que vous étiez sur le terrain à sauver l'Amérique et la Constitution des menées d'un démagogue.

– Il y en a qui ont du bol, constata Hood, d'une voix sèche.

– Ouais, fit Herbert. Mais ce n'est pas vous que j'envie.

– Oh ? »

Hood réfléchit quelques instants. Puis, juste avant que Herbert lui donne la réponse, il devina.

« J'aurais voulu être celui qui a dézingué le Harponneur », reprit Herbert. Sa voix était basse et monocorde. Ses yeux fixaient le vide. Il avait l'esprit ailleurs. « J'aurais procédé lentement. Très lentement. Je l'aurais fait souffrir comme j'ai pu souffrir sans ma femme. »

Hood ne savait pas quoi répondre, aussi ne dit-il rien.

Herbert le regarda. « J'ai pas mal de retard de congés à rattraper, Paul. Je crois que je vais les prendre.

– Vous faites bien.

– Je veux aller à Bakou et rencontrer cette fameuse Odette. expliqua Herbert. Je veux voir où tout est arrivé.

– Je comprends. »

Herbert sourit. Des larmes brillaient dans ses yeux. « Je le savais. » Sa voix se brisa. « Regardez-moi un peu. C'est vous qui avez risqué votre peau en première ligne depuis quinze jours. Et c'est moi qui craque.

– Vous avez porté vingt ans durant le fardeau de la douleur et de la frustration, dit Hood. Il faut bien que ça sorte. » Il eut un ricanement désabusé. « Moi aussi, je vais finir par craquer, Bob. Un jour, c'est cette histoire à l'ONU, ensuite la Maison-Blanche... quand ça va me débouler dessus, je sens que je vais péter une durite. »

Herbert sourit. « Attendez juste que je sois revenu de vacances, que j'aie le plaisir de ramasser les morceaux...

– Topez là ! » répondit Hood.

Herbert contourna le bureau pour étreindre chaleureusement Hood. Puis il fit pivoter son fauteuil roulant et ressortit.

Hood passa un bref coup de fil au général Orlov pour le remercier de tout ce qu'il avait fait et lui suggérer de trouver un moyen d'intégrer leurs deux systèmes à un niveau quelconque. Une sorte d'Interpol pour la gestion des crises internationales. Orlov était cent pour cent d'accord. Ils convinrent d'en reparler dès le lendemain.

Lorsqu'il eut raccroché, Hood regarda l'heure sur son écran d'ordinateur. Encore trop tôt pour appeler chez lui. Il décida de retourner à l'hôtel et de le faire depuis sa chambre. Là-bas au moins, il ne serait pas dérangé.

Paul Hood quitta son bureau et prit la direction de l'escalier. Au passage, il croisa les membres de l'équipe de jour qui arrivaient : Darrell McCaskey, Matt Stoll, Liz Gordon. Il les salua tour à tour et leur dit d'aller voir Bob Herbert pour qu'il les mette au courant. En ajoutant qu'il leur ferait un topo complet un peu plus tard dans la journée.

Il arrivait au parking quand il sentit qu'il allait craquer. L'effet de la caféine s'était dissipé et son organisme commençait à décompresser. Alors qu'il approchait de sa voiture, il avisa Ann Farris. Elle était en train de franchir la grille. L'attachée de presse le vit, lui fit signe, s'arrêta devant lui.

Elle descendit sa vitre. « Tout va bien ? » s'enquit-elle.

Hood acquiesça. « Juste un peu crevé, répondit-il. Bob est toujours là. Il vous fera un topo. Cela dit, il n'y a pas de quoi sortir un communiqué de presse. Pas encore.

– Vous allez où ? demanda la jeune femme.

– Je retourne à l'hôtel. Il faut que je me repose un peu.

– Montez donc. Je vous raccompagne. Vous ne m'avez pas l'air en état de conduire.

– Je ne sais pas quand je reviendrai, protesta Hood. J'ai besoin de la voiture.

– Vous allez revenir cet après-midi, dit Ann. Je vous connais. Un petit roupillon de deux ou trois heures, et vous serez de nouveau en piste. Vous n'aurez qu'à me rappeler à votre réveil, je viendrai vous rechercher. »

L'offre était séduisante. C'est vrai qu'il ne se sentait plus l'envie de prendre le volant.

« Bon, d'accord. »

Hood contourna la voiture et monta à côté d'Ann. Il ferma les yeux et il fallut qu'elle le secoue pour le réveiller devant le motel. Il était HS. Ann laissa la voiture pour l'accompagner jusqu'à sa chambre.

Elle revint quelques minutes plus tard, s'installa au volant, resta quelques minutes assise sans redémarrer.

« Oh, et puis merde », fit-elle. Au lieu de repartir, elle alla ranger la voiture au parking. Puis elle retourna au motel.

Hood venait de raccrocher le téléphone. Après une brève conversation avec Sharon, son épouse lui avait annoncé qu'il n'y avait rien de nouveau.

Hood avait ôté ses chaussures et sa cravate et il était en train de déboutonner sa chemise quand il entendit toquer à la porte. Ce devait être le chasseur avec un fax du bureau ou de son avocat. Personne d'autre ne savait qu'il était ici. Il alla sortir un dollar de son portefeuille et ouvrit la porte. Surprise : c'était Ann.

« Merci, fit-elle. Mais je n'étais pas revenue chercher mon pourboire. »

Il sourit et s'effaça pour la laisser entrer.

Ann était toujours en tailleur mais elle lui semblait différente. Il y avait chez elle quelque chose de plus accessible. Ça devait être dans ses yeux, décida-t-il.

Hood referma la porte sur elle. Ce faisant, il eut une autre surprise : il était content qu'elle soit revenue.

Épilogue

Bakou, Azerbaïdjan, mardi, 15 : 00

Toute la fin de la matinée et le début de l'après-midi, les surprises ne cessèrent d'arriver pour Ron Friday, chacune plus étonnante que la précédente.

Pour commencer, Friday fut surpris de découvrir David Battat à l'ambassade. L'agent de la CIA était en train de se faire retaper par le toubib. Il paraissait en remarquablement bonne santé et son moral semblait meilleur encore.

Puis Friday fut encore plus surpris d'apprendre que c'était à une femme de la police locale qu'on devait l'élimination du Harponneur. Alors que lui-même n'aurait su dire comment le retrouver ni à quoi il ressemblait. Il avait du mal à imaginer comment une femme flic avait réussi à lui mettre la main dessus. Peut-être avait-on confondu quelqu'un avec le terroriste. Toujours est-il que les autorités s'interrogeaient sur la responsabilité éventuelle du Harponneur dans l'attaque contre la plate-forme pétrolière iranienne. Poussée par les États-Unis, la mobilisation militaire avait été suspendue, le temps que l'enquête suive son cours.

Mais la plus grosse surprise avait été le coup de fil

de Dori, la secrétaire personnelle de Jack Fenwick. Son patron, Don Roedner, Red Gable ainsi que le vice-président Cotten devaient tous les quatre présenter leur démission en fin de matinée à Washington. Dori ignorait tout des manœuvres de Fenwick, aussi avait-elle été éberluée par l'annonce. Friday de même. Il avait du mal à se figurer comment on avait découvert le pot aux roses. Et il n'osait imaginer les sentiments de son vieux mentor. Il aurait voulu pouvoir lui parler, lui adresser des paroles de réconfort.

Mais Friday n'avait pas réussi à joindre Fenwick sur son téléphone mobile. Une autre voix avait répondu et il avait raccroché aussitôt. Il ne savait même pas si le chef de la NSA allait être soumis à une enquête et si celle-ci pouvait redescendre jusqu'à lui. De manière générale, il ne rendait pas compte directement à Fenwick mais à T. Perry Gord, le sous-directeur adjoint responsable des affaires d'Asie du Sud. Il n'y avait aucune raison qu'il soit éclaboussé : Gord ignorait tout des autres activités de Fenwick.

Malgré tout, après avoir soupesé l'éventualité de rester ou non à Bakou, Friday décida qu'il serait plus prudent de partir. Mieux valait qu'il se trouve un endroit un petit peu moins exposé. Un coin où la presse internationale ne risquait pas de venir fourrer son nez au cours des prochaines semaines.

Par chance, il y avait une situation de crise qui se développait sur la frontière indo-pakistanaise, et celle-ci relevait de la juridiction de Gord. Plutôt que de laisser envoyer quelqu'un de Washington, Friday s'arrangea pour demander son transfert à l'ambassade d'Islamabad afin de superviser la collecte de renseignements sur place. Il y avait un avion de la Pakistan

International Airlines qui quittait Moscou le lendemain matin. Il rallierait la capitale russe depuis Bakou le soir même et ferait en sorte d'être sur ce vol.

Ça aurait été chouette si tout avait marché comme prévu par Fenwick, songea-t-il. Avec Cotten à la Maison-Blanche,

Fenwick aurait joui d'un pouvoir de manipulation et d'influence sans précédent. Et tous ceux qui auraient contribué au passage du témoin auraient été récompensés. Pas seulement pour leur contribution mais aussi pour leur silence. D'un autre côté, si Friday avait choisi cette carrière, c'était par goût du défi. Du danger. Il avait fait son boulot. Et il y avait pris plaisir. Éliminer un de ces agents de la CIA si arrogants. Un des types qui avaient contribué à bloquer toute sa vie son avancement. Cette arrogance n'avait pourtant pas empêché Thomas Moore de tomber dans le joli petit piège tendu par la NSA.

Enfin, se dit Friday, les choses n'avaient pas tourné comme prévu. Ce n'était que partie remise.

Ça aussi, c'était un des trucs que Ron Friday appréciait dans le renseignement. L'absence de routine. Il ne savait jamais avec qui (ou contre qui) il allait travailler. À Islamabad, par exemple, il ne s'agissait pas uniquement d'amener l'homme qu'il fallait à l'endroit qu'il fallait. Encore fallait-il l'y amener rapidement. Gord avait appris par des rumeurs qu'un membre de l'Op-Center devait être appelé en consultation sur la crise indo-pakistanaise et qu'il allait sans doute être dépêché dans la région. Ces dernières années, l'Op-Center avait repris une bonne partie du travail assumé naguère par Fenwick et son équipe. Ce qui avait entraîné des luttes permanentes à la NSA pour conserver budget et personnel. Fenwick avait bien obtenu les fonds qu'il désirait, mais, en transformant une concurrence animée en rivalité féroce.

Friday démonta et emballa soigneusement son fusil. Il prit deux boîtes de cartouches. Comme il se rendait à Islamabad muni d'un passeport diplomatique, ses bagages ne seraient pas fouillés.

Tenir la dragée haute à l'Op-Center était certes important, mais comme Friday l'avait prouvé à Bakou et ailleurs, battre un rival n'était pas la seule façon de l'éliminer.

Qui que soit ce Mike Rodgers, il allait l'apprendre à ses dépens.

REMERCIEMENTS

Nous tenons à rendre hommage, pour leur aide, à Martin H. Greenberg, Larry Segriff, Robert Youdelman, Esq., Tom Mallon, Esq. ; ainsi qu'à la merveilleuse équipe de Penguin Putnam, Inc., tout particulièrement à Phyllis Grann, David Shanks et Tom Colgan. Comme toujours, nos remerciements vont à Robert Gottllieb, de l'Agence William Morris, notre agent et notre ami, sans qui ce livre n'aurait jamais pu voir le jour.

Mais avant tout, c'est à vous, amis lecteurs, qu'il revient de décider dans quelle mesure notre effort collectif aura été couronné de succès.

"Menace néo-nazie"

(Pocket n°10310)

L'Allemagne est réunifiée, mais sa démocratie est encore fragile et particulièrement menacée par des groupes néo-nazis. Pour divulguer leur idéologie moribonde et inciter à la haine raciale, tous les moyens sont bons : internet, jeux vidéo, terrorisme. Pour les neutraliser, les agents d'Op-center engagent avec eux une sanglante partie d'échec à travers l'Allemagne. Une fois encore, l'équipe de Paul Hood n'a pas droit à l'erreur.

Il y a toujours un Pocket à découvrir

"Course poursuite au Moyen-Orient"

(Pocket n°10311)

Lundi, 13h23, Turquie : Mike Rodgers et une équipe d'Op-center teste un matériel d'espionnage informatique ultra secret baptisé le *Roc*.
Lundi, 16h46, Turquie : un attentat terroriste kurde détruit le barrage d'Halfeti et tue plusieurs milliers de personne. Quelques heures plus tard, le *Roc* est dérobé.
Lundi, 9h59 (heure locale), Washington D.C. : Paul Hood a 48 heures pour récupérer l'arme fatale et neutraliser les terroristes...

Il y a toujours un Pocket à découvrir

Impression réalisée sur Presse Offset par

BRODARD & TAUPIN

GROUPE CPI

21956 – La Flèche (Sarthe), le 28-01-2004

Dépôt légal : février 2004

POCKET – 12, avenue d'Italie - 75627 Paris Cedex 13
Tél. : 01.44.16.05.00

Imprimé en France